黑龙江历史文化研究工程项目（01YB1309）
黑龙江省哲学社会科学研究规划重大委托项目（09A-001）

秋笳集·归来草堂尺牍·耕烟草堂诗钞

吴兆骞　戴　梓◇著

黑龍江大學出版社
HEILONGJIANG UNIVERSITY PRESS

图书在版编目(CIP)数据

秋笳集 / (清) 吴兆骞著. 归来草堂尺牍 / (清) 吴兆骞著. 耕烟草堂诗钞 / (清) 戴梓著. --哈尔滨 : 黑龙江大学出版社, 2010.7 (2021.8 重印)
(东北流人文库 / 李兴盛主编)
ISBN 978-7-81129-298-5

Ⅰ. ①秋… ②归… ③耕… Ⅱ. ①吴… ②戴… Ⅲ. ①古典文学-作品综合集-中国-清代 Ⅳ. ①I214.91

中国版本图书馆 CIP 数据核字(2010)第 115205 号

秋笳集·归来草堂尺牍·耕烟草堂诗钞
QIUJIA JI · GUILAICAOTANG CHIDU · GENGYANCAOTANG SHICHAO
[清] 吴兆骞 戴 梓 著

责任编辑 李小娟 罗 艺 安宏涛
出版发行 黑龙江大学出版社
地　　址 哈尔滨市南岗区学府三道街 36 号
印　　刷 三河市春园印刷有限公司
开　　本 720 毫米 ×1000 毫米 1/16
印　　张 29.25
字　　数 370 千
版　　次 2010 年 7 月第 1 版
印　　次 2022 年 1 月第 3 次印刷
书　　号 ISBN 978-7-81129-298-5
定　　价 69.80 元

《东北流人文库》编委会

总序

PROLOGUE

黑/龙/江/历/史/源/流/与/流/寓/文/化/系/列

历史文化资源是民族文明的血脉和根基，是民族精神品格的凝聚与体现，是一个国家和地区特有文化形态的依托和载体。对历史文化资源的保护与利用从来都是一个对民族的、本土的优秀历史文化的继承与发展的问题，它直接关涉民族精神的弘扬与传承，关涉一个国家、一个地区未来的发展与走向。保护、挖掘、利用历史文化资源是世界性的课题，大多数国家都十分重视对本国、本民族历史文化资源的保护、挖掘和利用，以此延续民族文脉，维护自己的文化特性和文化多样性，树立民族形象，扩大国际影响力，进行传统教育和爱国主义教育，增强民族自信心和凝聚力。

历史证明，每一个成熟的民族、国家和地区都有自己独特的文化品格和精神气质，这种文化品质以深厚的历史文化积淀为基础，同时也成为民族精神、国家精神和区域人文精神的内核。所以，正如费孝通先生所强调的那样，生存在一定文化形态中的人们只有对自己的文化“有自知之明”，才能“对自身的发展历程和未来有充分的认识”，才能通过文化反思走向文化自觉，实现文化自信。

作为黑龙江人，我们在流逝的岁月中积淀起对龙江大地越来越深厚的情感,看着浩浩荡荡的黑龙江水欢跃前行,看着莽莽苍苍的大小兴安岭气象万千,感受着脚下这片黑土地的壮阔雄浑,享受着它慷慨无言的馈赠;随着对黑龙江的历史文化了解得越多、思考得越深,我们心中的这份深情就越发充沛,对黑龙江的深厚历史文化资源在中华文明史上的特殊地位和巨大贡献就越充满信心:黑龙江绝非人们通常所认为的"蛮荒之地",实际上,诚如我国著名考古学家苏秉琦先生所言,中华文明的产生,不在中原而在北方,黑龙江有着非常悠久的历史和十分灿烂的文明。

现在看来,黑龙江的历史源远流长,积淀丰厚,影响广泛。1997年,阿城市(今哈尔滨市阿城区)交界镇石灰场洞穴遗址中出土文物的考古学测定表明,远在17.5万年以前,黑龙江地区已有古人类生存。早在传说中的虞舜时期,生活在黑龙江地区的古族肃慎(息慎氏)即与中原部族有了交流。另据文献记载,先秦时代,定居于今黑龙江地区的肃慎、东胡、涉貊三大族系的先民,在与中原部族进一步交往的同时,也以自己的勤劳和智慧为黑龙江流域的开发作出了重要的贡献。进入封建社会以来,黑龙江这块土地独自孕育或与其他地区共同孕育的各民族不断雄啸崛起,其中,东胡族系后裔鲜卑、契丹、蒙古族,肃慎族系后裔靺鞨、女真、满族,在我国北方及全国范围内先后建立了北魏、辽、金、元、清等封建王朝以及唐朝的藩属政权"渤海国",统治时间总和长达九百多年,这在中国历史上是十分独特的。自古以来,世居黑龙江流域的北方民族与其他各族人民一道奠定了中华民族多元一体的格局,他们促进了南北文化的大碰撞、大融合,对我国社会进步、文化繁荣和科技交流,对光辉灿烂的中华文明作出了不可磨灭的贡献。

近现代以来,黑龙江这个多民族聚居的边疆大省,逐步形成其鲜明的边疆的、民族的、移民的、中西兼容的文明特质。

清初以来,鲁、豫、冀、晋等关内省份"闯关东"的移民大量涌入,他们闯入了这一肃慎—女真族系的"龙兴之地",带来了中原主流文化的优秀传统,促进了关内民风民俗与黑龙江本土文化的融合。

20世纪初,随着中东铁路的开通,一批现代城镇在龙江大地因铁路而兴,特别是中东铁路的中枢——哈尔滨,迅速成为国际化的都市:松花江穿城而过,水气灵秀;铁路横贯欧亚,四通八达,物流、信息流会聚流转;俄罗斯人、犹太人等20多个国家近20万侨民涌入,一个开放包容、极具时尚活力、崇尚诚信敬业、追求和谐奋进的国际性商贸中心、历史文化名城逐渐成形,其国际化程度可与巴黎、伦敦、纽约、莫斯科比肩,创造了中国近代城市化进程中的一个奇迹。20世纪二三十年代,素有"东方莫斯科"、"东方小巴黎"美称的哈尔滨已然成为国际商埠和时尚中心,欧洲的流行时尚,如服装、餐饮、电影、戏剧、音乐等很快传入哈尔滨,这里有中国第一家啤酒厂、第一家电影院、第一家音乐学校、第一个芭蕾舞团、第一个交响乐团,西式教堂、酒吧等建筑随处可见。俄侨文化、犹太文化等外来文化要素交相辉映,形成了哈尔滨独具国际交汇特色的建筑文化、饮食文化、教育文化、宗教文化。这些文化要素同来自内地的移民文化一道,为哈尔滨乃至黑龙江打下了特有的海纳百川、有容乃大的文化烙印。

随着印刷业、报刊业等现代媒介的兴起和城市文化的繁荣,哈尔滨会聚了大量的文化名人。20世纪20年代,孔罗荪、陈纪滢、塞克、金剑啸等人在哈尔滨创办新文学社团"蓓蕾社",倡导新文化运动。20世纪30年代"沦陷"(日伪)时期,金剑啸、罗烽、萧红、萧军、白朗成立了"星星剧团",进行了大量的文艺活动,宣传抗日。与此同时,随着马占山将军的江桥抗战打响了中国武装抗日的第一枪,义勇军、游击队、抗日联军在白山黑水间、在松花江上,为了民族的独立和领土的完整,英勇孤绝地奋战14年,用热血解冰霜,铸就了最能体现东北性格的抗联文化。

1945年起,作为全国最早的解放区,在黑龙江诞生了中国省区的第一个广播电台——黑龙江人民广播电台,中国省区的第一家报纸——《黑龙江日报》，中国最早的三家电视台之一——哈尔滨电视台（与北京电视台、上海电视台一道开启了中国的电视发展史），以及在新中国电影发展史上具有开创地位的东北电影制片厂。这些都奠定了黑龙江在新中国发展中独特的文化地位。新中国初期，北大荒开发、大庆油田开发、大小兴安岭开发，又逐步形成了垦荒文化、创业文化、知青文化等当代文化，铸就了以北大荒精神、大庆精神、铁人精神、大兴安岭精神等为代表的优秀精神资源。

独特的历史进程，积淀了黑龙江特有的文化多样性和包容性；多民族聚居陶冶出绚丽多彩的满族、达斡尔族、鄂伦春族、鄂温克族、赫哲族等北方世居少数民族的风情和丰富殷厚的非物质文化遗产。鄂伦春族的歌舞和桦树皮画，赫哲族的鱼皮工艺品精深加工，朝鲜族的民族风情园，满族的剪纸、刺绣，等等，风格十分纯粹，成为目前仅存的可供考察原生态渔猎文化形态的“活化石”，客观上为人们保留了东北本土少数民族迷人的民俗风情及其独特魅力。这种融合了黑龙江本土文化、移民文化、异域文化的三极互渗、多元交融的文化格局，这种既具边疆、民族色彩，又带有中西交融性质的文明特质，这种被列宁称为“碾碎了民族差别的大磨坊”的文化形态，具有鲜明的兼容吸收性与开拓创新性，最终凝结成龙江大地上意蕴丰富、多姿多彩的独特的生存样态，构成了中华文化独特的、重要的组成部分。

当今时代是一个“资源为王”的时代，黑龙江丰富独特的且较少开发的历史文化资源在文化大发展大繁荣的时代为我们提供了特有的文化创造空间。我们至少可以从中梳理出民族历史源流、民族民间非物质遗产、中外文化交流、红色历程、文化名人、流寓文化、重大历史事件、开发建设、历史文献、地域风情十大历史文化资源系列。这些都为我们建设边疆文化大省、推动我省文化大发展大繁荣奠定了良好的基础。

大力推进黑龙江历史文化资源保护、挖掘与利用工作，是塑造和提升黑龙江文化品格、实现文化自觉的必然要求，是增强地区文化软实力、抢占文化制高点的必然要求，是实现我省经济社会协调发展的必然要求，具有十分重要的现实意义和深远的历史意义。保护、挖掘与开发黑龙江历史文化资源，就是要更清晰准确地揭示我们的地域文化内涵，让我省人民增强文化归属感，不断实现对本土文化的自豪、自觉与自信，从而塑造和提升黑龙江人的文化品格与精神气质。

黑龙江大学出版社策划了“黑龙江历史源流与流寓文化系列”这一大型图书选题，计划陆续推出《黑龙江大界江百村纪行》、《黑龙江与俄罗斯文化关系》、《满文档案文献整理集成》、《东北流人文库》、《萧红全集》及《抗战时期黑土作家丛书》等一系列有重大社会影响的精品图书，旨在挖掘黑龙江历史文化资源及地域人文风情，呈现龙江文化的勃勃生机，为读者奉献更多高质量的精神文化产品。这些选题立意很好，起点很高，眼光独到，对于深入挖掘黑龙江的历史文化资源具有重要的价值。

期待黑龙江大学出版社“黑龙江历史源流与流寓文化系列”丛书成为“文化天下”的图书精品，成为向全国乃至世界推介魅力独具的黑龙江的“文化名片”，并产生重要的影响力。

是以，欣然为序。

二〇〇九年九月六日

序

李兴盛与流人学的研究

世有“显学”与“晦学”之分，“显学”为当世所重，群趋若骛，如清之乾嘉考据学，今之红学、敦煌学等等，于是资料盈箧，成果丰硕，人才辈出，为举世所瞩目。“晦学”则不然，虽其学重要，然资料发掘艰难，前人成作较少，一时难见其功，学人多视为畏途，潜研者寥寥，若为世所遗忘者，今之流人学类此。

流人源出于流刑，多为蒙冤受屈，备受迫害与刑罚者。流人颇多具有文化素养，甚至学问淹博者也为数不少，世所谓“天下才子流人多”即指此而言。其人虽投诸四裔，犹不弃边远，播种文化，开发蒙昧，厥功至伟，是流人与流人文化问题固不得不有所研讨，而世之投身斯学者，固屈指可数也。

我之接触流人问题，始得益于安阳谢国桢(刚主)先生。我家与谢氏有通家之谊，少时曾借书于谢氏，得读刚主先生所著《清初流人开发东北史》，为前此未读之书。见其对清初发戍东北之流人所作专门性研究，既钦其治学视野之广阔，复感其研究有裨于清初开国史的探求。后此则未见有关流人新作。20世纪五六十年代政治运动中辄有因种种新账老账一齐算而遭贬谪者，西部荒漠及北大荒等地均有其人，虽下放、锻炼名目各异，而其实与流人差近。投鼠忌器，颇为流人问题之研究增忌讳。70年代初，我曾下放农村四年，耕余无聊，又谨言慎行，寡交游，遂就所携图籍中之流人著述，时加研读，随手札记心得，积久乃成《读流人书》一文。此举一则纾烦遣愁，借他人杯酒，浇自己块垒；再则见流人虽困处厄塞，而犹能寄托诗文，传播文化，颇受激励。深惟似此群体而淹塞不彰，研究者又甚鲜而深致感慨。80年代初，海宇廓清，学术文化顿显新颜，有幸获识西北周轩、东北李兴盛二君，皆以流人问题研究自任，撰述探讨，卓有成就。其穷年累月从事"晦学"研究之精神，尤令人钦佩。

我识李君兴盛较晚，初仅书信往来，继又得读其惠我大作。我虽曾粗涉流人之学，而视李君所著之精深，则瞠乎其后矣！1989年，先后读其所著《边塞诗人吴兆骞》及《东北流人史》，见其"筚路蓝缕，以启山林"的精神及从个案研究走向通史研究的历程，窃喜流人学研究之得人！惟惜其尚局限于东北一隅，深冀其由一隅而扩及全面。孰意不及五年，而百余万言之《中国流人史》又问世，李君用功之勤，投入之深，求之当世，实不多见。我曾为此书做过鉴评说：《中国流人史》"是对流人问题进行全方位、多层次、各区域的完整论述，开创了流人史研究的新体系。我通读《中国流人史》的最深感受是，他不把知识分子流人的遭遇作为个案，而是加以群体的系统记述，使之成为记述中国知识分子坎坷经历，不幸命运，悲惨处境而仍能百折不挠，利国利民，奋发向上的感人史诗"。1998年冬，兴盛复以所主编之《何陋居集（外二十一种）》一书见惠，此书以清方拱乾之《何陋居集》为总名而含有宋、清、民国之流人文献共二十二种，为流人史之研究提供基本史料，厥功至伟。次年，兴盛不辞千里，亲临寒舍，一倾积愫，交流沟通，听其言，观其行，固恂恂然一君子也。我读书未遍，关于流人史的研究，除周、李二君的著述外，其他专著、论文所见尚鲜，此流人学之所以为“晦学”也。究其缘由，愚意以为治此学者必需具备三条件：

其一，研究者必须久居边远戍地，对流人生活背景，岁月煎熬，有亲临其地的切身感受，有一种为不幸者存史的激情冲动，乃以真挚的感情去探讨、研究，从而论述中国知识分子的忧患史。这是最重要的精神支柱。

其二，研究者必须具备发现挖掘史源、搜检考校史料和公允评论人物的学识底蕴与熟练技能。惟其如此，方能于人于事，持之有故，言之成理。方能由此及彼，由表及里，由个案至群体，由古代至近世，撰成诸种有关著述，使流人学之研究不数十年而蔚为大观。这是最重要的物质基础。

其三，研究者必须澹泊自甘，硁硁自守，不急功好利，不艳羡荣华。以悲天悯人之心，阐幽发微；不偏不倚，还人物以本来，终其生而无怨无悔。这是最重要的史德。

三者言易而行难，周、李二君得天独厚，幸逢其会，一羁居西陲，一谋食黑水，耳听故老逸闻，目见流人遗迹，抚今思昔，思潮汹涌，笔端激情，油然而生。二君皆好学深思之士，穷年累月，孜孜不倦，广搜博采，勤于著述，颇见称誉于学术界，而李君兴盛所著连年问世，凡个案研究、文献记录、史事纵论，皆所涉及，涵盖可谓深广。2000年，兴盛更将其流人文化研究延伸至流寓文化与旅游文化领域，主持《黑龙江流寓文化与旅游文化丛书》编写工作，其第一种《黑龙江山水名胜与轶闻遗事》一书，既出版问世，赋流人学以实践意义，研究对象由流人扩展至客寓人士，视野愈益开阔。2001年，复出示其另一种《中国流人史与流人文化概论》。兴盛倾历年之积存，更于《中国流人史》之基础上，总结升华，成此论集。捧读之余，欣悦不已。

兴盛之辑《中国流人史与流人文化概论》，虽为辑录其于流人问题研究中之理论观点，实则寓构筑流人学框架之深意。书分上下编，上编阐述有关流人与流人文化之理论问题，诸如流人的分类、流人史的分期，流人文化的界定与特性、流人历史作用的评价等等；下编为文选，辑与撰者及其著作有关之资料，可备了解兴盛治学历程与所获成就之参考。从此，兴盛之于流人学之研究，有史、有论、有专门著述、有文献汇编，足称完整架构专学之规模。

目前，为了弘扬我国历代东北流人在逆境中建功立业、保卫与开发边疆的业绩及其艰苦奋斗的精神，为了促进由谢刚主先生开创的流人史、流人文化，乃至流人学这一新学科、新体系、新流派真正创建成功，兴盛君在黑龙江省委宣传部、黑龙江省新闻出版局及黑龙江大学出版社的大力支持下，以其三十余年研究成果为基础，正在编纂《东北流人文库》这部大型的历史文化丛书。《东北流人文库》拟分为“流人文献”与“流人研究”两大部分，堪称一部恢弘巨著。

相信我国前所未有的这部开拓型丛书的出版，对于黑龙江历史文化资源的抢救与黑龙江边疆文化大省的建设，对于东北，乃至全国历史文化，尤其是文学史、刑法史、民族交流史、人口迁徙史等学科的研究，对于繁荣我国出版事业，都会起到极大的促进作用。

流人学的建立是兴盛的一个梦，他自谦目前是“残编寻旧梦”，我看他已在日益走近“全编圆美梦”的佳境。他自勉是“攀登今未已，风雨正兼程”，我则以耄耋之年真诚地期待流人学不久将在社会科学的学科分类表上堂堂正正地占有一席之地。流人学之跫然足音，殆已日近一日。兴盛其勉旃！

来新夏

二〇一〇年元月

凡 例

为了弘扬我国历代东北流人筚路蓝缕以启山林的创业精神，自强不息苦心经营的奋斗精神，关心国事反抗侵略的爱国精神，为了彰显他们在逆境中建功立业、保卫与开发边疆的业绩，为了促进由谢刚主先生开创的流人史这种新学科的研究，并使流人文化，乃至流人学这一新体系，新流派真正创建成功，在黑龙江省委宣传部、黑龙江省新闻出版局及黑龙江大学出版社的大力支持下，在本人三十余年全方位、多层次、系统化、理论化的流人研究的基础上，编纂了这部大型的历史文化丛书。相信我国前所未有的这部开拓型丛书的出版，对于黑龙江历史文化资源的抢救与黑龙江边疆文化大省的建设，对于东北，乃至全国历史文化，尤其是文学史、刑法史、民族交流史、人口迁徙史等学科的研究，都会起到极大的促进作用。现将本丛书“流人文献”的编辑凡例介绍如下：

（一）本系列所辑包括两种不同类型的著述：一为东北流人及其曾经出塞的亲友自撰的各种（诗文、史地、学术等）著述；一为前人（流人除外）所撰所编（如吴燕兰编《汉槎友札》、吴晋锡《半生自纪》）以及今人所辑录的与流人有关的各种体裁（包括碑传文）传记资料著述等。

（二）本系列所收流人及其曾经出塞的亲友自撰文献，上限始于有文献流传的宋辽金，下限止于清末。

（三）本系列所收各种流人文献及相关资料著述，原则上可以单独成册者印成一册，反之则将一人之多种著述或将数人之著述合为一册印行。

(四)本系列所收各种著述,均冠以一篇“前言”,主要简单介绍作者行实与著述,所收著述之版本概况以及选用的底本。至于所收著述之史料价值及对作者的评价,不一定每书均有。这一点,请读者自行审酌。此外,书后尽量附录几种与作者及该文献相关之资料,供读者研读之参考。

(五)在整理过程中,将原竖刊本改为横排本,将原文之繁体字、异体字改为规范的简化字。原有避讳字(如为避康熙玄烨讳之“玄”字,方拱乾、方孝标之诗文集均缺末笔,陈之遴之诗集则作“元”)一律改回。对少数民族含有侮辱性之字改为今天的正字,如《浮云集》之“猺”改为“瑶”等,其他则一仍其旧。但下列情况除外:

①专名用字(如人名、地名、事物名称)及容易引起歧义的繁体字,按习惯酌予保留。基于此,《甦庵集》之“甦”不作“苏”,地名寘(tián)颜山之“寘”不作“置”,徐湘蒓之“蒓”不作“莘”。又如表示剩余、多余之义的“馀”字,与代表“我”之“余”字极易引起歧义,因此不能一律以“余”字替代,有时必须作“馀”。基于此,“余生”、“余身”与“馀生”、“馀身”有别,而陈之遴“应连万死馀”句、释函可“自悔罪深馀舌在”句之“馀”字不能简化为“余”。同样的道理,陈之遴诗中的“於戏”与“短歌哀筑漫相於”之“於”也不能简化为“于”。方拱乾“八载絺人此日还”诗句中的“絺”字不宜简化为“累”。另如“髮”与“发”、“麯”与“曲”等经常会引起歧义等字也作如是处理。

②为了忠实于原文,同时为了便于学者对地名、人名、物名等事物名称源流及异名之考证与研究,同一名称的不同用字或词,酌予保留。如在古代文献中,长江多作扬子江,也有作杨子江者,山海关多作榆关,也有作渝关者(《浮云集》即作杨子江、渝关),凡此本系列二者并存,不予统一,余此类推。

③古籍刻本中多有通假字,为了忠实于原文,我们在点校整理时未予改正,仍存其原貌,如《甦庵集》辛丑年卷首有“男亨咸较”四

字,“较”是“校”的通假字。余者类推。

(六)本系列收录之流人文献,诗、词、赋与散文并存。为了整齐划一与美观,诗之排版五言、七言者基本每两句一行(杂言诗也尽量仿此)。作者之原注与我们所写之校记(改正、说明、增补)或注释等文字,则以“编者按”的形式,作为脚注,置于本页界线下方。而散文、赋、词(包括序、跋),则采取连排的排版方式。词有上下阕者,则在上下阕之间空两字。

作者原注及我们校改文字则作如下处理:凡原误、衍字应删或疑误之字,均加(　),而改正、增补或说明之文字则加〔　〕,至于疑误之文字不宜改正者,则于〔　〕中加问号即〔?〕,以示存疑。错误之字显而易见者(如干支中己亥误作巳亥等)径改,可以推知其误者,在〔　〕中注明“当作某”或“疑作某”。凡阙文或原文实在无法辨认之字,则以□代之。

又及,本丛书所收之文多据前人刻本,有的原文有正文和注文之分,注文多为双行夹注。我们在点校整理时,对此类注文采用比正文(宋体)小一些的楷体字编排,以示与正文有所区分。

李兴盛

2010年1月

前　言

全书由《秋笳集》、《归来草堂尺牍》、《耕烟草堂诗钞》组成。

《秋笳集》八卷,《归来草堂尺牍》一卷,吴兆骞著。

吴兆骞,吴江人,生于明崇祯四年(1631 年),卒于清康熙二十三年(1684 年),是清初被人称为“天分特高”、“惊才绝艳”的著名诗人,是被吴伟业誉为“江左三凤凰”中之一凤。他“天才横逸”,“谈论风生”,“一目十行”,出口成章,总是“分题拈韵,摇笔先成”,“挥毫落纸如云烟”。且又“傲岸自负”,“不谐于俗”,风度翩翩,倜傥不群,是名士气质十足的“江南才子”。

吴兆骞又是黑龙江,乃至东北一位历史文化名人。他因顺治十四年(1657 年)丁酉南闱科场案牵累,负屈流放宁古塔。康熙二十年(1681 年)被赦归,三年后(1684 年)卒于纳兰性德府邸。其行实与业绩详见拙著《诗人吴兆骞系列》(共三册,黑龙江人民出版社 2000 年版),此不赘。在他半个多世纪的生命史上,有近一半的时间是在“极人世之苦”的流放的宁古塔地区度过的。而且在这里,他传播了以中原文化为主体的流人文化,将中原文明的种子,播种在崇尚武功、注重游牧经济的东北大地。他写了大量苍凉悲壮独具艺术特色,并反映东北边塞自然景观、社会生活以及广大流人生活与心态,尤其是以抗俄斗争为题材的诗篇。这些诗篇具有很大的文学价值与学术价值,对于清代东北文史的研究,清代诗史的研究,乃至流人史、流人文化、流人学的研究,都有着不可低估的价值。

吴兆骞著述颇富,但多失传,今传《秋笳集》与《归来草堂尺牍》,

而《天东小纪》与《词赋协音》等则已佚。

先是，在吴兆骞流戍期间，其友徐乾学于康熙十八年(1679年)将兆骞之作在南边(昆山或苏州)付梓成集，即《秋笳集》，不分卷。兆骞之子吴桭臣将徐刻析为四卷，又增《秋笳前集》、《拟古后杂体诗》、《秋笳后集》、杂著各一卷，并附补遗诗九首，于雍正四年(1726年)刻为八卷之《秋笳集》，此即吴江吴氏衎厚堂本。后来陆续出现之知止草堂堂本、衷白堂本、粤雅堂丛书、风雨楼丛书、丛书集成等本，多渊源于雍正本。此外还有几种清抄本，详见《归来草堂尺牍》之附录二《著述考略》。另外，由于我们所据刻本存在不规范之处，在整理时作了适当的调整。如人名“钱德维”之“维”，原刻本兼有“惟”与“维”，据考证宜作“维”，本书统一为“钱德维”。

《归来草堂尺牍》，又名《归来草堂录》，收吴氏系狱及戍宁古塔时之家书15封，寄友书20封。此为黑龙江现存第一部书信集。有清末民初章钰算鹤量鲸室抄本、海丰吴重熹石莲庵抄本、民国二十六年燕大蓝晒图本、合众图书馆丛书本。其中章氏抄本最佳。

我们此次整理，《秋笳集》系以雍正衎厚堂本为底本，《归来草堂尺牍》系以合众图书馆丛书本为底本，校以章氏算鹤量鲸室抄本。

再有，《秋笳集》和《归来草堂尺牍》中部分诗文、信札同一标题下有多篇诗文或信札，原刻本和抄本中有的以“其一，其二，其三……”分列，有的以“又，又，又……”分列，本书统一采用“(一)(二)(三)……”的体例。

《耕烟草堂诗钞》四卷，戴梓著。戴梓(1649—1726)，字文开，流放后自号耕烟先生，浙江仁和(今杭州)人。自幼才思敏捷，擅长诗文，工草书及绘画，尤喜读兵家书，对象纬、勾股、河渠之学均有研究。曾创制出一种前所未有的新火器——连珠火炮。还能制木偶人，捧茶献客，并作铜鹤，飞入云间按时长鸣，可称是一位“机悟”绝伦的科学家。

戴梓于康熙十九年(1680年)曾任翰林院侍讲。康熙三十年(1691年),因事得罪西洋传教士南怀仁等,受到诬陷而被流放辽东。至雍正四年(1726年)卒于戍所,未竟其所长。在戍所写有大量诗歌,其《耕烟草堂诗钞》基本上全部写于戍所,尤以写景与题画诗为佳。本集为其子戴亨所辑,约刊于雍乾之际,道光二十四年有重刻本,常见者为《辽海丛书》本。本次整理系以《辽海丛书》本为底本。

限于我们水平,这次整理,缺漏或错误之处在所难免,希广大读者予以指正。

李兴盛

2010年6月29日

目　录

秋笳集

秋笳集　卷一

秋笳集　卷二

秋笳集　卷三

秋笳集　卷四　西曹杂诗

秋笳集　卷五　秋笳前集

秋笳集　卷六　拟古后杂体诗

秋笳集　卷七　秋笳后集

秋笳集　卷八　杂著

归来草堂尺牍

耕烟草堂诗钞

耕烟草堂诗钞　卷一

耕烟草堂诗钞　卷二

耕烟草堂诗钞　卷三

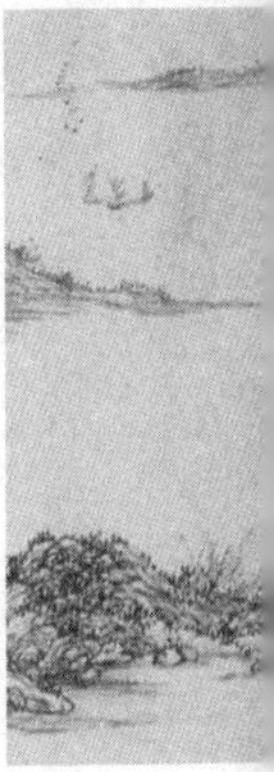

耕烟草堂诗钞　卷四

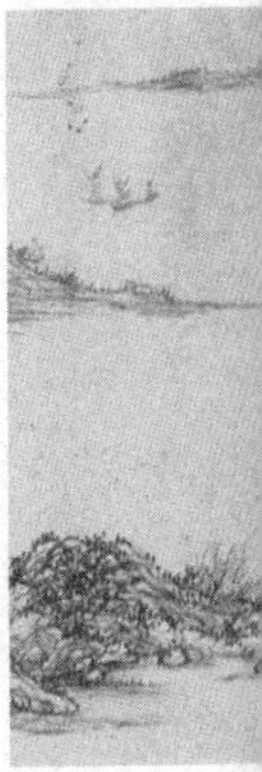

秋笳集

(清)吴兆骞　著

秋笳集小引

吴兆宜①

盖闻山禽铩羽，怨四子之分飞；庭树敷荣，叹三荆之同本。是以廨依参佐，爱比机、云；家藏赐书，学同彪、固。茱萸两地，寄摩诘之幽忧；春草一塘，劳惠连之梦寐。

余兄汉槎，以惠子五车，陈王七步，琉璃雕管，题成芍药之工，翡翠笔床，篇擅芙蓉之誉。何来谣诼，遽悼漂离。马伏波之薏苡，溪水堕鸢；移中监之毡毛，塞天啮雪。迢遥紫土，水咽松花；沵迤黄云，关寒榆叶。托嘶马以长征，望孤鸿而永恸。穹庐静夜，遥听边笳；刁斗凌风，时闻坞笛。蒲萄藏贵相之谷，岂易消忧；琵琶调马上之弦，徒然增戚。此执珪所以越吟，而军府为之南操者也。况夫鹤廛万里，萱背无依；鸡塞频年，棣华空茂。帛书雁足，向南望而程遥；尺素鱼鳞，思北驰而路渺。夏连积雪之岭，畴念衣单；秋转飞蓬之根，独怜衰草。遂使垂虹烟柳，限若羊肠；笠泽莺花，杳如马角。铁衣远戍，萧条银碛之声；牙帐从军，憔悴金微之客。嗟乎！生存华屋，子建以之哀吟；贫贱亲离，颜远因而悲咽。陶彭泽有《停云》之作，孙子荆有《零雨》之篇。缅彼安居，尚多感慨；矧伊远谪，能不凄其。由是构兹危苦，抒彼劳歌，命曰《秋笳》，汇成一集。陈子公之关河城邑，并入缥囊；郭景纯之《山海图经》，咸盈赤轴。聊述《穷鸟》之赋，用当塞客之吟。

---

① 编者按：原文作“弟兆宜显令撰”。

健庵先生标俊（及）〔乂〕之鸿名，推艺林之渊府。三虎联镳，登鳌头而缥缈；九飞齐奋，抟鹏翼以逍遥。身既托于重霄，情弥深于旧雨。慷慨绨袍之恋，清俸时捐；徘徊歧路之隅，芳讯屡及。读定远玉关之札，侧望沾襟；接都尉塞外之诗，悲凉陨涕。乃谋剞劂，以寿枣梨。将令开府思乡，人颂《江南》之赋；若使孝仪归国，家贻使北之书。

余惭居第五之名，兼切在三之义。春风秋月，溯景淑而群离；暑雨祁寒，惊节序而滋戚。时披华制，以代萱苏；敢藉短翰，而仰斧藻。自此蔡女清笳之拍，乐府俱传；晏子脱骖之恩，故人共感云尔。

答徐健庵司寇书①

吴兆骞

兆骞顿首顿首，奉书健庵大兄先生足下：六月二日，驿骑至会宁，伏承书问，又以仆衣食之忧，辍俸相饷，为德甚厚。至欲索仆生平撰著，付诸剞劂，无使泯没。嗟乎，此岂仆素望所及哉！

仆少时谬不自料，与海内诸贤，驰骛声誉。维时足下兄弟为先登，而仆窃附其后，选集锓行，类蒙采入。今则颠连无告，不祥姓名，为人唾弃，何敢复出其技，以争鸣当世耶？遭难以来，十有八年，曩时亲友，罕以书见及，惟足下兄弟，及葑溪少宰，眷念旧故，抚慰周恤，于义为已过矣，又何可以穷愁之辞，重累左右？故三年前，足下贻书及之，而仆逡巡未敢应者以此也。今足下终不鄙弃，复见征取，乃识大君子之用心，而仆之妄自疑度，适为固陋矣。然足下无乃睹仆往日，而不知仆枯槁之余，岂复有葩华哉？

古今文章之事，或曰穷而后工，仆谓不然，古人之文自工，非以穷也。彼所谓穷，特假借为辞，如孟襄阳之不遇，杜少陵之播迁已尔。又其甚者，如子厚柳州，子瞻儋耳已尔。至若蔡中郎髡钳朔塞，李供奉长流夜郎，此又古文人困厄之尤者，然以仆视之何如哉！九州之外，而欲引九州之内之人以自比附，愈疏阔矣。同在覆载之中，而邈焉如隔夜泉，未知古人处此，当复云何。以此知文莫工于古人，而穷莫甚于仆。惟其工，故不穷而能言穷，

① 编者按：原文无题及作者名，此系编者所加。

惟其穷，故当工而不能工也。万里冰天，极目惨沮，无舆图记载以发其怀，无花鸟亭榭以寄其兴，直以幽忧悗郁，无可告语，退托笔墨，以自陈写。然迁谪日久，失其天性，虽积有篇什，亦已潦倒溃乱，不知其所云矣。《诗》曰："已焉哉，天实为之，谓之何哉？"夫知其当已而不能自已于吟者，此仆比日之心也。

古之论文章者，不以其人之贵贱荣辱，今则不然。昔卢次楩与王、李七子同时，其才固相轩翥，不幸下狱，其所撰《蠛蠓集》，微元美诸公几不著。因叹古今文人，触扞网罗，不遇知己，卒以无传者，可胜道哉！今海内理平，文治日盛，足下兄弟得位行道，天下文章，翕然归于三徐，言论所及，艺林以为宗。今不鄙仆，欲序而梓其所作，使天下知劫灰寒灺，犹有爝光，则仆虽终沦废，岂有恨哉！少作故有刻稿，患难后度已散失，请室诸咏，稍有存者。今所录诗赋若干篇，皆己亥出塞后作。昨岁插哈喇之乱，仓卒中遗亡百余篇。睽离日久，无所取正，恐日就弇陋，不复自知，望加删定，以质当世。幸甚，幸甚！兆骞再拜。

余弟汉槎，自塞外贻书徐健庵，以所著《秋笳集》奉寄。今健庵函谋剞劂，不负故交万里之托，余为怆然感泣，赋此志谢

吴兆宽①

嗟尔磊落倜傥之奇才，矫首南国云烟开。青春翻飞摧羽翮，玉树葳蕤委草莱。可怜九死身名在，风流文采使人哀。自昔一去辽城北，生入玉门无消息。华萼离居廿载余，云海茫茫隔颜色。我欲从之渡桑乾，冰雪嵯峨关塞黑。忆尔魂梦频往来，容华憔悴恐不识。长风秋尽雁鸿飞，帛书系足向南归。吹堕庭前开尺素，含情缄怨泪沾衣。一札殷勤贻旧雨（谓健庵），感恩道故此中寓。郑重新诗数十篇，展卷如向边沙语。历遍山川名状难，开凿鸿蒙渐如故。雪窖冰天未足奇，山经水注那曾数。车书万里度遐陲，独限流人滞一枝。山鬼窈窕阴崖窟，鱼龙啸舞青海湄。屈原泽畔行吟苦，阮籍穷途只自悲。黄沙白草供词赋，并入君亲朋友思。地非苍梧麓，斑竹啼痕若可掬。身非蜀道行，月峡哀猿若为听。壮岁沉沦头渐白，空将诗卷传荒碛。不遇知音识者稀，虚名千载谁相惜。世路悠悠几岁寒，交态浮云感今昔。东海先生金石心，凤池结念无衣客。追忆平生涕泗流，抚恤患难心手画。对此往复思缠绵，浩歌把酒欲问天。青莲放逸夜郎日，学士文章海外年。

① 编者按：原文作“吴兆宽、弘人”。

奇文异响公天下，勿教苍颉泣无传。吁嗟才士遇与不遇安足论，立言要使垂久远。莫叹虞翻骨相屯，得一知己可不恨。

秋笳集

卷一

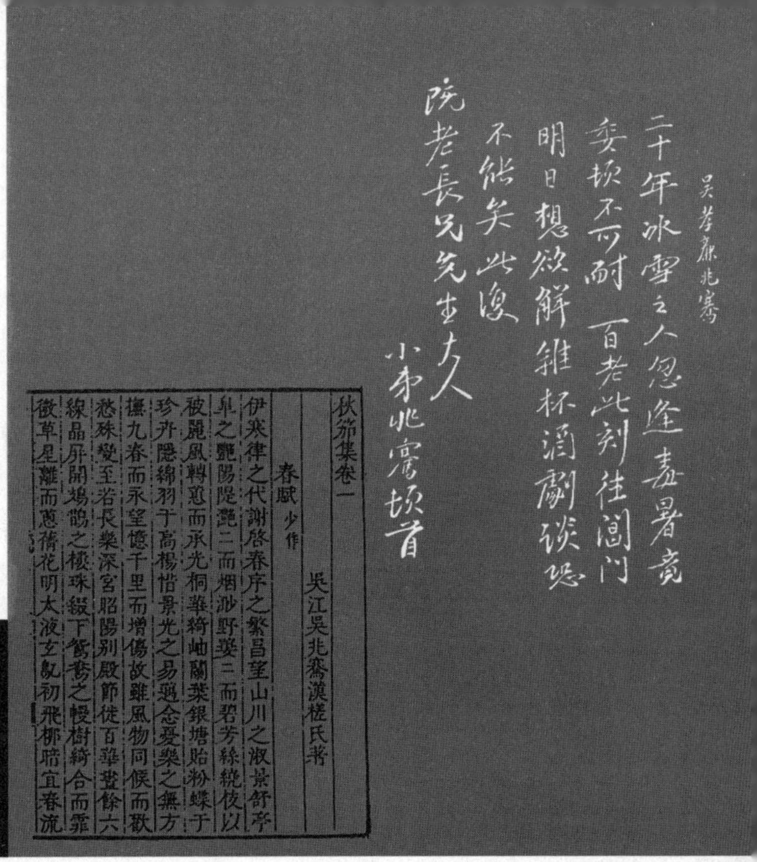

赋

春　　赋

少作。

伊寒律之代谢，启春序之繁昌。望山川之淑景，舒亭皋之艳阳。堤滟滟而烟渺，野萋萋而碧芳。丝绕枝以被丽，风转蕙而承光。桐华绮岫，兰叶银塘。贻粉蝶于珍卉，隐绵羽于高杨。惜景光之易迈，念忧乐之无方。抚九春而永望，忆千里而增伤。

故虽风物同候，而欢愁殊变。至若长乐深宫，昭阳别殿，节徙百华，昼余六线。晶屏开鳷鹊之楼，珠缀下鸳鸯之幔。树绮合而霏微，草星离而葱蒨。花明太液，玄鳦初飞。柳暗宜春，流莺乍啭。于是咸阳卷衣之女，扶风辞辇之姬，沉沦永巷，徘徊履綦。

怨铜龙之屇晚，劳银箭之更移，启金铺而凝睇，涉珍台而荡思。柘馆空兮青苔积，兰林寂兮碧草滋。望翠华而不见，听凤管而长悲。去复去兮春已暮，怨复怨兮君不知。

若乃贵主芳园，彻侯甲第，西京青琐之家，南阳绿绨之地。循碧槛而邅回，俯金堤而容裔。引鲜飙于绮疏，下玄阴于玫砌。尔乃征雾縠，命云翘，试罗衣而登菌阁，张黼帷而照兰皋。游镳乍倚，筝柱新调。驻流云于歌扇，矜结风于舞腰。指景物之骀荡，瞻池馆之迢遥。翠袖扬兮丝管合，朱颜酡兮罗绮娇。至如承恩小侯，期门公子，更衣雕辇之旁，断袖金屏之里。亦复怡情暇日，游目芳时，出兰池而走马，入槐里而斗鸡。结茱萸之丽带，被蒲桃之赐衣。温皋草浅，小苑烟霏。送珠丸于文羽，照绿帻于春枝。遥指宜年，斜经鄠、杜。开金埒而尘空，响玉珂而烟骛。陈王饰玛瑙之鞭，卫尉碎珊瑚之树。望芳郊之远春，屇狭斜而欲暮。

若乃女桑初展，条风始嚏，烦阴曜景，细叶垂芬。则有燕关荡妇，代郡佳人，学歌北里，习舞西秦。画修蛾而黛浅，梳堕马而鬟新。念八蚕之已熟，知三眠之欲分。爰靓妆而命侣，漫提筐而啸群。琼钩宛转，珠绳扰弱。条冉冉兮远扬，叶飞飞兮稍落。袖浅摘而香霏，腕频移而罗薄。值使君之回镳，逢参军之行药。请交佩兮目成，赠搔头兮心诺。

复如妾居洛水，君戍賨颜。琐窗独掩，迷迭空然。罢流黄之夜织，晦锦踏之晨妍。草积墀而泛绿，花临砌而含烟。玉关无极，金河带天。贻待女兮何处，佩宜男兮儿年。自征夫之戍久，泣空床之独守。游尘昼飞，苔钱春厚。章台之钏空存，陇西之镜未有。悲横笛于郭超，寄异香于韩寿。对深闺之落梅，忆关山之折柳。又若河阳爱妾，安丰字卿，琲珠宠去，贝锦谗成。徒悲蕙晚，空怨蒲生。掩罗茵而麝歇，抚玉轸而鸾惊。揽芍药而生悲，采蘼芜而沾臆。屏宛转兮昼长，帐萎蕤兮春寂。愁萦玉燕，怅望青骊。雕胡荐兮谁御，沟水流兮不归。君听下山之曲，妾依织素之机。

复有送客东门，伤离南浦。缇帐宵悬，金羁晓聚。度楚曲而增哀，对秦筝而独抚。依依春草，浼浼春流，覆露桃于玉道，低烟柳于铜沟。蕙路长兮紫艾马，兰江渺兮青翰舟。去故乡而远逝，指往路而离忧。容与征轩，逶迟去幰。掩玉箸兮宾御惊，赠金鞭兮行尘晚。草怀梦而情长，山遂枯而客远。知移柳之何年，信采兰之不返。亦有飘摇海噬，流戍江浔。虞仲翔则交州远窜，赵景真则代郡长沉。莫不对落花而横涕，闻归雁而摧心。

已矣哉！胡春物之暄妍，信芳年之娟好。嗟余志之靡常，独逢春而心悄。攀柳枝而涕滋，指棠梨而怨晓。潘中郎之徘徊明镜，徒惊岁华；魏司徒之游猎春山，空悲年少。佩楚客之丛兰，问仙人之别岛。探五岳而长辞，泛九烟而终老。乃为歌曰：

江南芳芷兮色以陈，红颜一去兮沾罗巾。岁岁春风南陌上，惟有垂杨踠地新。

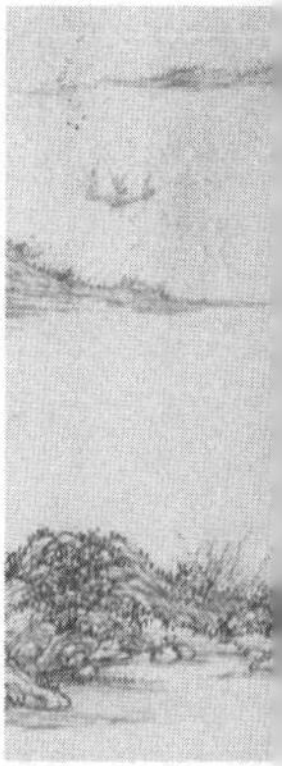

秋雪赋

吴生既窜，旅于龙山之下，戚兮无悰，悄兮多暇。抱孤迹于寒郊，眷羁心于秋野。于是青要已届，素商未阑，熊坏西蛰，雁厉南翰。玄冰溓而夜结，玉露皓而朝溥。尔乃眇欢绪，怆忧端。倚拂庐以凄目，对服匿而流叹。忆江皋之余暖，怨边候之早寒。

俄而九关欲黯，千里无色。鱼云断山，雁沙鸣碛。天瀁漭以将低，日晻暧而如没。瞀埃霭于遥空，积风威于广隰。霰瞥屑而稍飞，雪翻飏而遥集。匝穷阴之窈郁，起严气之氛氲。乍连山以转雾，忽萦空以凭云。始㛹娟以构溜，遂杂沓而横氛。混玉门兮并色，覆金河兮莫分。于是遥峰失紫，衰林掩黛。日冷金支，云收罗带。杀虫响于阴崖，冻波文于玄懒。薄凉驾兮增寒，入迅商兮振籁。凄兮瑟瑟，奕兮霏霏。入帐凝华，误鹤关之曙启；停林结蕊，疑鸾朔之春归。绵烟壑以含缟，合云海而通晖。迷征马之野牧，惨寒雕之夕飞。悲青桂之爽节，歌《黄竹》之哀辞。

既乃烛龙将瞑，城乌渐息。山返樵歌，林归猎客。霾依夕而弥严，氛横天而转急。压土锉兮沉烟，洒毡墙兮缘隙。飞六出而未成，翻三袭而争积。助红树之秋声，韬绛河之夜色。望已断兮还连，谓将开兮忽及。未睆柱而玉残，似卷绡而珠泣。冒莲衣兮坠红，点芦花兮偕白。碛何远而非银，台何高而无璧。萧条兮墐户，烂漫兮凝阶。金笳寒而叶脆，铁衣照而鳞开。逐边风兮响萧瑟，鉴汉月兮光徘徊。叶乱声而竞下，雁孤影而遥来。眇平原之旷莽，惟积雪之崔嵬。

若乃氛昏半收，夜景遥廓。风敛天霄，云澄海堮。月抱晕以东垂，河含星而西落。荒鸡喔兮伺晨，霜禽嘹兮警漠。凛凄霭之凝严，镜澄晖之昭灼。山千叠兮少人民，野万里兮无城郭。气憭栗兮侵衣，色晃朗兮盈幕。樽琉璃而不欢，揽褐衾而怨薄。笛吐哀以独吹，泪承睫以双落。乡梦远兮空归，边心愤兮交作。候已昧于秋冬，心何分于苦乐。抚秋朔之如斯，知天施之未博。彼夫南国王孙之墅，西京戚里之家，梧承檐以稍下，菊罗砌而初华。幕曾轩以楚组，代纤绤以吴纱。爱秋飙之送爽，怜秋夜之方赊。绮罗纷兮乐未已，箫鼓喧兮月欲斜。岂知江接乌龙，城遥玄菟，飞雪嵯峨，曾冰回冱，迁客之辛勤，塞垣之寒苦哉！悲来如何，摧心自多。援笳揽调，为《秋雪之歌》。歌曰：

边风起兮朔雪飞，雁违寒兮度欲稀。关山远兮谁与归，心怀乡兮空自知。龙沙雪色秋如此，肠断高楼旧寄衣。

羁　鹤　赋

伊胎禽之皓丽，超羽族而擅祥。养南琛于火次，毓西气于金商。性玉清而内蕴，仪琼洁而外飏。毻羽宣岳，接翼归昌。瞭玄睛而烛月，皎素翰而凝霜。吐火齐于骧首，綷冰縠于修裳。颊丹华而葩映，翮髹采而焆扬。矫矫高骞，轩轩遐骛，秣芝田而弄姿，饮溶溪而顾步。激晓唳于霜辰，婉秋心于烟路。指霄堮其何央，岂人寰之足慕。连轩兮紫盖，驯扰兮青田。朝容与兮瑶岑下，夕栖跱兮珠树边。还丹作帐中之使，挟弹骖楼上之仙。响横秋而益厉，貌凌寒而愈妍。暂扬翮兮万里，乍舒息兮千年。鄙白鹇之陋姿，嗤黄雀之弱翼。谓九皋兮迥归，讵一目兮我逼。仰云峤而犹飞，恣风翎而未息。

岂知范机密虢，虞罗潜织，顿乐野之高罝，理桓生之轻弋。铩俊翮于中霄，委微躯于下泽。碎霜衣之褵褷，摧藻质之淋渗。魂侘傺兮谁语，吭纡杀兮空吟。屈此云裔之侣，为君阶下之禽。尔乃敛遥情，缄夸节，去寥廓，就樊绁。燕雀长偕，鸾凰永别。餐雁稗而未充，共鸡栖而任亵。怅故巢之星乖，悼孤雏之雨绝。对凄影而增悲，送哀音而沾血。华表集兮何期，琴弦响兮凄咽。彳亍荒途，摧藏幽埅。频惊遥夜之寒，空怨今年之雪。

于是冬灰欲徙，秋箭将穷，露凋华薄，风劲寒樱。幕翩翩而辞燕，渚沉沉而集鸿。视空塘之谢绿，睇迥林之罢红。翘纤趾而清叫，迅修毛而欲翀。抱新愁于池畔，听旧侣于云中。情眷眷而怀归，色栖栖而独苦①。既伤肌于网罗，空托身于庭庑。忆妙舞之吴城，思仙吹之洛浦。缅轩翥兮无由，惟羁栖兮遘侮。宠未遇于乘轩，殃何罹于碎鼓。感凄气兮长怀，结悲风兮自溯。霜肃肃兮夜庭，苇梢梢兮寒渚。形曜雪兮谁怜，志凌云兮何补。彼东门海鸟，对钟鼓而含辛；北风代马，亦恋土而伤神。矧兹鹤之清迥，乃摧落于荒榛。恐岁年之遒尽，怨云霞之莫因。眷天边之凤族，羡沙上之鸥群。谅委躯于匪类，亦奚志于高旻。岂穷生之足乐，胡介性之能驯。倘更丰其六翮，当横绝于九垠。

① 编者按：“栖栖”，当作“凄凄”。

兰　赋

选卉族于幽记，惟斯兰之独灵。蕴澄华之秀质，含迥介之遐情。徵服媚于燕梦，擅奇芳于楚汀。芬入山郎之握，种传侍女之名。讵竞时而逞艳，每屏幽而自馨。尔其湘蕊悬罗，素苞切玉。舒碧叶之修靡，擢青跗之纤缛。蒂含缥以冰鲜，花点赪而星烛。纷书带之频衔，森琼枝之上矗。乍垂的以擢丹，不结房而吐绿。罗生修坂，丛被曾谷。鲜云结阴，微飙送燠。既芊蔚于温皋，亦葳蕤于丹麓。并威喜之仙芝，迈曾城之灵木。斐披媚景，澹淡含烟。托山楹而延藻，荫涧户而垂鲜。薄露华而色浅，承日影而香传。譬群翡之栖岫，似明霞之曜川。凌众秽而未沫，操孤芳而自妍。

于是璇闺丽人，金屏媚子，蝉鬓方梳，凤琴罢理。烦炎景之赫曦，爱芳花之旖旎。尔乃培以玄壤，承以玉缸，柔柯不扰，修叶成行。布绮钱而增媚，列锦石以疏芳。茗粥沃而膏润，油檀蘸而恐伤。去岩幽之岑寂，来写目于君堂。楼阴散暑，池彩回凉。暖香风于珠幔，嫣幽质于瑶房。及夫日下窗梧，风低轩柳，倦理罗纨，未淹杯酒。下曲阁而荡思，步修檐而垂手。爱青青之入佩，怜菲菲之袭衣。屡萦环于纤指，长延玩于遥帷。香来轻重，影度参差。举罗袖而浅摘，缀羽钗而半垂。忖云崖之微种，得移根于玉池。虽荷君之揽采，恐零落之无时。愧未植于当门，亦何劳于剪伐。

伤滕予之文鱼，就摧芳之鸣鸩。律中商而欲凄，霜赍寒增冽。条摧晓霰，色瘁秋风，将随萧艾，孰辨芳丛。嗟国香之萎绝，竟莫异于孤蓬。虽委根于中路，尚延忆于珠宫。于是逃虚处士闻而叹曰：

秋兰荣何晚，憔悴委严霜，新翠已无色，故畹尚余芳。早知青女能相负，悔不长垂湘水旁。

萍　　赋

步修渠兮，俯澄波而游目。览蘋萍之微植兮，亦寄身于水属。体泛泛而靡托兮，色田田而自缛。同石发之鬖髿兮，谢泽芝之灵躅。尔其幽茂湍中，澄罗水侧，漠兮鳞被，蓤兮云织。表沉淫兮翠鲜，里参差兮紫饰。敷细叶而无根，吐纤滋而成实。巧凭浪以萦盈，轻从风而疏密。小圆文于荚钱，混微姿于蝉翼。三辅善其色青，五月传其华白。羌聚散而无心，乃沉浮而有适。弥漫如拭，骀荡还来。染金塘之细草，杂琼岸之轻苔。垂纤纶而半卷，泳修鳞而乍开。或值限而斯滞，或触物而遭回。惟飘踪之若此，亦何心之可猜。若夫灌木红泉，幽篁玄涧，余霞始收，光风未转。息细响于潺湲，静文漪于凌乱。遂冒渚而烟稠，爰藻川而云蔓。匝碧羽之丛丛，点缃罗之片片。

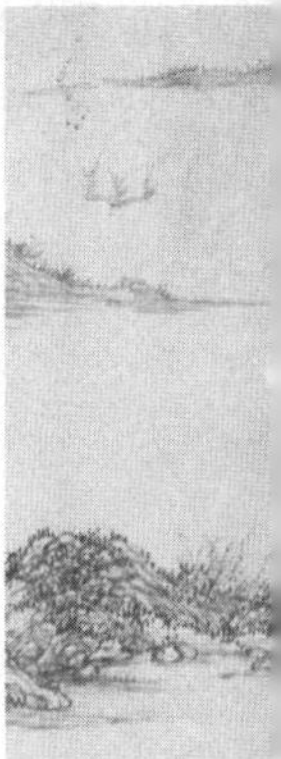

及夫烟生极浦，日黯长河，屏翳增扇，冰夷化梭。雨凭凭而激水，风骚骚而送波。川无憩鳞，林靡静柯。乃竞纠于渤潏，共纷扰于盘涡。锦残碧荇，雪乱青莎。嗟质轻而易荡，委鲸涛而谓何。复有白鹄翔群，紫鸳扰侣，赪鬣红衣，翠绥绣羽。下断岸之春阴，泛方塘之晓雾。竞戏广而洒珠，并浮深而浴素。牵藻差池，唼流顾慕。圆吭啄兮碧分，修领刷兮绿破。至如秣陵秋濑，横塘夜川，绿蓤始发，红蕖乍鲜。绕紫房而争布，萦缥干而骈田。逢姣姬之倚楫，值妖童之采莲。沾碎绿于皓腕，乱浮青于绮船。龙文动兮开且合，罗衣拂兮断复连。

至其措形空水之湄，散迹荒江之表，任漂寄其何之，还雍容以自矫。乏纤茎以自持，叹孤生之易扰。似逐臣之去国，同迁客之辞家。漫衔悲于故壤，空骋目于浮槎。萍托水而靡宁，士违时而失据。嗟人物之异心，胡悲欢之同遇。睹斯草之所如，徒慷慨于予慕。彼夫莱美昆丘，血变淮南。流长剑之耿耿，美云鬓之鬖鬖。乃好奇之殊觏，非幽人之所觏。与汀葭而并瘁，共池荷而讵惭。虽未馨于君庙，终呈洁于幽潭。

长白山赋 并序

长白山者，盖东方之乔岳也。晋臣袁宏有言曰：东方万物之所始，山岳神灵之所宅。我国家肇基震域，诞抚乾图，景历万年，鸿规四表。则兹山者所以昭应皇舆，合祥帝室，与有巢之石楼，少典之轩台，同焜耀于方载者也。皇上圣文临宇，神武膺符，庆洽人祇，化隆海岳。仰钦祖德，报礼神丘，爰诏侍臣，致崇禋秩，牲璧偭于群望，怀柔及于百神。瑞检云陈，穹坛星丽。煌煌乎圣世之盛仪，埒虞祡而轶汉祀矣。夫南山荐馨，班固以小臣作颂；西岳展礼，杜甫以布衣献赋。草莽微臣，窃附斯义，乃作赋曰：

猗兹山之峻极，眇群岳而独尊。体青雕以出震，标皓灵而烛坤。揭龙荒而作镇，俯鹏溟以为门。参二仪兮永峙，表三成兮莫伦。徒观其大势也，则巀嶭嶜崟，穹窿嵣峡。窈邈嶙峒，坛漫莽罠。迥漠漠以横被，崛峣峣而极上。岠辽碣，啜朔壖；犄挹娄，睨朝鲜。亘乔基于千里，造曾椒于九天。赫兮无俦，峭兮迥拔。岭轮纠以争互，岩峃岃而相嵲。峰千仞兮缟曜，壁万寻兮琼洁。郁骋险兮横雰，讻负高兮辨霓。五结切。洵东极之神隩，讵西昆之可埒。

尔乃循览四麓，考其周缀。爰有黑松巨林，跃蔓黝邃。羾天有极，萦地靡际。既虺坂而连延，亦笼山而摧嵳，根欚侻以鳞罗，叶缍猎而羽翳。挐茎含飙以郁翁，攒柯罥雾而丛倚。霱兮沉沉，笭兮甈甈。欻阴火于空心，蹷阳波于槎蘖。叶，羊至切。乍顿道而欹卧，忽摧壑而侧植。叶，直吏切。信亥步之未迹，知禹桀之莫暨。自山麓至半山，皆黑松林，亘三百余里，不见日月，树根相纠如网，地皆深淖，马行七日乃毕。于是黛凝复嶂，烟暝虚岚，森梢陬互，堳堁嘶岩。景晻哼兮罕曜，途滢潋兮增湍。匝层阴于遥巘，髳荒径于修峦。杳慌罔兮昼含暮，儵寥窲兮夏凝寒。其中乃有黑雕青鹞，苍鹰素鹘，皎鹄碧鹳，迅鹯俊鸨。风腾猛脑，霜披劲翮。哱吭鞫鞫，奋翰獝獗。或命俦于杪颠，或接巢于枝格。瞵金眸兮高睇，厉青骹兮下击。缁采赪辉，殊材异质，喧聒相惊，澻跃自骘。鼓觜距以增响，毻羽毛而成积。极翔群之诡错，咸沸卉而斯集。若夫虤虪之俦，昆骍之属，伏麒长啸，豪狶振亍。麋麖昏髟于积岨，熊彪睒瞲于丛木。豺獏龂龂以猛噬，豜豵惊透而纷逐。般首劲角，圜题从目。昏嗥晨响，风驰雷踧。栗林振壑，殷岩虢谷。至乃青鼯黄鼬，华貂文豽，挺修毫之温润，含雕彩之炜烈。豆目睗睒，麦髯狎猎，栖迹曾冰，罥踪盛雪。窜木末而腾趠，穴岩寝而竞捷。羌托体于寒陬，畴效珍于华阙。伊奇类之夥够，嗟难得而殚说。

尔乃林径欲穷，迒蹊半墤。转千盘而渐高，出九折而逾碍。纡蹇产，竦崄嵲，豁修渚，响湍濑。萦濯龙之沧渊，欱纳莺之双派。水名。濯龙沽、大小纳莺二河。殷雷地底，倒景天外。骇河流之凌薄，划岩垌而訇磕。栈郁盘于回溪，路屉仄于巉屹。涧凝空兮谁涉，崖践虚兮俨对。于是豁闭直裂，嵽嵲如凭。抗术阡于鸟际，超轨躅于云层。邈半汉以上跻，轶隆巅而究升。周步山极，肆目岩陉。旷若砥原，坦若广庭。纤条不竦，殊榛罕茎。寒芜莽莽，石道冥冥。何嶒崚外峙，而唐坛内平。山顶极平坦，无树木，惟荒烟蔓草，满目纵横而已。

尔乃群峦结瑶以峻起，千岩削玉以攒立。頳砡含皓以垅垣，崾崦缭素而丛袭。篮五色以相焕，绵百里而环幂。类瑶台之偃蹇，宛琼山之崱屴。石崖高七十丈，白如琼玉，四环山顶，广袤八十余里。仰重霄兮可扪，俯下方兮无极。互阴晴于肤寸，揽星辰于盈尺。伏岑嶶而返眺，讶雷雨之下黑。爰有千龄之冰，太始之雪，嵌空嵧窖，并凌庨岀。六尺皑皑，袤丈峃峃，迎素秋而竞飞，涉朱炎而自冽。嶰壑森凄以月鉴，崺峤炯晃而镜彻。乍消长于新故，畴单究其融结。纷衔耀兮远映，何吹律兮可热。从山趾至颠，高二百里，其上冰雪丛积，历夏不消。尔其混同之本，鸭绿之源，谺为神池，以宅乎其间。池在山之极顶，形如豕肾，纵余五里，横八里，北流至松花兀喇，入乌龙，为混同江。南流至朝鲜，为鸭绿江。《一统志》云池广八十里者，讹也。曾澜广潒，灵液沦涟。振以曲碕之巉崪，缭以襄岸之骈田。含靓如拭，积明若空。乍风披以潋滟，倏霞蒸而溃泚。凿翠启鳣湍之径，蹑云构鲛人之宫。

尔乃疏隘狭，穴㕊硿，跳潜沫，骇奔潨。汩渍阿而滈瀑，雪砯岩而溗溶。徂南骤北，趋浥聚灇。渹灵源于千顷，瀹神委于二江。叶，姑红切。若其嵁窦之所潜演，穹㢠之所滀激。滙似碓投，洞若机疾。并腾溗而洒珠，遂奔扬而缀璧。群流既渫，四派乃驰，瀺灂崇岑，喧㵝峻岐。飒沓雨集，㵐冽烟霏。挂流曾碧之表，沦波空翠之隈。倒银潢而半泻，矫皓蜺而迴飞。四月间，池水及石罅冻泉先开，其所出之水凡四派，穿白石崖而下，挂流百丈，声若惊雷。于是澮泞安翔，蜸蟺四会，溔溔混涛，滮滮振濑。抑鱼龙之余怒，集大坻而为汇。泂兮永指，晶兮徐迈。出乎松花之陬，注乎乌龙之外。四派之水，至旎墨旎呀库，汇为一流，以入于松花兀喇。所以宣天纲之含布，壮朔野之襟带。

若考其瑰奇之所窟宅，珍玮之所景彰，则夜珠流照于素波，赪玉摅采于青冈。人参抗茎于椴阴，良楛挺笴于松阳。人参生于椴树之阴。石崖外，松林极目，其间环生楛矢，即肃慎氏矢也。灵跂骖螭而容与，羽人抚鹤而栖翔。毕《山经》以撰异，莫兹岳之灵长。相传其上有仙灵往来，擅射麋鹿者，即云雾迷径。至其出纳望曦，怀吐云雾，苞阴阳以灵秘，通玄漠而神护。小众山于垤敦，眇七表于指顾。岖嵚则千匝未殚，缥碧则万重纷聚。顿挺拔之地轴，俯嵯峨之天柱。故能上当辰曜，仰褫帝居，抗基卓荦，翔势扶舆。踞苍门而表神宅，并青岱而辟仙间。赫彤云之昼聚，焯紫气之晨敷。孕造夏之玉字，识临代之宝符。启潜跃于圣祖，臻景铄于皇图。藏瑶牒兮可俟，涌金精兮讵诬。瑞我清兮亿载，永作固兮不渝。

竹　赋

并序。童子时作。

闲游别墅，见有竹数竿，临池独秀，而托根荒径，延赏无人。仆感幽质之飘摇，怜贞姿之芜没，乃设为子桓、季重之事以讽。其词曰：

魏太子从容多暇，言游西园，御华毂，靡朱轩，驰武贲于先路，托文学于后辕。尔乃溯惠风而扬葭，承清云而转旆。度蘅薄之遭回，指兰唐之如带。于时池台绮合，帷幕珠连。珍卉被丽，修竹婵娟。绕亭皋而荫景，夹曾阁而垂鲜。太子乃感湘流之怨歌，抚楚潭之逸曲，顾宾御而长怀，招季重而进牍。

季重于是跽而称曰："臣闻坤灵诞育，庶族繁生。见篻簩于幽记，表筼筜于秘经。结根水澨，晞干山岑。抱偃蹇之姱节，含萋蒨之幽心。出炎洲而独立，临江介而流音。织桃枝之珍簟，传云母之怪琛。仙人扫阳屿之石，烟客擅罗山之金。乍成船于百丈，或如瓮于十寻。徒观其黛色参差，翠筠窈窕。延华月而玲珑，翳流云而夭矫。散空碧于玄墀，下浮青于绮沼。旖旎无定，嫕娟自持。苞薪润粉，箨细含滋。积雪霏兮冬蒨，繁景丽兮春迟。若其抗茎公子之庭，列植佳人之室，上泠泠兮削成，下离离兮如织。于是末下葳蕤，初舒屈戍。琼钩卷兮临花，绮疏空兮停日。见绣簜之森梢，对缥枝之乍密。轻飙肃兮结玄阴，暮雨封兮疏翠滴。复如幽茂山椒，宗生烟路。俯碧涧之阴岑，交苍崖之纡互。凉叶栖霜，修篁承露。锁岫霭于冬春，啸清猿于朝暮。紫花落兮无人，素笋抽兮谁护？结海山之珠实，青鸟空来；拂江南之石盘，洞箫时误。若乃曲台依夕，景昃明罗，白露警鹤，素月惊乌。写薄雾于湘箬，曳轻烟于绿柯。尔乃影乱珠罳，声传翠幌。横琼砌而增凉，拂金铺而助响。秋径夕兮猗靡，寒塘静兮萧朗。至其苍苍延秀，飘飘荡姿。泛微霜于晓叶，听归风于夜枝。起骚人之独感，动山客之相思。是以质谢暄妍，气分秋朔。笑十兰之徒芳，悲三秀之易落。送短羽之群栖，望长离之永托。虽移根于玉阶，终寄心于云壑。”

太子于是绸缪浩唱，讽采妍辞，披广殿，俯华池，出绛树之双曲，进翠羽之交卮。命吴生于密宴，长接席而不违。

陶彭泽无弦琴赋 并序

山右吴公，来莅兹土，春流饮马，还投濑上之钱；晓阁观鱼，早辨沙中之狱。讼庭雀下，官舍松清。岂独北地豪家，毁兹枣树；遂使西川女子，弃彼芙蓉。况复从容多暇，儒雅怡心，吴季重之在玄城，无妨文墨；潘黄门之居怀县，不废诗歌。追五柳之高风，抚一弹之遗操。爰进童子，用赋斯篇。愧非园令之工，敢荐正平之作。其辞曰：

伊有晋之征士，永埋照乎柴桑。缅长沙之遗烈，追义熙而自伤。敛鸾翮以卑栖，逝鸿羽以高骧。溯清风而独远，郁明霞而不扬。顾素琴兮兴感，意飘飘而自昂。

尔琴之为质也，则龙门飞霰之枝，马岭崩霜之干。托琼巘而孤生，据丹岑而绝汉。含绕梁之清哇，蕴号钟之哀散。爰有离子之徒，王尔之侍，循山独采，越壑相求。剖阴茎以荐法，剪阳柯以雕镂。采之良质，制为雅琴，以献君子，其声愔愔。

岂知六朝逸侣，五柳高人，悼《广陵》之永绝，叹田连之不存。弃八蚕而莫御，屏独茧之横陈。于是《渌水》空传，流风徒结，既收逸响，谁听严节。辍繁响于飞龙，断游弦于明月。逍遥空抚，容与自怡。五色神蛾，不缲仙人之茧；一双春燕，长辞愁女之丝。荀季和之凤凰，空含玉轸；李司隶之孔雀，谩饰金徽。信无声而有意，何至音之可悲。

若夫流莺始飞，条风乍起，芳林结阴，微波成绮，尔乃巾白袷，携乌几，命远公于匡山，啸宗生于江沚。拊兹琴兮娱心，岂操《畅》兮睦耳。复如东皋畹晚，北户迎秋，黄花夕秀，白露晨流。荆州唱《野鹰》之曲，玉关寄旅雁之愁。于是倚杖徘徊，临流顾步，见离兽之东南，睇归云之不度。悲哀弹于霜林，感遗操乎秋路。抱空质而长归，收众音于泰素。岂如荆王曲里，珠柱凄凉；赵后宫中，玉螭隐互。已哉！乃为歌曰：

春风澹荡春水深，思君不见多悲心。应知陶令遗徽在，栗里风流自古今。

秋笳集

卷二

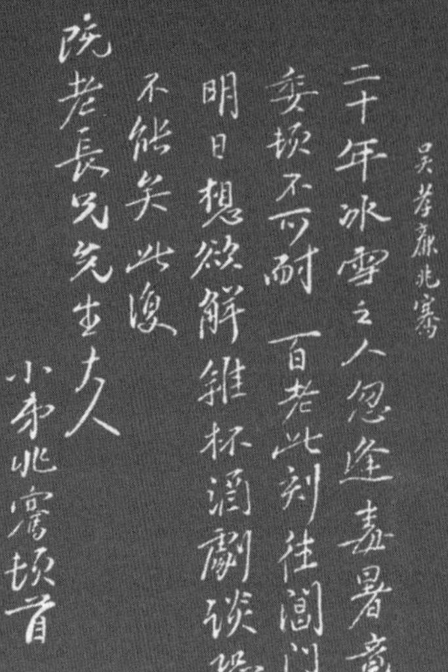
吴孝廉兆骞

二十年冰雪之人忽逢盛暑竟委顿不可耐 百苦此刻往阊门明日想欲解维杯酒剧谈恐不能矣 此覆

阮老長兄先生大人

小弟兆骞顿首

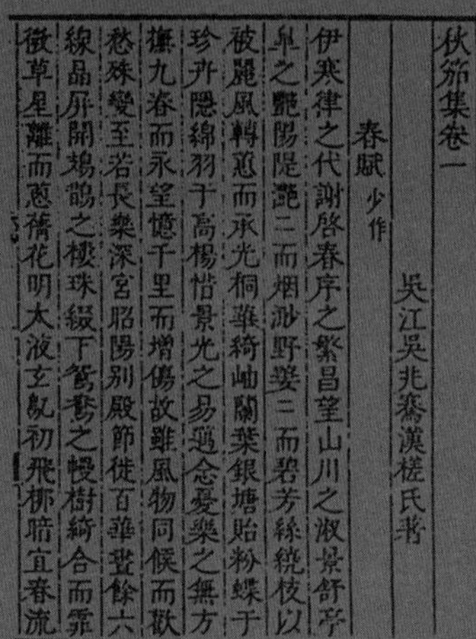
秋笳集卷一

吴江吴兆騫漢槎氏著

春賦 少作

伊寒律之代謝啓春序之繁昌望山川之淑景舒亭皋之麗陽隄灩灩而烟渺野婆婆而若芳緑繞枝以被麗風轉蕙而承光桐華綺岫蘭葉銀塘貽粉蝶于珍卉隱綿羽于高楊惜景光之易邁念愛樂之無方擁九春而永望憶千里而增傷故雖風物同候而歡愁殊變至若長樂深宫昭陽別殿節徙百華晝餘六綫晶屛開鳷鵲之樓珠綴下鳳凰之幔樹綺合而霏微草星離而蕙蒨花明太液玄鳦初飛柳暗宜春流

诗一

晓发抚宁题逆旅壁

长宵鼓角度严风，泱漭烽楼曙色通。
客梦五更惊枥马，征途三月逐归鸿。
断云城堞临边迥，残雪关山映海空。
莫道卢龙犹在眼，异时南望是辽东。

山　海　关

回合千峰起塞垣，汉家曾此限中原。
城临辽海雄南部，地枕燕山控北门。

寂寞鸡鸣今锁钥，凄凉龙战昔乾坤。
高台谁忆中山业，远目苍苍白草昏。

关上留别潘守戎

代方詹事作。

塞天万里送征鞍，意气逢君欲别难。
侠客军中倾灌孟，故人门下识任安。
望乡台迥边云断，姜女祠空海气寒。
明发骊驹分手后，榆关风雪竟南看。

出　关

边楼回首削嶙峋，筚篥喧喧驿骑尘。
敢望余生还故国，独怜多难累衰亲。
云阴不散黄龙雪，柳色初开紫塞春。
姜女石前频驻马，傍关犹是汉家人①。

榆关老翁行

榆关酒楼临大衢，征人日暮行驻车。
鹿裘老翁鬓成雪，夹毂相逢问里闾。
乍闻吴语三太息，坐我楼头话畴昔。
自云家世本吴中，住近张王旧宫侧。
少年追逐冶游场，破产征歌意无惜。

① 原注：关前有姜女望夫石。

沙家枪矟冠江南，学得梨花推第一。
技成好作关河游，贩缯几度来边州。
燕姬十五芙蓉色，弹筝夜夜酣高楼。
一曲红绡醉中掷，囊空典却千金裘。
三载边庭履霜露，飘摇裋褐谁相顾。
途穷不忍到乡关，却向军中应征募。
金羁翠旄绣蝥弧，名隶渡辽第三部。
关前上将霍将军，遣向松山守烽住。
孤城接斗无时休，铁甲中宵带冰卧。
老边墙直长城隈，梯冲百道如山来。
宁前列屯昼城闭，旌旗黯惨纷黄埃。
雄边健儿十三万，鼓声欲死弓难开。
碛西降丁最翘健，日暮分营夜催战。
吁嗟万骑无人回，射尽平州铁丝箭。
曙光曈曈海生绿，战血无声注空谷。
严霜如刀箭如猬，欲上戎鞍泪交续。
坚城既堕将军降，几部残兵向南哭。
相随散卒临渝城，横刀更隶龙骧营。
倏忽长安易朝市，关门不用防秋兵。
从此飘零脱军伍，种豆锄葵学农圃。
且将衰齿托鸡豚，幸免微躯饲豺虎。
昨年有客来燕京，传道江南亦被兵。
故国他乡尽荆棘，穷黎何处还聊生。
伊昔姑苏城畔住，门前小店临江树。
半生羁戍塞垣秋，梦断吴关旧行处。
今日逢君辽水北，被褐驱车欲安适？
白头边语久侏儒，重听乡音涕横臆。

凄惶岭外北风哀，莽莽边沙路何极。
沽酒邀君君莫辞，天涯相见且相悲。
莫嫌憔悴穷边叟，犹是吴趋市上儿①。

次　前　卫

落日莽茫茫，严城列难长。
地形环汉塞，山色接辽阳。
风劲沙恒响，春余草乍芳。
关门今不战，万里尽耕桑。

同诸公登中后所戍楼

若为荒戍驻征轺，纵目烽楼野色遥。
万里川原迷大漠，百年亭堠识前朝。
平沙暮卷山头树，落日晴翻海上潮。
倚堞却寻南首路，汉关迢遥已云霄。

锦州道中登海边旧保障台，上有传烽桔槔

塞门东尽海天开，百战犹存保障台。
偃革十年闲斥侯，传烽当日报蓬莱。
龙山烧色连沙起，皮岛涛声蹴岸回。
却望元戎开幕处，断垣零落使人哀。

---

① 原注：凄惶岭，在关外三里，旁有姜女石。

塔山道中望海二十韵

凭高临渤海，披远瞰瀛堧。
浩浩雄东极，茫茫控北边。
潮回云岛失，浪蹴雪山连。
空外应无地，波中或有天。
稍分玄菟郡，莫辨白狼川。
洄洑连星拆，盘涡倒日悬。
□□分万里，宇宙失千年。
树隔扶桑近，津回析木偏。
翳空鹏展翮，吹涝蜃飞涎。
缥缈鼋梁客，虚无鹿峤仙。
泪绡怜女织，驱石想神鞭。
杳映阳霞紫，昏明阴火玄。
鱼云晴作市，蚌月夜扬鲜。
万象应难测，孤踪任所牵。
萍漂何倚托，梗断孰延缘？
征客槎空度，冤禽水漫填。
欲沉徐衍石，难泛管宁船。
乡国思渔钓，关山愧播迁。
金支宁可睹，玉佩竟谁捐？
心共滔滔水，东流去眇然。

广宁道中作

巫闾千嶂削芙蓉，走马东来翠几重。

残碣久迷辽日月①，毁垣犹记汉提封。
射雕旧俗争驰猎，买犊新田早事农。
共道广轮今一统，朔云十载罢传烽。

登广宁城望城外佛舍，因同诸公却过

徙倚城头极望长，双林钟磬远微茫。
凄凉古塞还僧寺，寂寞前朝只战场。
金井有基春草绿，石幢无字夕阳黄。
却怜负羽边庭客，重过禅扉意倍伤。

沙河道中

渡辽幕府已凋残，傍海山川尚郁盘。
攻守十年夸保塞，废兴一代问登坛。
营空鹅鹳青磷泣，冢失麒麟白草寒。
露祭独怜遗老在，秋风碛路哭戎鞍。

次沙河砦

客程殊未已，复此驻行装。
世事怜今日，人情怯异乡。
月临边草白，天入海云黄。
莫恨关山远，来朝是乐浪。

① 原注：辽时东丹王居此。

沈阳旅舍赋示陈子长

西风城畔夜乌哀，积雨荒庭黯不开。
匝地关山千里去，极天辽海一身来。
文如刘峻终无命，愤到嵇康始悔才。
旧业凋残归未得，望乡何处更登台。

赠　赤　公

怜君杖锡欲何依，寂寂花宫一磬微。
欲使边城传白拂，却教汉法到缁衣。
灯燃鹿苑诸天静，杯渡狼河杂部归。
知是随缘无远近，不将迁谪扰清机①。

同陈子长坐毡帐中话吴门旧游怆然作歌

辽城四月春风来，黄鹂啼树梨花开。
陈生邀我郭南去，笑骑鞍马双徘徊。
沙场黯黯日将暮，半醉归来解鞍卧。
毡墙谁拨鹍鸡弦，弹作商声泪交堕。
忆昨故乡百不忧，命俦啸侣吴趋游。
裁诗每题白团扇，纵酒欲赌青羔裘。
沙棠之桨云母舟，美人玉袖挡箜篌。
金窗银烛月未午，清歌窈窕无时休。

---

① 原注：蒙古人多称弟子者。

就中少年三五辈，徐郎顾子称风流。
独孤侧帽倾士女，正平摇笔凌王侯。
百年行乐竟谁在？凄凉边地伤离愁。
只今相对休悒怏，人生苦乐犹回掌。
陇西将军困醉尉，邯郸才人辱厮养。
古来憔悴多名流，吾辈何悲弃榛莽。
君才弱冠我盛年，可怜沦落俱冰天。
旧游一别已如雨，阴关万里徒含烟。
寄哀欲托庾信赋，赏音空忆钟期弦。
金樽有酒且沉醉，何须惆怅风尘前。

同陈子长夜饮即席作歌

豪气君未除，长啸轻远游。
虽为辽海客，不识边城愁。
青丝玉壶银凿落，中宵坐我碧油幕。
海风吹天星动摇，边色横烟月澄廓。
倚笛频惊出塞声，衔杯尚拟华年乐。
黄龙东望沙茫茫，黑林树色参天长。
此行应痛永乖别，他时相忆徒慨慷。
爱君且复饮君酒，庭树摇摇挂珠斗。
梦去难攀鹤市花，醉来聊折龙城柳。
眼中万事尽飘蓬，尔我安能日携手。
故园何处五湖滨，难后逢君意转亲。
谁怜玄菟城头月，泣尽黄公垆畔人。

将发沈阳过子长饮怆然有作[1]

日暮离心共黯然，相看涕泗酒杯前。
最怜去住逢今夕，转忆情亲是昨年。
地入乌龙云接海，人过玄菟雪为天。
与君万里同羁戍，无那孤蓬更极边。

抚顺别孙赤崖、刘逸民[2]

边程不可驻，杯酒暂相亲。
并此羁孤地，还成去住身。
中宵辽海月，万里塞垣春。
明发单车别，谁怜绝域人？

发年马留别沈阳诸子

辞君更东去，回首见重边。
塞尽秦时地，山开徼外天。
长歌哀午夜，远谪痛丁年。
纵有高秋雁，茫茫信岂传。

赠海南曾生

怜君从役罢登临，乡思犹传越客吟。

① 编者按："将发沈阳"，原作"将发沈中"，此据目录改。
② 编者按："孙赤崖"，原误作"孙赤厓"，径改，目录同此，亦改。

皂帽尘生人未返，青山霜落岁将阴。
玉关征戍悲芦管，珠浦音书怨藁砧。
我亦有家江水上，十年同恨塞垣深。

晓　起

初寒山畔尚余花，早起江头未落霞。
秋草郊原闻牧马，晓云睥睨度吹笳。
书传锦字三年泪，路绕银河万里槎。
褵褷敝裘归未得，几回弹铗叹无家。

城楼晓望

哑哑乌啼起戍楼，曷来登望思堪愁。
山横雁碛皆东下，江划龙荒尽北流。
金甲日凝千帐晓，画旗风急六台秋。
征夫绝塞踪难定，肠断樽前玉腕骝。

过朝鸡屯

连宵宿年马，今日过朝鸡。
风壤行逾变，云山望欲迷。
沙虚留虎迹，树暗听乌啼。
回眺悬鞍处，迢迢隔岭西。

夜宿阴沟关有怀子长

信宿阴关戍，悠悠旅夜徂。

春声过碛冷，月色到边孤。
离梦还高枕，余生且客途。
苍茫睥睨外，不忍听啼乌。

阴沟关

重山千仞叠晴空，列栅当崖锁钥雄。
牙帐别开龙碛外，岩疆更抱菟城东。
数家烟火黄云暮，一片牛羊白草风。
去去敢伤荒激远，辽阳今已是关中。

高丽营

唐太宗东征旧迹。

文皇昔日征辽海，此地高丽亦驻兵。
想象六军频血战，苍茫异代尚残营。
黄云碛断行人少，白骨原空蔓草平。
日暮江流风雨外，滔滔东去不胜情。

五日阻水年马河

五日驱车度极边，中宵移帐阻长川。
波间不断千峰雨，林上争喧七涧泉。
铁骑风沙行戍日，锦帆丝管旧游年。
汨罗犹是江南地。始觉灵均未可怜。

赠陈心简

故栗阳相公子也。

白袷翩翩马上逢，襟期怜尔尚雍容。
王章有子称迁客，李燮无家托酒佣。
梦里白门人万里，愁中玄塞嶂千重。
月高毳帐悲歌发，醉揽边笳对雪峰。

四　道　岭

悬流溪百折，东岭树千盘。
不度重关外，宁知此路难。
沙声连雨急，岚气逼云寒。
日暮愁征旅，前冈且驻鞍。

黑儿逊河眺望

长河渺难涉，歇马暂踌躇。
地隔三韩外，人看万死余。
沙阴低远幕，草色上征车。
窜逐前贤事，飘蓬愧未如。

早发尼失哈

绕帐笳声促夜装，明星欲落雾苍苍。
征途咫尺迷孤嶂，残梦依稀认故乡。

雪尽龙山三伏雨，风严雁碛五更霜。
据鞍却望黄沙外，此地由来百战场。

次了深河水涨不得渡赋呈方楼冈

蒹葭一水雾初收，欲济苍茫少客舟。
树合双崖迷塞路，雨添千涧引河流。
萧条瓯脱秋先到，呜咽琵琶暮起愁。
总是播迁京国外，不妨此地更淹留。

七夕次喇伐朵洪

驻马平芜外，徘徊旅思长。
河流秋淼淼，边色夜荒荒。
画角千峰月，羊裘七月霜。
世途吾拙甚，不敢望银潢。

喇伐道中作

平明吹角起征鸿，又逐戎鞍溯朔风。
秋草关山人独去，寒衣乡国信谁通。
龙沙迥出三边外，鸟道斜悬万岭中。
千载主恩良不薄，崔骃窜处是辽东。

小乌稽

即前史所称黑松林也。

连峰如黛逐人来，一到频惊暝色催。

坏道沙喧天外雨，崩崖石走地中雷。
千年冰雪晴还湿，万木云霾午未开。
明发前林更巉绝，侧身修坂倍生哀。

大 乌 稽

朝辞石栈乱云巅，暮宿苍林万仞前。
灌木带天余百里，崩榛匝地自千年。
栖冰貂鼠惊频落，蛰树熊罴稳独悬。
闻道随刊神禹绩，崎岖曾未到穷边。

交河山中夜行

晨征宵未已，侧足此山皋。
秋过交河盛，星当大碛高。
边程依草木，旅食寄弓刀。
万虑沙场里，驱车敢告劳。

过乌孙法嘅

木石尽墨，云雷火所烧。

晓树深嵌壑，秋峰峻入天。
尚遗烧劫火，莫辨赭山年。
雾积梯崖仄，风惊栈石悬。
挽车萦九折，历尽转凄然。

北 风

马上北风哀，黄云惨不开。

寒摧龙碛断，声卷雁沙来。
释骑衣空寄，嫖姚战未回。
何人吹筚篥，泪尽落雕台。

雨　雪

际海塞沙平，连峰朔雪惊。
三秋龙碛度，万里雁山营。
甲冷朝逾响，笳寒夜不鸣。
兼裘犹恐薄，愁杀寄衣情。

迯逻晚望

寒原渺无极，十里带苍山。
落日双雕外，秋风万马间。
沧洲何暇泛，属国几时还？
惆怅渝河水，悠悠隔汉关。

海边独眺

海色莽无际，凭高望泬寥。
九霄迷积气，万象变灵潮。
神迹传分扈，仙期想射蛟。
银台如可见，烟驾欲相邀。

赠吴稚恭散骑

故恭顺侯勋卫。

白头吴叟何龙钟，先朝曾直华清宫。

十年丧乱无人识，万里羁孤泣路穷。
忆昨西京全盛日，子侯年少承殊泽。
门下金鞍惯射生，楼中银管频留客。
油戟香轮陌上骄，佩刀日护紫宸朝。
从猎别分都尉马，奉车特赐侍中貂。
山河举目须臾异，荆棘凄凉旧东第。
仙人已叹海生尘，侯家宁保山如砺。
几度天涯怨负薪，萧条绝塞讵逢春。
梦里宫云雕辇路，愁中边草玉关人。
玉关回首伤怀抱，短衣浊酒长潦倒。
雀满门前翟氏悲，羊归垄上苏卿老。
日暮哀笳四野闻，黄榆秋雪正纷纷。
凭高欲纵乡关目，肠断南归雁几群。

径　　僻

径僻人过少，山空鸟度稀。
乱沙寒不起，急雪暮频飞。
独对他乡酒，犹披昨岁衣。
故山扬子外，漂泊未成归。

晓　　雁

泱漭汀洲曙，征鸿带月飞。
霜凄声自切，风急阵偏稀。
顾影愁轻缴，翔空惜羽衣。
方塘春水渌，与尔共言归。

赵宫旧姬

一从丹阙火，不复奉深宫。
细马经边雪，修蛾怨朔风。
玉门何日返，翠辇旧时同。
肠断温明殿，飘零白露中。

沙林道夜行闻鹤

空外皋禽度，沙边倦客行。
那知遥夜唳，偏恨独游情。
影落霜岑远，声传月溆清。
怜君霄汉侣，何事入辽城。

对　　月

晖晖明月迥，遥吐雪山岑。
一片婵娟影，千秋离别心。
寒生青桂落，光入绛河沉。
惆怅沙场外，苍然霜露深。

北渚望月

徘徊临北渚，永夜月华寒。
顾兔飞难定，金波泻欲残。
风微频泛滟，浪细不成团。

惆怅佳人远，含情只独看。

空城中见栖鸟感而成咏

落日空城里，无人鸟独栖。
幸逃纤缴慕，得任别枝啼。
命子声偏急，梳翎影乍低。
微躯惭凤族，不敢向金闺。

寄怀陈子长

毡帐风连曙，长河雪过春。
一年频卧疾，万里独怀人。
世事文章贱，交情患难真。
茫茫穷塞外，愁记别离辰。

寒食大雪

寒食边庭雪，严阴郁未开。
遥怜战场柳，春色几时来。
客泪沾笳吹，乡心托酒杯。
莺花何处好，万里梦吴台。

可汗河晓望

长河泱漭抱孤城，河渚苍苍牧马鸣。
旌旆晓迷鸦岭色，风涛春走雁沙声。

近边亭障千年迹，出塞星霜万里情。
羁戍自关军国计，敢将筋力怨长征。

晓　坐

涧户寂无侣，凄凄露尚垂。
楼空秋气早，林密晓光迟。
芜没人三径，萧条海一涯。
此乡弓马地，抱简日低眉。

同德维及门人陈昭令游北山

积黛纷岩岫，招寻兴未穷。
溪声连暮急，林色带烟空。
书隔边烽外，秋生旅望中。
自怜淹谪戍，俯仰愧墙东。

卞生过饮

吴门人。

相见添新鬓，相悲话故乡。
那堪逢晏岁，俱是客殊方。
搁酒荒台月，征衣大漠霜。
风波满眼泪，对尔益增伤。

夜　行

惊沙莽莽飒风飙，赤烧连天夜气遥。

雪岭三更人尚猎，冰河四月冻初消。
客同属国思传雁，地是阴山学射雕。
忽忆吴趋歌吹地，杨花楼阁玉骢骄。

沙岭晚归

寒溪不可涉，驱马出平沙。
半碛余秋烧，千山只暮笳。
惊心烽火急，回首塞垣赊。
终岁愁奔命，何劳问海槎。

过灰扒废城

大漠何王国，行人此日来。
雄图一战尽，废址百年哀。
鱼鸟空横草，麒麟已没苔。
松声悲旧垒，水气冷荒台。
伊昔龙庭日，曾传狼纛开。
势窥东海盛，部绕北关回。
候月雕弓劲，乘冰铁骑催。
两雄方踦龁，杂种遂纷猜。
衅比征祠祭，勋期辟草莱。
旌飞沙浩浩，鼓合雪皑皑。
大敌全师会，孤城力斗摧。
兵声残白草，战哭聚黄埃。
韩近秦先举，虞亡晋始恢。
尚传京观在，谁叹爝蠡灰。

厄塞形空设，兴衰恨莫裁。
依稀营畔柳，惆怅笛中梅。
丛棘朝晞露，崩沙晚沸雷。
抚尘心侘傺，览迹思徘徊。
地远何人吊，程遥我马隤。
凄凉怀古意，秋角满长垓。

庚子至日书怀三十韵

旧国归难定，他乡节又迁。
岁时仍玉琯，云物自冰天。
漫喜微阳复，徒伤往虑牵。
星行方转次，灰死欲重燃。
浪迹龙堆外，回肠鲤对年。
重闱时问寝，诸弟日随肩。
宴笑潘舆乐，欢娱莱袖鲜。
举觞南至日，献袜北堂筵。
座拥缇帷烛，歌清玉柱弦。
土风遗赤豆，庭诰续青编。
节比元正重，家钦祖德传。
趋承犹记忆，门次已颠连。
家远三年别，愁深五夜煎。
寸心徐庶乱，百口郄公怜。
薏苡人谁辨，申椒世所捐。
含凄望乡国，揽涕托旌旃。
土室难淹久，毡裘失静便。
沙崩空碛断，雪霁乱峰悬。

寻眺非吴苑，生涯且朔边。
覊心黄鹄曲，归路白狼川。
敢道文章误，翻惭性命全。
戛羹愁寄食，作赋忆归田。
西笑何时释，南枝只梦旋。
有怀成十志，无处饱三鳣。
旧已哀豺遘，今犹畏鹘拳。
物情随贵贱，吾道任迍邅。
铩翮嵇中散，依人王仲宣。
日迟玄陆景，春隔紫台烟。
客鬓将三十，亲庭渺八千。
感时何限恨，肠断白华篇。

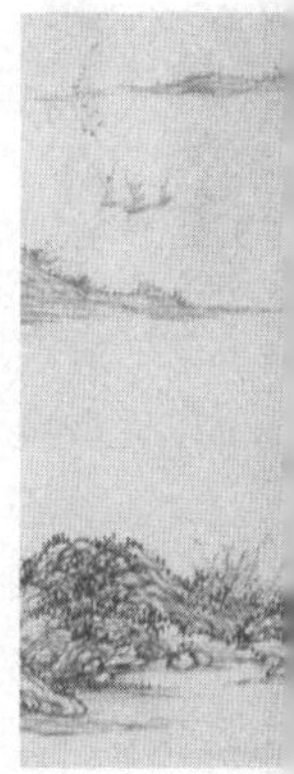

赋得春风和方邵村作

春风日骀荡，远近遍亭台。
传响莺先觉，萦空柳渐催。
暗随暄气度，时逐薄寒来。
宁有雄雌异，空劳楚客才。

送人之浑蠡

沃沮西候远，君去驻旌旄。
千帐凝边色，孤城压海涛。
雪深车不度，风劲角初高。
报尽平安火，谁怜吏士劳？

校猎即事

锦袖臂鹰轻，分弓出柳营。
飞身骄马足，仰手落雕声。
鼓合风林动，围开雪野平。
归来金帐饮，一片画旗明。

忆旧书情寄陈子长一百韵

绝域黄龙外，长城玄菟边。
羁栖仍万里，离别欲三年。
天远浮云蔽，山深积雪偏。
永怀心莫展，延眺目凄然。
坐惜佳人渺，空惊迴路悬。
回肠频雁帛，吊影只鸡田。
忆昨淹梁狱，当时尽汉贤。
共嗟丞相系①，独讶谤书传。
牍背侵周勃，装资枉马援。
逢君何磊落，向我各潺湲。
乳虪心长怯，鸣鸡志不悛。
洁飧梧象侧，赠缟竹囚前。
黯黯皋陶庙，荧荧贯索躔。
一言饶契托，十死共迍邅。
抚事惟悲啸，忘形且醉眠。

① 原注：子长尊人素庵先生，与予同在请室。

非关交易合，直是道能全。
命酒青觞并，催诗绛蜡燃。
斯人哀木索，俗士笑丹铅。
共诧黄门寺，翻多白雪篇。
势犹居画地，情拟问高天。
赋笔摧鹦鹉，啼痕洒杜鹃。
上台终不曜，庶女竟蒙愆。
已自宽秦格，还谁辩楚荃。
锄兰方侘傺，泛梗忽联翩。
雁碛嗟俱窜，骊歌竟我先①。
春风都市柳，晓日潞河烟。
南浦难追祖，西曹黯独煎。
魂应随去马，胆尚畏饥鹯。
屡抱羁人愤，何堪别绪牵。
棘庭才判袂，蓬辖倏随肩。
去国崔亭伯，无家王仲宣。
幸存余齿在，敢论旧邱捐。
客望迷山雨，征途乱野鸢。
风沙横地合，障塞极云联。
白日阴辽海，黄尘度蓟壖。
关春榆莽莽，边雪草芊芊。
平郭无停轨，句骊更扣舷。
相迎珠勒远②，披对赭衣穿。
暂喜冰天外，重看玉树连。

---

① 原注：先生与予皆论谪塞外，先生先予行廿日。
② 原注：予至沈，子长迎予十里。

含辛谈出塞，把臂话辞燕。
款款低乌帽，依依坐马鞯。
望衡时晤语，秉烛日周还。
夜席衔金碗，晴原簇玉鞭。
剑歌何激楚，酒赋自缠绵。
道屈才还大，情深骨已镌。
久谙行役贱，犹得故人怜。
仁祖能贻米，延之屡乞钱。
相哀赋穷鸟，独恨咏鸣蝉。
方拟长栖并，宁知更播迁。
倚栏心眷眷，沾轼涕涟涟。
笛咽翔凫曲，琴摧去鹤弦。
晚风凄别幌，夜月澹离筵。
无复形将影，徒伤筈与弦。
柳长空折赠，蓬转任翩翾。
歧路嗟何及，关山各勉旃。
无期知此别，有约忆同妍。
桃馆消魂地，才堂送客廛。
良游应已矣，吾道讵终焉。
虎口残魂脱，羊肠覆辙骈。
雨昏江气白，雾宿岭阴玄。
经迥程凡几，投荒路渺千。
乌稽封灌莽，红锈绕洄漩①。
绝壑横豺虎，荒途少术阡。
杂花垂隰短，密树依山圆。

① 原注：边人呼水在草中如淖者，曰红绣水。

靡靡连钱骑，[illegible][illegible]服辖犍。
未知穷月窟，竟似坠雷渊。
跻险凭穿履，啼饥想橐饘。
混同秋涨急，瓯脱暮云骞。
地接扶桑畔，人过桀木巅。
银河横左界，珠斗直南旋。
憔悴肠应断，崎岖病莫痊。
百程投所届，万转尽洄沿。
稍喜劳筋息，重悲累足胼。
罪宁当畀虎，意敢望怜蚿。
薙草芜三径，诛茅得一椽。
葛公蓬作溜，楚客蕙为櫋。
家远安殊俗，身贫问治佃。
浮生原濩落，举世自婵娟。
几乞渊明食，仍残子敬毡。
负薪沙渺渺，汲涧溜涓涓。
篱缺松枝补，墙欹柳叶缠。
故囊无白袷，废簏有青编。
渐觉诗书贱，奚暖习俗儇。
怀人饶梦寐，就役怯戈[illegible]。
欲命攀嵇驾，难招访戴船。
悬鹑看裋褐，烹鲤读缯笺。
旧好凄心远，新诗照眼鲜。
琼瑶思友切，笙鹤礼真虔①。
种草期园客，蒸丹下偓佺。

① 原注：子长贻予札云，欲弃谢凡俗，栖心仙道。

椒庭应咫尺，烟驾本高骞。
缅邈银台药，虚无玉井莲。
鲍焦空愤世，郭璞且游仙。
系表深遐慕，区中谢广缘。
应知能却物，谁是未忘筌。
蠖屈贤人隐，龙驯静者便。
愿言乘气峤，相见问真诠。
迹滞愁难达，情乖忿讵蠲。
卢山春不度，青海冻犹坚。
地脉通嘘气，天心合转圜。
未能期汗漫，聊复卜筳篿。

见离燕

紫燕双栖好，年年绮户深。
那知金弹惧，相失玉窗阴。
觅垒悲新侣，衔泥怆故心。
吴宫旧巢处，漂泊岂重寻。

书壁

荷索何来此，沾衣独念亲。
最怜今决绝，转羡昔艰辛。
出塞愁中路，趋庭梦里身。
祁连明月好，难照倚闾人。

辛丑七夕

拂庐雨过流华月，起视双星乍明灭。
塞外频惊七夕来，闺中应忆三年别。
寂寂深闺白露寒，鸳机遥夜绮罗单。
空怜楼阁穿针好，不识关山行路难。

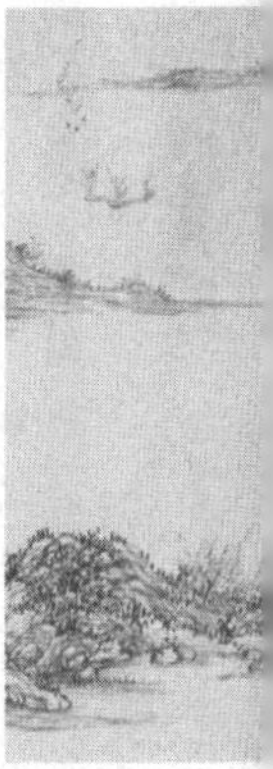

过恭顺侯吴公寓斋奉赠

日暮巾车载酒过，青帘乌几共婆娑。
年侵渐觉豪游少，官罢方知醉尉多。
五国云山凝旅望，九秋冰雪怨羌歌。
那堪回首淮南郡，列帐青油拥玉珂。

赠故太常乐工申叟

白首梨园叟，曾闻值御筵。
千官丹陛侧，百戏翠华前。
丧乱悲铜马，飘零泣钿蝉。
那堪关塞外，重对李龟年。

人日过钱子

天畔春生扬子亭，经过小骑尉漂零。
曾无彩胜传人日，虚拟羊裘是客星。
远碛云阴春漠漠，孤城雪色海冥冥。

柏尊相劝还沉饮，迁客由来忌独醒。

送巴参领

萧萧铁马嘶，万里出榆溪。
战气随旌旆，边心入鼓鼙。
碛荒青海外，驿断雪山西。
上将铭功处，残碑待尔题。

曷木逊逻晓发

树杪月犹见，城头角已残。
荒途分五国，归骑发三韩。
野雾依山尽，春星落塞寒。
鸣鞭及前侣，霜露满孤鞍。

送阿佐领奉使黑斤

槽头征马鸣，将军欲按塞。
飞沙咽鼓鼙，长云拥旌旆。
持檄遥颁五国东，挥鞭直历千山外。
千山不尽海东陲，黑水兼天碛路迷。
金环岛户雕为屋①，石砮种人鱼作衣②。
曲栈荒林纷积阻，剥落残碑昧今古。

---

① 原注：黑斤人，耳鼻皆缀以金环，其傍海者，以雕羽覆屋。
② 原注：鱼皮为衣。

冰雪阴崖青鹞风，麏麚乱木黄沙雨。
巨鹿冈头塞北门，千家部落若云屯。
破羌流尽征人血，好进温貂报国恩①。

许康侯总戎招饮城东江上

一石酒新碧，四月花始红。
阳夏许侯有佳兴，携宾日暮城之东。
缇油小幕披华褥，锦袖金鞭照沙曲。
烟郭风微晚树迷，清江冰断春波渌。
双鱼拨刺红肌鲜，铜垆作鲙吹芳烟。
客子欲题鹦鹉赋，主人自奏鸳鸯弦。
班荆藉草青莎软，杂坐高歌不知晚。
且看欢笑玉山颓，休语风尘银碛远。
酒尽高丽双翠罂，看君俊气何纵横。
半酣忽跃紫骝去，落日南冈按海青。

阿波道中同姚琢之马上作

长林亘修坂，迢递抱云回。
半堰双流入，千崖一线开。
皂雕惊古木，白豹穴荒台。
去去惭关吏，鸣鞭意转哀。

---

① 原注：老羌屡侵掠黑斤、非呀哈诸种，宁古岁出大师救之。康熙三年五月，大将军巴公乘大雪，袭破之于乌龙江，自是边患稍息。

晓自沙岭至马耳河

海鶾先晨闻，城乌凌旦起。
浮客心多怀，侵星戒徂轨。
稍稍出烟峦，洆洆辨川汜。
蘋末风乍扬，莲房露犹泚。
岑翠曳为霞，林光霭初霁。
望远恒少悰，游目暂为美。
龙丘徒流叹，雁门未雪踦。
良游如可期，结轸从兹始。

七夕陪诸将饮

清夜高城载酒游，轻寒初换紫貂裘。
雕弓夹帐空悬月，玉管登台早入秋。
独向金风嘶战马，谁从银汉问牵牛。
年年此夕遐荒外，肠断穿针故国楼。

赠旧参领穆君

珠勒翩翩白鼻騧，曾提长剑靖边沙。
酬功未见封龙额，突阵还教隶虎牙。
羌笛恨余青海戍，边烽愁问玉门遮。
画图今日谁麟阁？十载军中只鬓华。

送人西行

风野喧征骑，霜笳引别愁。

路分稽洛塞，部入骨都侯。
驼帐边阴暮，龙祠海气秋。
萧条盐泽外，旧夜水西流。

沙　岭　作

陟壑凭崖望未穷，塞天城郭暮云中。
征人乘障吹羌管，校尉悬旗下朔风。
白雪长寒瓯脱里，青山不到挹娄东。
从来间□多征戍，未敢沾裳怨转蓬。

同诸公饮城东水次分韵得春字[①]

甲寅夏四月二十一日作。

数峰空翠照江滨，江水逶迤绕郭新。
草色乍消沙塞雪，莺声已过故园春。
壮心零落还驱马，绝域羁栖且傍人。
漫道物华堪历览，清樽相见莫辞频。

海郎山灵湫神女歌

山顶有公主台遗址。

海郎山色倚巉岩，山半灵湫映晓岚。
公主旧台余翠岫，神女新祠傍绿潭。
神女婵娟艳瑶彩，霏烟曳月迷年载。

① 编者按：此题原缺“东水次分韵得”六字，据刻本目录补。

怨入青蛾忆汉宫，魂依白鹤长辽海。
含娣凝情不可亲，乘风飒飒如有人。
虚无琼珮空山雨，杳渺鸾骖绝岛云。
和亲当日悲登垄，遗恨千秋尘澒洞。
宝镜何时别紫阁，玉衣无处寻青冢。
松花柽叶小祠荒，繐帐无人春日长。
鸦翅发垂宫样髻，虎章腰结羽人妆。
香粉长筵醉芳醑，巫女如花下灵语。
踏雾时闻石马嘶，腾波自共冰姨舞。
一曲迎神芦管愁，年年赛火海东头。
望乡莫更歌黄鹤，红粉魂归塞雨秋。

帐中夜坐

虚帐风初霁，长宵露欲侵。
银河垂碛外，珠斗落峰阴。
独下闻笳泪，谁怜击筑心。
南鸿飞渐少，何处寄归音？

酬子长见怀之作

（一）

寒城愁眺塞天分，岁暮怀人渺白云。
路绝紫关长望国，书来青海尚离群。
冰河雁阵霜中断，雪碛雕声夜半闻。
回首秋风燕市里，酒杯何日更同君？

（二）

馆娃宫外石湖头，桂桨兰挠拟并游。
岂意风尘淹绝塞，独将花月忆芳洲。
龙山雨雪征人泪，鹤涧笙歌故国愁。
何日刀环寻旧约，春江作伴逐沙鸥？

赠　人

毡带雕鞬马上飞，白头怜尔尚轻肥。
勋遗左地新传箭，恩忆前朝旧赐衣。
秋雪金河千帐失，寒云银碛十年归。
剑锋用尽创痍在，愁杀松山夜突围。

送人从军

汉法弛刑徒，幽陵挽强客。
一朝隶戎行，万里轻沙碛。
身贱功讵论，军孤战偏力。
晓度旌旆寒，夜严刁斗急。
刁斗声中起控弦，混同江水动楼船。
十年谪戍头今白，犹着征衣更出边。

上巳同钱德维、姚琢之饮江上

江头昨日氛埃霁，禊饮相邀出中沚。
风景应嗟非故园，年光仍道逢元巳。
我家遥隔吴江滨，细柳崇兰此日新。

金羁小苑流杯客，玉袖高楼吹笛人。
可怜徒旅天山下，不见春风吹四野。
际海冰河见断鸿，连山雪帐闻嘶马。
宿昔繁华梦有无，年年乘障挽螯弧。
束皙何须矜博物，阮公终日哭穷途。

席上赋得吴郡

踞虎余神迹，疏龙拟帝州①。
九途环绿水，万户夹朱楼。
花柳先春见，笙歌入夜游。
谁知张翰意，鲈鲙动乡愁。

宫　　怨

玉砌霜花薄，金铺月影多。
自从辞辇后，无复翠华过。

七　　夕

摇落逢佳节，空庭片月流。
玉绳低拂树，银汉迥涵秋。
客泪他乡酒，羁心故国楼。
凄然望牛女，万里独含愁。

① 原注：夫差于西山疏凿龙池。

过琢之斋

小径带芳洲，森然水木幽。
倚风人独醉，竟日客能留。
江色偏宜晚，林霏欲入秋。
沧浪如可去，乘月问扁舟。

九月八日作

三秋行欲暮，万里坐含思。
摇落惊边塞，羁孤感岁时。
泪沾吹笛伎，身逐控弦儿。
明发登高处，云山只益悲。

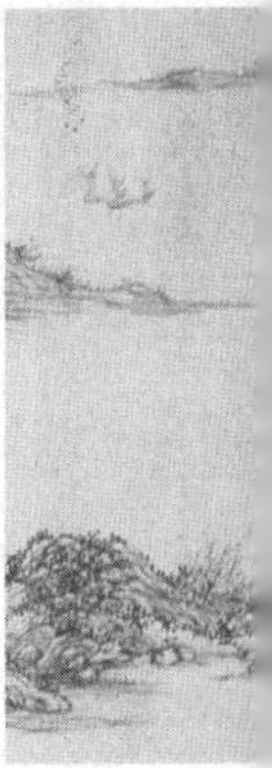

九日自木丹山归过净公兰若

千山鸟道出云层，九日龙沙欲渡冰。
征戍未归榆塞客，经行空对竹林僧。
深秋渔猎频相命，绝域楼台且共登。
知尔浮杯心不着，怜予对酒怨难胜。

九月十六夜之密将访冯侍御炳文

日暮山深少行客，四野秋风吹瑟瑟。
黄云垂叶暗孤城，白月生寒照空碛。
碛里沙昏野烧微，城头霜净戍烟稀。

何处风前度哀角，可怜秋尽犹单衣。
触夜驱车还独往，缘云石磴嵯峨上。
雉雊频惊暮雪深，马蹄欲渡秋冰响。
冰雪连山黯不开，怜君遥夕思徘徊。
征人应是知寒早，常侍谁言带热来。

《春草园林图》歌赠友

丙午年作。

昔逢楚台客，为说黔公园。
楼台照海水，花石亘山樊。
十年南望纡长想，铜柱天涯未能往。
忽漫披图朔塞前，恍然置我昆池上。
澹淡如闻碧涧流，微茫疑入云林幽。
叶榆川色当阶映，越巂山光绕户稠。
历历岩峦分咫尺，阴阴亭阁毫间出。
千树烟绵绮榭深，数峰翠入珠窗湿。
窗开面面俯垂杨，一片池阴绕画廊。
竹外射堂驰马埒，花边步障斗鸡场。
斗鸡驰马纷游宴，指点繁华叹奔电。
汉代升平故老知，侯家富贵当时擅。
伊昔黔宁下百蛮，卓荦勋名汤邓间。
分券百年朱鸟社，建牙万里碧鸡山。
一自烽烟暗滇海，朱门青闼知何在？
鹤归犹叹市朝非，燕去宁论台榭改。
雨雪飘摇大漠昏，风尘谁识故王孙？
空将吹笛思金谷，几度闻笳怨玉门。

怜君迁谪何时返？独抱丹青意愤懑。
东陵衰贱欲摧眉，南诏云山如在眼。
落日荒台故国秋，六王茅土竟谁留？
莫将鸣鹊园中赏，来作和龙塞外愁。

元　旦

龙碛层阴雪未残，又传春候度辰韩。
旌飞小队晴云细，弓倚严城晓日寒。
自拥羊裘沾客泪，谁传马酒试辛盘。
东风苦忆吴宫路，苑柳宫梅绕玉兰①。

赠 色 君

少将风流雅不群，安东幕府独推君。
期门旧属张公子，出塞新从霍冠军。
马上锦裘青海雪，雕边银镝黑山云。
翩翩家世通侯贵，不识龙城百战勋。

祁奕喜初至留饮

清霜羸马古城东，笳管声凄帐影空。
一别朱门瑶草后，相逢紫塞战尘中。
交游只讶当时尽，樽酒翻怜此夕同。
莫道朔边冰雪地，迁人何处不途穷。

---

① 原注：塞外元日，必严列旌旗，城门遍悬弓矢。

木参领还自西域赋赠

闻君昨向月支回，绝域关河抵掌开。
杨柳自迎征骑发，蒲萄不逐使车来。
眩雷塞绝狻猊坂，积雪山回龙马台。
千载西陲夸右臂，凿空谁识汉臣才？

三山道士工马便射赋此赠之

柘月新弓马上骄，鸣鞭惊见羽衣飘。
曾骖瑶圃仙人鹿，欲按金河都护雕。
白雪征行边朔苦，紫云归路海天遥。
何时更逐□皇使，蓬岛楼船试射鲛？

送萨参领

高杨城郭草初曛，翠带风飘锦战裙。
五月混同犹白雪，单车瓯脱只黄云。
射鱼部远人难到，市鹿军回路自分。
今日漠南无战伐，不须铁马更嘶群。

赠张侍郎坦公次姚琢之韵

怜君游屐满高峰，华发南冠日引筇。
幸免浊流沉白马，何妨远谪度黄龙。
愁来独倚边城笛，老去频思禁苑钟。

雄剑茂先悲尚在，谁将赤土拭芙蓉[1]。

柬钱子方叔

垂杨千万丝，东风弄烟碧。
别君曾几时，中宵梦颜色。
闻君卜筑小城南，野性由来七不堪。
阶分红药过新雨，窗倚青山入晓岚。
寂寥隐几无尘事，细草萋萋满苔地。
丝履能弹刘向棋，练裙自草羊欣字。
落日衡门怨索居，洛生新咏近何如？
边庭自昔轻儒雅，嗟尔长贫更读书。

赠　少　年

十八海东儿，容华皎白雪。
结束紫貂衣，翩翩事游猎。
豪鹰脱绿韝，生马嘶红鬣。
毡鞬五石弓，金綖两重甲。
秋草山头猎火烧，合围飞骑北风骄。
少年独得嫖姚顾，笑傍金鞍共射雕。

赠吴兴钱虞仲

边头七月清霜早，越客思归怨边草。

---

① 原注：公遭闯贼之难。

岁晏频伤朔野寒，秋来倍忆前溪好。
君家闺阁傍前溪，公子风流白袷衣。
银烛夜屏嬴女凤，琼钩秋帐汝南鸡。
倾城名士俱年少，侍女新声采菱调。
倚瑟偏令红袖怜，按歌不惜青衣诮。
容与深闺乐未央，樽前歌笑郁金香。
共道冶游罗绮盛，那知离别塞垣长。
塞垣回首繁华尽，罽幕西风供旅病。
宛转环留都尉刀，葳蕤带结秦嘉镜。
镜里徘徊发欲秋，年年驿使寄衣愁。
玉管相思鸡鹿塞，锦衾归梦凤凰楼。
凤楼鸡塞三千里，辽水吴峰讵相似？
应怜织素误佳人，却悔从军成荡子。
摇落关山惨客颜，故园奇树更谁攀？
遥知玉箸长沾臆，无那金鞍只未还。

早秋陪诸公游密将山

招邀出郭门，青山殊未已。
金鞍小骑何连翩，人影遥遥翠微里。
翠微一望延曾峦，深松伏涧相风湍。
飞泉半挂银河残，秋岚散入芙蓉寒。
石门黯黯金花裂，隔溪苍翠时明灭。
回风绝壁森昼阴，六月空蒙见残雪。
西峰百尺寒崔嵬，振衣欲上观蓬莱。
黄云泱漭动海色，楼船射蛟安在哉。
松花江水流浩浩，千秋战骨关山道。

龙堆狼望空嵯峨，飞将勋名归蔓草。
昨夜秋风吹塞天，临潢万树生寒烟。
金笳玉笛起愁思，边心四据空茫然。
安得仙槎泛清浅，乘流直度支机前。
壮士无家谁不怜，李陵已向阴沙没，
逢萌空税辽东田。
君不见徽宗埋骨空江曲，遗冢苍茫走麋鹿①。
艮岳风流亦一时，黄沙玉柙无人哭。
万乘飘零且复然，吾生那更悲穷谷。
击筑高歌出塞辞，何如楚客吹参差。
眼前有酒且不饮，迢遥漫作乡关思。
紫骝嚼啮当风嘶，为君重进金屈卮。
醉卧青山且莫归，明朝秋雪吹人衣。

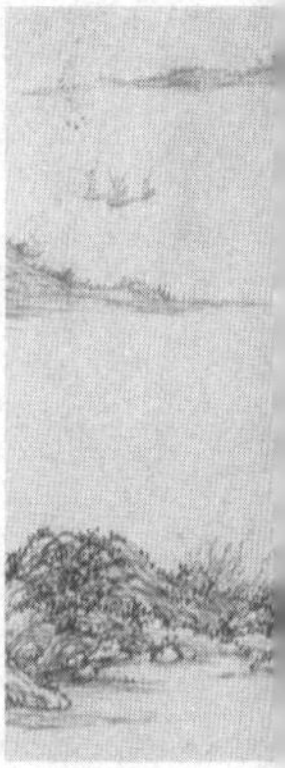

送　　人

宛马柘弓鸣，边沙毳帐轻。
秋风玉关外，送客锦城行。
锦城花柳何年别，塞草关榆几回歇。
刁斗征人长白云②，藁砧思妇流黄月。
乡路迢遥剑阁西，君行正值子规啼。
跕鸢山瘴闻铜鼓，如马江涛见石犀。
尺书归报莲花幕，西南喜见烽烟落。
赍人不复闭昆明，汉使犹传略邛笮。

① 原注：徽宗冢，在五国城西。
② 原注：长白山，在宁古之西。

尽日军城棨戟间，红椒花发映旌旃。
应将漠北羌笳曲，谱入天南蜀国弦。

寄怀陈子长

雪雾山城月色新，天涯怜汝倍沾巾。
家残已恨无归日，道远空怜梦故人。
尺素三秋凭去雁，短衣十月叹悬鹑。
伤心同是他乡客，偏是相思隔塞尘。

寄怀孙赤崖

已是淹穷檄，那堪更索居。
中宵频梦汝，晏岁益愁予。
多病怜青镜，繁忧托素书。
天涯知旧少，漂泊意何如？

送人之梭龙

落日嘶征马，双旌出塞门。
犬牙千障合，虎落万人屯。
力战原□法，弛刑亦汉恩。
雕戈风雪里，谁念度乌孙？

春夜归自西郊不寐阅顾华峰旧所寄札

天寒转玉绳，独夜旅愁凝。

野色延残雪，春流响断冰。
检书人独远，忆别梦相仍。
磨灭三年字，因君欲抚膺。

咏张侍郎斋前小松

同钱德维赋。

小松亭亭托幽径，黛色凝阶石苔静。
吐叶才凌春草高，抽条已入秋霜劲。
拂露摇烟影渐浓，寥寥轻吹度帘风。
三鬣未垂宁似马，九鳞欲起乍疑龙。
偃蹇孤根矜得地，庭幕玲珑映新翠。
应知弱干不胜梁，且共卑枝低绕砌。
一别林峦几岁年，寄君檐畔任君怜。
何当更植丹崖外，夭矫云霞待偓佺。

送萨参领入都

画角吹严霜，征车待明发。
手持都护书，去谒承华阙。
奉使偏轻万里行，辞家又作经时别。
碛里春来草未生，黄云荒戍度双旌。
行人马首吹羌笛，客路鸿边指帝城。
帝城此日多欢赏，翠盖骊珂自来往。
春燕楼台照玉河，曙鸦宫殿辉金掌。
如君俊迈许谁伦，入奏应知宠命新。
封事倘传青锁闼，流离须忆紫关人。

赠　人

雕服翩翩锦带钩，珠袍轻袭紫貂裘。
频弹宝铗将军幕，独倚银筝少妇楼。
碛里按雕沙欲暮，埒中调马草初秋。
龙庭亦是豪游地，海月边霜未觉愁。

瓜儿伽屯值雨，晚过村叟家宿，即事书寄孙赤崖、陈子长五十韵

我行龙水外，雨过雁山阳。
旷野无人渡，层阴极目长。
横天风瑟瑟，匝地雾苍苍。
声卷蒸沙黑，烟沉远树黄。
溪流侵磴泻，岚色锁村荒。
渺漫弥寒望，凄其断客肠。
孰梅思故国，泛梗怨他乡。
塞柳沾全重，山花湿罢芳。
寒雕迷灌木，牧马失遥冈。
胶渍难调箭，毡濡欲压房。
危坡愁徙帐，仄径怯携囊。
虎迹平林畔，牛声草舍旁。
渡河儿跋马，绕隰妇驱羊。
残霭收空壑，斜晖下短墙。
逢人惟戍客，问土是岩疆。

瓦缶参为饵，芦罂酪作浆。
留宾登土锉，延叟坐绳床。
斋切青丝菜，盘行赤颖粱。
末秋闻割蜜，入夜见燃糠。
杯里弓悬影，灯前剑吐芒。
山川应异汉，兵甲尚传唐。
恻恻江南客，萧萧塞北装。
身方随拜柳，心漫结垂杨。
牢落知谁恤，羁孤敢自伤。
莫吟青玉案，且任紫丝缰。
谪远虞翻枉，途穷阮籍狂。
恨为鸡塞别，悔未鹿门藏。
世欲锄兰畹，人徒佩蕙纕。
断红悲少妇，垂白想高堂。
梦绕三年月，愁新两鬓霜。
田园尽芜没，门第半倾亡。
臣罪何当惜，天心讵可量。
微生混牛骥，残息傍豺狼。
坎壈原吾党，飘零亦士常。
旅怀忧怛怛，离绪涕浪浪。
消息遥江介，关山隔带方。
生涯应已矣，故旧耿难忘。
共郁青霞意，难希白日光。
军中滞孙楚，陇外窜陈汤。
述愤歌慷慨，贻诗兴激昂。
风流君未坠，险阻我偏尝。
空阔千年碛，苍茫百战场。

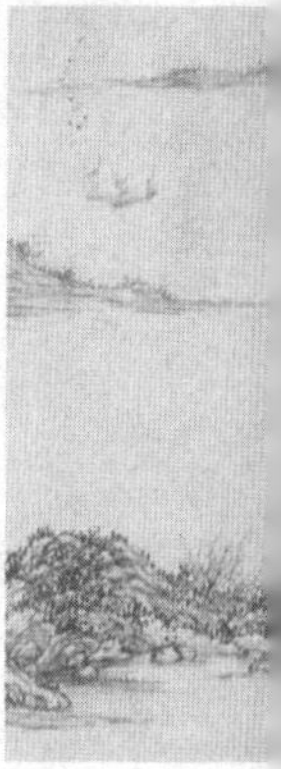

有哀传玉笛，无处诉金觞。
已自笯鹓鹭，休矜蜡凤凰。
曲成惟出塞，赋就异浮湘。
宿昔曾投漆，招寻会裹粮。
冷山风惨切，瀚海月凄凉。
望望人何在，悠悠路未央。
侧身看朔漠，回首怨河梁。
欲问离居意，天涯泣数行。

宿混同江明日立秋

孤帐长川畔，荒城大漠东。
边心淹夜月，客泪入秋风。
碛冷雕盘急，沙鸣雁宿空。
明朝肠断处，一叶故园桐。

秋山观姬人采花

照野秋芳晚，携筐卢女行。
条萦纤手艳，花罥靓妆明。
浥露沾衣重，因风委地轻。
飘零边候里，采掇若为情。

送 友 人

日落单车发，沙平迥路分。
一樽频送客，孤剑独从军。

大野生秋气，荒台足暮云。
最怜俱绝塞，犹自泣离群。

重阳夜送人西行

甫罢登高会，明星又别筵。
怜予黄菊酒，送汝白狼川。
永夜低银烛，严秋劲玉鞭。
征途殊未极，应恨去经年。

九月十日雨雪达暮寄琢之

短辕昨向西山别，一夕边风动严节。
戏马才传九日台，和龙已度千峰雪。
千峰雪色正漂零，惆怅登高故国情。
飒飒蒸沙惊大漠，苍苍苦雾失孤城。
城角声沉更漏永，开轩半雾星河影。
朔气偏生玉帐寒，清光直照银戈冷。
乘兴期君匹马过，霏霏秋雪奈愁何。
怜将昨日红萸酒，泪尽今宵黄竹歌。

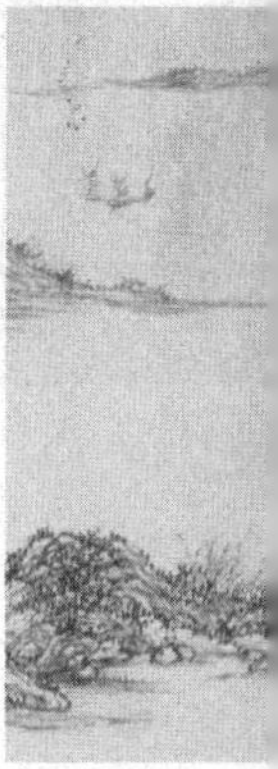

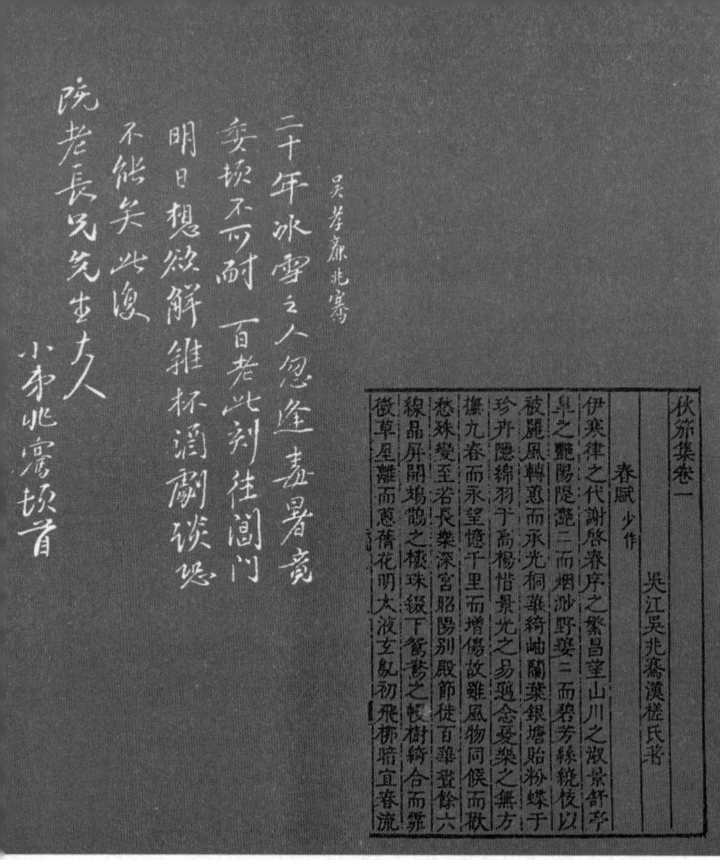

秋笳集

卷三

诗二

冰 井 曲

朔风吹合圆泉水，六尺曾冰冻清泚。
皎洁偏临璧甃明，岧亭已映银床起。
皓皓银床影欲重，流霜鉴月共玲珑。
光凝云母深含景，冷结琉璃半累空。
可怜少妇争朝汲，锦靴顾步愁无力。
乍照青蛾玉镜寒，欲凭素手晶阑湿。
日日携群幽怨多，严阴不散碧嵯峨。
辘轳宛转霜丝绠，泣向寒泉奈若何？

读张司空所撰《岱史》奉赠

司空雅博物，爱撰名山志。
冷然尘外镳，自洒壶中字。
采秀曾闻到石间，抽毫已似窥金记。
此日羁栖咏四愁，侧身梁父忆前游。
苍茫日观群峰表，海色天鸡瞰十洲。

送哈佐领之朝鲜

帽侧温貂绣袷红，鏖金毡带两骍弓。
平明车骑凌江发，大雪旌旗度漠空。
菟岭天分边草外，熊津地隔海潮东。
知君谈笑遐荒静，百战宁夸荀彘功。

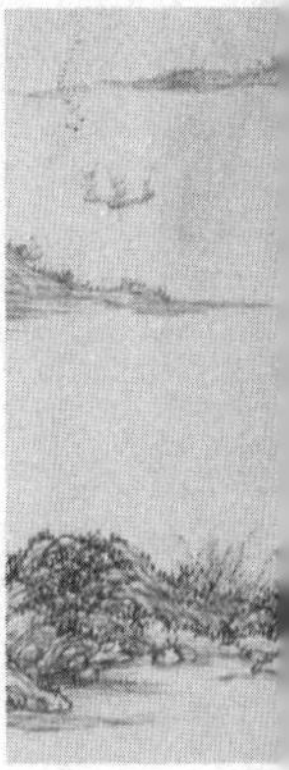

晓登东岭寄杨友声次姚琢之韵

双峰霜净削觚棱，倚马高寒试一登。
晓色迥添雕岭雪，春风不拆菟河冰。
名污久拟沦屠钓，身废空怜有爱憎。
乡国茫茫徒极目，图南谁道是鲲鹏？

早春集钱虞仲斋

晴雪层峦照帘牖，文茵杂坐淹杯酒。
径荒空见没蓬蒿，春至何曾识花柳。

四座高谈殊未休，徘徊片月挂城头。
醉凭服匿悲歌发，忽忆西园旧日游。

马耳山中同姚琢之作

薄暮岩林外，飞花满绿芜。
已从青海戍，空对白云孤。
身世归鞍马，山河邈酒垆。
尚余临眺兴，未可恸穷途。

听高小乾话秦淮旧事作

秦淮昔全盛，万户起江潮。
灯火真珠舫，楼台碧玉箫。
黄尘愁北徙，白首话南朝。
历历升平事，天涯梦已遥。

代姬人寄赠钱茂才方叔

妾家高楼临狭斜，夹道金椎杨柳花。
银铺晓日流苏帐，绮陌春风油壁车。
春风摇裔春光遍，征夫一去愁相见。
袅袅遥怜边地桑，飞飞独对文梁燕。
乳燕流莺晓夕闻，绿钱生砌青氛氲。
尘镜金绳四龙网，空床珠被双凤纹。
离房寂寞长多暇，绮瑟瑶筝空夜夜。
宝鬓缭绍罢新梳，翠眉连娟弛故画。

昨逢边使自辽东，闻君万里尚从戎。
刁斗三年出玄菟，楼船百战度乌龙。
乌龙绝漠征行久，离思徒悲笛中柳。
紫疆秋塞君自知，青漆春楼妾空守。
妾恨绵绵思断肠，君行迢递滞毡乡。
空觅生香寄韩掾，空持团扇忆王郎。
惆怅容华正三五，年年红粉坐啼妆。

送巴公子之京

识君几载安东幕，虎竹家声擅沙朔①。
朝逐黄头出射堂，暮携红袖还铃阁。
塞上风光白雪霏，玉花小马绣障泥。
金盘屡进黄羊炙，锦带双飞青鼠衣。
父任为郎正年少，雅工汉语群推妙。
承恩拟谒兰台宫，揽辔初辞柳河徼。
公子乘春上苑游，如云祖帐拥鸣驺。
凤城三月杨花满，躞蹀金羁过御沟。

送钱丹季之松花兀喇

男儿好长征，结束事军侨。
鸣鞭欲何适？松花江路遥。
山雪北横漠，河冰西限辽。

---

① 编者按："朔"，原作"朔"，即"翔"字，但"沙翔"文义不通，即"朔"字不规范之写法。后遇此字，径改。

晓色带归雁，夜火惊鸣雕。
千峰万碛迷南北，送尔行行一沾臆。
马上惊蓬无那飞，笛中折柳长相忆。

少 年 行

丁未年作。

少年便弓马，落魄无所忧。
自矜紫台客，爱作朱门游。
曾陪北部大都尉，新事西京博陆侯。
三月春风满京国，待诏期门执长戟。
铜驼街畔臂鹰归，金马门前赐衣出。
天书趣拜羽林郎，腰间镂带黄金珰。
鹦鹉杯传仙液暖，鵕鸡冠插翠緌长。
归来塞外驱驷马，宾御如云耀原野。
落雕都护揖车前，射雉参军候铃下。
骄奢直拟彻侯家，贫贱宁怜旧游者。
海东健儿浴铁衣，沙场几度决重围。
有功不解谒权贵，战如熊虎谁知之？

山中晚行至阿波屯宿

不尽烟峦里，驱车日暮回。
一溪纡岭戍，十里及烽台。
猎火云中出，征途树杪来。
宁知豺虎窟，税驾欲徘徊。

张坦公侍郎斋中观白莲歌

高堂日暮收微雨，坐对莲潭不知暑。
帘栊窈窕吹芳菲，召客看花酒如乳。
玉壶绮馔当轩开，卷幔荷风面面来。
花枝入座香欲动，皎如月出临瑶台。
庭影离离媚将夕，池光泛艳凝珍席。
素裳欲逐鲜飙轻，粉态愁侵晚云湿。
起坐高歌按采莲，笛声寥亮惊四筵。
惆怅边寒易零落，容华倾国谁相怜？
我家池馆临江甸，灼灼芙蕖照人面。
罗袖风微兰桨轻，金塘玉溆长相见。
自从漂泊龙庭前，斗柄秋风几回变。
漾楫频思渌水洲，闻歌尚忆朱楼宴。
旧国风流怨锦帆，殊方星岁悲银箭。
持觞酌我我岂违，弹弦拂柱酣驰晖。
碧云遥遥月初上，醉依金鞍忘却归。
还怜公等京华去，此地看花更有谁？

早秋同钱子

客游心易悲，岩栖秋早冽。
与子涉萧辰，含凄眺寥泬。
寒波警洲溆，空翠收岑樾。
盈盈散渚鸿，槭槭下林叶。
胡然凄序临，坐令韶景歇。

金膏空尔怀，瑶华讵堪折。
履霜方自今，何以肆愉悦。

秋夕同诸君饮张司空凭岚阁

凄凄素商迈，悠悠清夜迟。
眷言命宾友，攀阁相招携。
微云敛绮霄，阴籁虚丹崖。
幂花烟稍积，沾条露始滋。
银河耿遥景，金波沦素姿。
凭轩独缅邈，叩盘空凄洏。
边候既已寒，秋华宁久辉。
且尽绿樽乐，讵知玄朔悲。
欢宴未可常，忧襟何由辞。

寄王总戎

出戍君何恨，新妆有莫愁。
金鞍冲塞晓，玉袖度关秋。
百战余红粉，孤征已白头。
毡墙风雪里，应按小伊州。

送人之羌突里街

飒沓黄骢去，秋风动玉珂。
苍茫玄菟外，落日满金河。
故垒鸣笳少，晴原徙帐多。

年年候烽火，愁唱破羌歌。

送友人还兀喇

挽辂余才返，严车尔复回。
愁将征戍泪，重对别离杯。
山势侵长塞，河声咽旧台。
北风哀角里，独过白龙堆。

阿波山中访张子

石门栖隐处，遥在白云隈。
一径穿岩入，孤村倚涧开。
秋岚生薜荔，阴雪洒莓苔。
为问扬雄宅，何人载酒来？

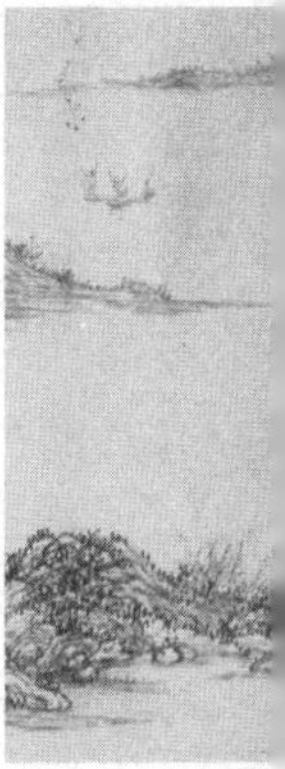

自密将夜归登旧宁古台

清霜十里度烟峦，月迴荒台立马看。
紫塞清秋增旷莽，绛河遥夜动波澜。
心随候雁乡关远，泪入征笳道路难。
肌力自怜乘障久，无衣不复讶边寒。

黑　　林

黑林天险削难平，唐将曾传此驻兵。
形胜万年雄北极，勋名异代想东征。

废营秋郁风云气，大碛宵闻剑戟声。
历历山川攻战地，只今旌甲偃边城。

郊行赠雁群

城北城南千树林，断烟衰草日萧森。
白山冰雪秋将暮，黑水风云昼欲阴。
龙笛三年吹客泪，鸳机万里寄边心。
招邀漫极江皋目，憔悴终伤泽畔吟。

夜饮色侍中宅即事成咏

列伎褰华幕，留宾启画堂。
共弹卢女曲，莫厌次公狂。
倚扇青蛾好，行杯翠袖长。
今宵银烛底，不信是沙场。

奉送大将军按部海东

玉勒动珠幩，旌旗远肃纷。
鸣弓行碛雪，飞盖入边云。
属国鲛鱼部，佳兵鹅鹳群。
海东三万里，笳吹日相闻。

寄钱子方叔

蘋萍植洪涛，从风自纠结。

之子在遐陬，驱车日登涉。
君行若崇朝，纤阿已三阙。
托身非故乡，敢惮长乖别。
盛秋霜朔寒，严飙素肌裂。
山高不可凌，况乃无裘褐。
平沙邈无津，层冰惨难辙。
未知归国期，且复履边雪。
盛年委榛莽，壮气尽羁绁。
一奏式微篇，空令心断绝。

张侍郎斋观山水画卷歌

张公静者流，萧然寡尘虑。
昨出名山图，知爱沧洲趣。
粲粲纨素色，历历烟霞峰。
仿佛草堂上，坐对松岩风。
樛枝茏苁倚山阁，似有樵声出云壑。
瑶草萋萋暖欲生，石华濛濛寒不落。
涧边接饮垂清猿，林上将雏引双鹤。
闻君昔憩嵩丘山，紫翠岩庭缥缈间。
手倚凤笙坐磐石，双双玉女芙蓉鬟。
朅来尘世空茫然，矫首仙城不可攀。
却顾丹青意惝怳，十载关山倦轮鞅。
回崖疑入天坛松，悬瀑如闻石淙响。
满眼林泉故国游，怜君丘壑旧风流。
郑虔漫自矜三绝，张载惟应拟四愁。

即 事

龙沙飞雪中夜惊，徼巡刁斗寒无声。
少年盗符出铃下，关门未晓鸡争鸣。
追骑如云促严鼓，烽堠连天断行旅。
此去宁逢渔丈人，间行且逐奴甘父。
匹马边程白草枯，崎岖何日达飞狐？
应知天地容亡命，击筑还过旧酒垆。

上巳许康侯招同诸君禊饮江上即席分韵得年字

近郭林峦净野烟，佳辰车骑遍晴川。
秉兰禊事仍三日，拜柳军侨已十年。
寒雪渐消貉去后，春风不在雁归前。
流澌处处沧江里，欲泛清觞倍惘然①。

阿波山中呈安都统

暮云岩径递嵯峨，初柳山桥送客过。
未见风沙开玉帐，渐看冰雪霁金河。
春深绝徼归鸿少，日下荒原牧马多。
欲逐车尘夸羽猎，书生无那怯雕戈。

① 原注：塞外以貉入深山，为雪消之候。

渡混同江

江涛滚滚白山来，倚棹中流极望哀。
襟带黄龙穿碛下，划分玄菟蹴关回。
部余石努雄风在，地是金源霸业开。
欲读残碑询故老，铭功无字蚀苍苔。

送人之粤东

辛丑年作。

高杨叶未齐，芳草色初碧。
春风摇玉鞭，谁是南归客？
送君南去古交州，湞水遥连泷水流。
珠出鸡潮长不夜，花明鸢瘴未曾秋。
征南将吏铜牙弩，君到王门见歌舞。
赐橐应知动越王，赋诗且复参蛮府。
蛮府迢迢五管分，风流争识沈休文。
五羊城畔如相忆，好折桄榔寄朔云。

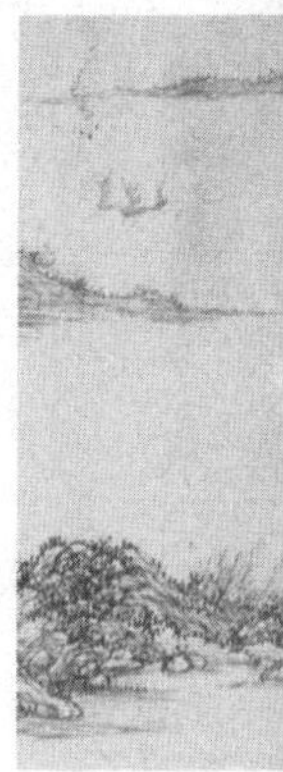

咏 邻 姬

家临苎萝畔，生小艳蛾眉。
嫁与沙场客，飘零逐马蹄。
金钿空自好，玉箸只长垂。
宛转盘龙镜，春来不忍窥。

晓　行

五国城边月已微，五国城中乌未啼。
野昏溪水荒雾积，天寒碛路明星稀。
收马前林踏霜遍，手结征衣赤鞦绡。
涧底斧冰响伏貂，沙中卷幕惊鸣雁。
蹀躞孤鞍拂曙行，天涯何日尽边程？
长城回望三千里，一曲哀歌白发生。

与桐柏山人

山人十年滞卢谷，潦倒黄冠日行哭。
飞鹤徒怜托令威，射鱼竟未从徐福。
回首云霞空旧山，萧条边戍几时还？
共嗟玄朔冰霜苦，那得丹砂更驻颜。

奉送巴大将军东征逻察

逻察，一名老羌，乌孙种也。

乌孙种人侵盗边，临潢通夜惊烽烟。
安东都护按剑怒，麾兵直度龙庭前。
牙前大校五当户。吏士星陈列严鼓。
军声欲扫昆弥兵，战气遥开野人部。
卷芦叶脆吹长歌，雕鞬弓矢声相摩。
万骑晨腾响朱戟，千帐夜移喧紫驼。
驼帐连延亘东极，海气冥蒙际天白。

龙江水黑云半昏，马岭雪黄暑犹积①。
苍茫大碛旌旗行，属国壶浆夹马迎。
料知寇兵鸟兽散，何须转斗摧连营。

秋夜师次松花江，大将军以牙兵先济，窃于道旁寓目，即成口号示同观诸子

落日千旗大野平，回涛百丈棹歌轻。
江深不动鼋鼍窟，塞迥先驰骠骑营。
火照铁衣分万幕，霜寒金柝遍孤城。
断流明发诸军度，龙水滔滔看洗兵。

城东书感

烟际出双旌，霜崖滑未平。
边寒生远障，海气隐孤城。
插羽方催粟，传烽未罢兵。
白头沙塞客，流涕问东征。

晓　望

孤角荒台上，寒旌独戍间。
雁声秋满碛，马色晓弥山。
霜雨淹时暮，兵戈滞客还。

---

① 原注：冻解沙飞，山雪皆作黄色。

凄凉天畔眼，谁是玉门关？

送人归辽东

送尔驱征马，离亭叶已飞。
云山三岁别，风雨一人归。
碛晚黄羊少，关寒白雁稀。
苍茫望辽海，今日是王畿。

寄　友　人

遥忆鸡陵戍，西连吐谷浑。
三秋兵未解，百战尔犹存。
关塞分珠斗，山河断铁门。
北方如可托，且莫赋招魂。

九月八日病起有怀宋既庭、计甫草，因忆亡友侯研德、宋畴三、丁绣夫

岁晚霜清木叶愁，病余蓬径愧淹留。
紫台一别悲苏李，青草频年哭应刘。
归梦关河长伏枕，客心天地各惊秋。
明朝谁是登高侣，零落黄垆岂再游。

九　　日

龙沙不见戍归期，抱病频惊节序移。

白草征人千里恨，黄花故国十年思。
雪晴大野雕飞迥，冰薄长河马度迟。
欲上荒台愁极目，云山面面是天涯。

奉寄陈相国素庵先生

即用先生见寄原韵。

昔岁从公别蓟门，短衣涕泪日双痕。
谁怜阮籍居穷路，独向平津感旧恩。
空碛冰横秋未晏，乱山沙起昼长昏。
侧身西望临屯塞，满目寒云断客魂。

送使者之蒙古

蹀躞青骊映紫驼，飞扬丹旆拥雕戈。
离筵日暮箫笳发，绝塞年来战伐多。
天尽龟林通铁勒，地从鱼海入银河。
旃裘万里归持节，定远勋名未尔过。

与刘子良阅《广舆记》，因为予话陇外地形赋此

九边险绝称秦陇，抵掌舆图此问君。
天转黄河深坼地，雪晴紫塞郁参云。
千年形胜三城绕，一线关山六郡分。
表里莫谈强汉日，萧条泣尽故将军。

奉送安都统安集海东诸部，因便道阅松花江水军

雉尾高牙落日悬，雕鞬精骑北风前。
军容直历无雷地，战气初消盛雪天。
款塞紫貂新属国，浮江赤马旧楼船。
遥知缓带行边处，千帐铙歌拥玉鞭。

陪张侍郎坦公游西岭

碧云日暮春缥缈，林壑峨峨照春好。
晴霭遥分雁岭沙，风光欲绿龙山草。
草色萋迷四野开，笑携笋屐共登台。
烟霁碧潭芳树暖，天清丹嶂夕岚来。
夕岚彩翠纷瑶席，岸帻行杯醉佳客。
北海何须怨子卿，东山且自陪安石。
酒罢还传洗玉觞，犊车归路晚苍苍。
欲将折柳羌人笛，吹入春风忆故乡。

赠　孔　叟

孔叟侠者今白头，横戈曾事当阳侯①。
十年困顿蠮螉塞，五月不脱羔羊裘。

① 原注：崇祯中，叟以副帅事杨相国嗣昌。

征南幕府久零落，犹复雄名动寥廓。
绝域魂销白雁书，沙场力尽斑丝槊。
击衣不得心自哀，置铅无成目空矐[1]。
可怜丧乱识凫毛，敢道精诚生马角。
万里苍茫故国悲，侧身天地何时归？
乡梦已迷三楚道，蛮烟休望九疑祠。
此日相逢把君手，倚杖班荆抚西缶。
感旧应怜鬓上霜，悲歌且酌樽中酒。
入关萧永正漂零，思赵廉公已衰朽。
半酣起舞何慨慷，俯眉敛迹空摧藏。
丈夫失意会如此，君今那必哀穷荒。

游西山兰若二十韵

四禅分浩劫，双树启香津。
地涌龙沙古，宫开鹿苑新。
宝铃流塞雨，金刹照边春。
窈窕丹栌合，崚嶒碧嶂邻。
下堂钟送客，归院树迎人。
仙梵消兵气，天花洒战尘。
瀑泉喧月晓，山磬静霜晨。
咒食闻禽下，翻经见虎驯。
果肥风破甲，松劲雪生鳞。
座儗逢师子，林应集雁臣。
南宗坛卓锡，西竺字函银。

① 原注：甲申冬，欲刺李自成不克。

香散冰天畔，僧归沙海滨。
啸声疑药老，碑制想王巾。
共道城为化，谁怜里是贫。
白毫徒仿佛，皂帽自逡巡。
已昧生还日，空悲老去身。
神人宁梦汉，逐客未归秦。
涕泪瞻慈像，皈依请梵轮。
祇林谁抖擞，朔野此沉沦。
何日吴中寺，长斋礼应真？

送米参领

诏书昨下麒麟殿，敕勒将军夜乘传。
五校初归左地兵，单车欲罢前庭战。
送君万里向楼兰，赭汗生驹七宝鞍。
腰带辟邪金错丽，耳衣舍利锦缝寒。
青冥亭障千回转，白草川原日将晚。
碛里吹笳烟火稀，雪中移帐关山远。
西望苍茫使节过，野营求水任明驼。
界标雕岭余残垒，路极龙沙见洑河。
河塞遥遥逢候吏，百年瓯脱谁争地？
乍道军回遮玉门，须传使者挠金匕。
瀚海萧条正北流，浚稽山畔朔云秋。
遥知锦帐安西部，马首争迎博望侯。

寺楼晓望有怀

高楼帘幕俯江澜，羁客相思独倚栏。

鸦色半天凝碛晓，雁声七月动边寒。
绿樽无处寻文举，皂帽何人识幼安。
消息中原频断绝，几逢归骑问桑乾。

闻溪声有感

何处溪流泻，潺潺听未穷。
数声秋雨外，一道夕岚中。
宁复逢渔父，空怜作塞翁。
扁舟何日去？肠断五湖东。

送姚琢之赴兀喇

雪花昨夜度秋峰，君去单车碛几重。
八月边程依白雁，千年战地出黄龙。
征衣卒岁何曾授，旅食因人岂尽供。
幕府只今勤远戍，敢将离思问重逢。

同友人夜饮即席作歌赠之

江色冻修夜，雁声断清秋。
相携饮沙濑，渺若凌沧洲。
羯鼓逢逢动孤戍，悬火连延俨华炬。
泠泠玉露摇寒烟，奕奕银河挂遥树。
夜气莽萧森，徘徊霜湿襟。
哀弦激西气，促柱凄南音。
南音一曲肝肠绝，怜君向隅泪承睫。

蒙段乡园隔瘴云，混同边路惊秋雪。
卖瓜谁恤故侯贫，升辈犹悲侍中血。
当年出入驱隼旟，可怜今日行无车。
一马之田日芜秽，数尺荒江身自渔。
渔钓优悠且相乐，击筑吹箫亦不恶。
投荒聊复侣豺狼，有道由来在葵藿①。
陈情感旧酒频倾，抚节高歌月将落。
君不见，
五侯子弟半钳奴，负薪乞食嗟如何？

八月十五夜望月作

大漠怨凉秋，征人悲暮节。
日夕荒城思不怡，却揽羊裘步林樾。
遥野寒雕惊，古戍啼乌歇。
如何远谪心，独溯清宵月。
月出雁山中，徘徊远近同。
亭亭初濯魄，霭霭欲盈空。
战场极目天垂白，苍茫亭障凝边色。
影入鹰关路几重，光连龙碛沙无极。
候骑营空刁斗寒，明驼帐冷旌旗湿。
一望旌旗亘朔边，几回离别恨缠绵。
金波不夜空千里，玉塞伤秋又一年。
秋塞沉沉岁将暮，盈亏屡向愁中度。
明镜蟾蜍只自飞，大刀龙雀徒相误。

① 原注：一作“任龙蠖”。

谩道边心托鼓笳，可怜客思淹霜露。
盈盈应照去年人，望望还迷旧乡路。
旧乡迢递海云端，朱门此夜正寻欢。
纤手雕觞进浮蚁，小腰绮带引惊鸾。
银阁烟花秋未素，玉屏歌吹夜将阑。
玉屏银阁关山隔，望远怀乡泪频积。
良宴空教感旧时，清光只自怜今夕。
今夕天涯意转悲，拂庐落月霭深辉。
登高欲作刘琨啸，裂帛谁将苏武归？

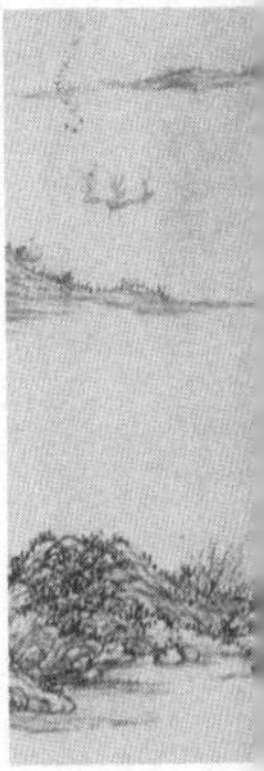

登　楼

八月霜风早，寒笳睥睨愁。
长云横塞晚，落日澹边秋。
意气谁横槊，萧条只倚楼。
空馀沧海思，十载滞韩州。

九日登东山，忆甲辰此日同冯炳文侍御游眺河上，钱虞仲茂才以五言长律相赠，今冯钱皆逝，溯怀畴昔情见乎辞

苍茫岩径抱烟稠，落日攀登动昔愁。
雁塞云山低薄暮，龙沙冰雪乱清秋。
衔杯彭泽仍佳节，吹笛山阳已旧游。
三载夜台人不见，空将沉醉哭西州。

野　宿

猎罢班声夜碛空，千灯星乱拥元戎。
金笳不动关山月，铁骑长寒海戍风。
自是嫖姚雄塞外，空惭孙楚在军中。
十年书剑长征惯，怅望深宵更倚弓。

寺楼雨望怀杨友声

北风吹雨色，日暮遍江浔。
木叶千山冷，松阴百里深。
楼台纷远目，砧杵动离心。
遥忆求羊径，萧条孰尔寻。

赠　高　生

高生家本宛溪涘，当年曾许工文史。
五年漂泊塞垣秋，梦断江关八千里。
一戍天涯恨不归，边霜萧飒摧人肌。
金戈夜雪哀吹角，锦石秋风忆捣衣。
落魄行歌空太息，养鸡牧豕无颜色。
赁舂庑下不见收，斫屧山前讵能识。
昨日逢君大道旁，头须欲白神昂藏。
藜羹不糁杂泥滓，短衣无绪蒙雪霜。
岂无高门与大第，龌龊何曾称人意。
乞食难逢女子怜，望尘易尽词人气。

日暮荒郊行负薪，归来黔突欲生尘。
怜君更洒杨朱泪，予亦龙荒放逐人。

山行有怀旧游诸子

冰雪崚嶒带远川，北风驱马夕阳边。
山晴旷望黄羊碛，岁暮峥嵘白雁天。
少壮已过多难日，风流空忆昔游年。
悲歌不尽乡关思，泣向沙场倍黯然。

晚自鸡岭崖至夭龙屯

迢递回岗抱塞长，暮云归路剧羊肠。
马嘶古碛寒沙白，鸦乱荒城落照黄。
病后关河空涕泪，战余身世各苍茫。
客游不异松花水，日夜滔滔下北荒。

寒食日作

昨岁从军粟末城，今年寒食尚行营。
干戈只益他乡泪，时序偏伤故国情。
雪霁塞沙堪射兔，天寒边柳不闻莺。
年华已分沙场老，敢向春风恨远征。

芳　树

春树试春风，飞花澹荡红。

萦烟垂砌外，扬彩入楼中。
叶暗莺啼遍，枝高月度空。
有情怜荡子，流涕向芳丛。

巫 山 高

白帝通巫峡，黄牛对楚台。
阳云当日梦，暮雨至今来。
树色连冬落，猿声接晓哀。
高丘遗庙在，想象珮环回。

铜 雀 伎

愁杀望陵人，年年漳水滨。
月沉银海雁，春断玉衣尘。
理曲萦红态，凝妆掩翠颦。
殷勤罗绮意，犹是昔横陈。

中山孺子妾

妖姬原易宠，得奉玉阶深。
荷妾鸣环丽，当君倚瑟心。
腰纤嗤北里，鬟巧饰南金。
持谢宫中伴，辛勤抱锦衾。

结客少年场

家世扶风里，英声擅帝州。

结交凭喜怒，驰侠辨恩仇。
夜火蓝田猎，春镳素浐游。
横刀千里去，羞属富平侯。

湘 妃 怨

苍梧渺何许，迢递隔湘岑。
帝子无还日，江流空至今。
乱猿传晚啸，丛竹暖春阴。
何限怀君意，凄其瑶瑟音。

长 门 怨

君王怜鬓发，弃妾在长门。
自谢平阳舞，难邀复道恩。
涂黄思故爱，破粉怨新痕。
寂寂流苏帐，层楹又向昏。

妾 薄 命

春色掖庭幽，飞花落御沟。
可怜蝉鬓色，长作翠蛾愁。
妾梦依塘上，君恩隔殿头。
下陈曾未及，谁信善箜篌。

将 进 酒

弦管郁金堂，乌栖夜有霜。

玉羁邀上客，罗袖出名倡。
漏促银虬咽，樽浮绿蚁芳。
明朝歌舞处，又拟向平阳。

采　莲　曲

依楫渌潭空，新莲相映红。
折茎愁刺密，揽药爱心同。
锦缆明斜日，罗衣逐晚风。
船回繁吹合，争入馆娃宫。

春　　曲

树色迎韶月，风光遍晚春。
柳迷调马客，花醉斗鸡人。
祓水罗裙艳，萦山锦障新。
年年行乐处，长在小平津。

闺　　怨

楼外露初溥，红闺夜欲阑。
风微银漏彻，月迥玉绳残。
翠袂浮香薄，罗衾浥泪单。
空将捣衣恨，迢递梦皋兰。

与定之饮

忆汝城南别，边头兵正缠。

那知烽火后，还共酒杯前。
半岭依残照，孤城隔暮烟。
但令长啸傲，敢恨滞归年。

早秋姬人有悲落桐者感而赋此

井梧妆阁畔，秋至欲披离。
玉袖徒相惜，金飙只自吹。
就衰悲晚叶，抽景忆春枝。
纵抱咸池曲，凋零岂见知。

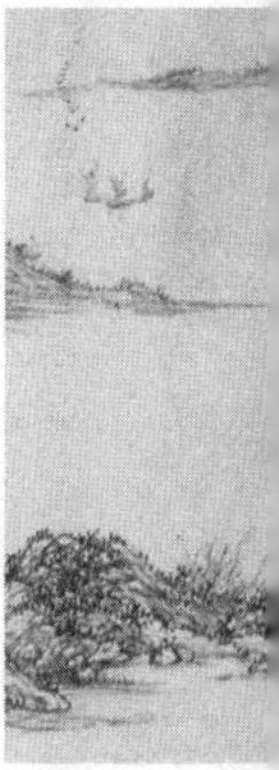

赠张绣虎

昨年闻汝系京华，忽漫边头度玉䯄。
昔去白衣悲击筑，今来红袖泣吹笳。
断肠水咽三秋戍，绝脉城遥万里沙。
谁道飘零非壮士，姓名久已属轻车。

同陈昭令游西山道院

新起琳宫俯北岑，秋岚天半霭沉沉。
疏松日冷瑶坛静，清磬风微碧殿深。
为客久惭玄鬓影，怀仙空寄白云心。
可怜百战龙沙地，犹得相将物外寻。

寄琢之

骖驔铁马战初还，又见征车度远山。

万事总伤边塞外，十年空老别离间。
秋风穹帐松花戍，夜雪雕戈木叶关。
一别天涯嗟岁晚，回肠几度大刀环。

山夜观打鱼

东峰暮云里，岩壑纷坡陀。
连山见野火，隔浦闻渔歌。
榆溪秋半绿冰合，石梁夜深赪鲤多。
岩下鲛宫百余尺，椎冰张网那可得。
袅袅秋风吹早寒，羊裘倚钓空愁立。

奉送副都统安公之乌龙江

安东亚将黄骢马，夜发旌旗宿烽下。
金笳吹雪起行人，银镝摇星照秋野。
遥遥风旆卷平沙，碛路阴沉极望赊。
百转青林蟠粟末，双流黑水接松花。
寒原猎火悬军度，校尉行营在何处？
倚月弓开雁阵高，连云帐绕雕声暮。
黑狐川畔驿亭开，射鹿崖前候骑来。
此去关山秋草遍，行边何日玉鞍回？

与张绣虎饮

十载一相见，怜君气未除。
天涯今夕会，旧国隔年书。

白发边愁里，青山战哭余。
不须悲异域，能醉即吾庐。

王定之过

寥落穹庐外，怜君日暮过。
雪声空碛盛，沙气废营多。
戍久愁横剑，兵疲忆偃戈。
十年关塞泪，南望意如何。

置　酒　歌

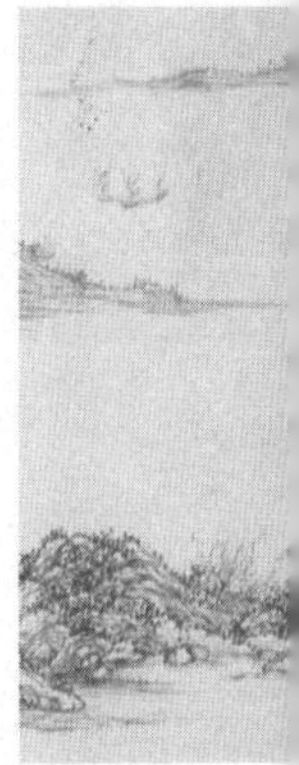

临洮城头暮吹笛，北斗阑干月将出。
金吾置酒坐北堂，银鞍召客何辉煌。
织成罽幕芙蓉卷，紫氍新茵兽文软。
黄羊作馔堆金盘，青骊挏酒挥犀碗。
筵前火照明星稀，凝笳急管纷相依。
锦衣如雾声綷蔡，宝刀拂露光霏微。
须臾月东吐，留宾坐挝鼓。
还褰丹绮帷，更出红妆女。
金钿耀紫貂，珠袿袭青鼠。
的皪芳唇歌，便娟细腰舞。
沉沉芳夜阑，恻恻北风弹。
青蛾扇底蹙，素指弦上寒。
哀弦声屡阕，灵虬水频咽。
但顾罗袖欢，讵惜珠缨绝。
酒阑华幕坐欲移，徘徊落月秋河低。

锦镫车马纵横去，应照香尘绕路飞。

登西阁

高阁秋风早，凭轩晓色分。
半空长白雪，极目大荒云。
久戍应沉命，孤征敢念群。
还怜豪气在，长啸学从军①。

送友人

天涯方战伐，尔去欲何归？
斜日传离酌，初寒到客衣。
云从雕外落，霜逐雁前飞。
惆怅衰杨色，行人折已稀②。

九日同德维、雁群两同年西山登高

落日一樽酒，长云万仞台。
寒声随雁去，秋色傍雕来。
烽火乡书隔，冰霜旅鬓催。
故园丛菊在，零落为谁开？

九月十二晚观回猎赋赠萨君

山晚初回猎，江寒早渡冰。

---

① 原注：长白山在宁古之西，高二百余里，夏有积雪，予时属镶红旗。
② 原注：霜后一日，雁即南飞。

风旗收万马，雪帐散千灯。
拂剑君何壮，鸣弦我未能。
莫言狐兔尽，侧目有饥鹰。

寄琢之、友声

昨岁登高日，从君泛羽杯。
只今千嶂里，犹忆百年台。
风景人将老，江山客又来。
殊方良会少，俯仰独馀哀。

一蓝风夜行

乱峰斜豁月曈曈，堠火微明隔岭东。
孤障旌旗寒照雪，严城刁斗夜临风。
鸣弓尽日随边马，裂帛何时寄塞鸿。
朔漠自来争战地，欲将书剑一论功。

秋日杂述

十首录五。

（一）

军城遥倚万峰开，峰际浮云绕堞回。
落日旌旗人出戍，秋风笳鼓客登台。
黑林险入重关断，黄水深蟠大漠来。
昨夜隔河新驻牧，平安火色到龙堆。

（二）

西山杂部古乌桓，东极三城届马韩。
碛雪四时当塞迥，河冰千里照关寒。
种榆尚识秦人地，射柳空传汉将坛。
满目沙场征战后，谁将耕凿起凋残。

（三）

戍楼鞞鼓动严城，朔塞山川郁战争。
旄节未归鱼海使，羽书还下铁关兵。
月高亭障千烽出，雪照旌旗万马鸣。
莫道疮痍犹未起，庙谟今日重东征。

（四）

朔风毡幕拥旌旄，八阵营开竿纛高。
铁马两甄横塞草，水犀三翼动江涛①。
迁人未见征徭息，属国微闻战伐劳。
漫道射雕多健卒，只今文士习弓刀。

（五）

役车岁晚未曾休，匹马关河画角愁。
岂是边人轻远别，应知汉法重长流。
海西雨雪移中监，槎表星河博望侯。
总道故园戎马遍，转蓬何地不堪留。

---

① 原注：时大治水军于松花江，以流人之习水者，充棹卒。

赠　友

故祀丞。

曾从郎吏侍瑶坛，羽卫森森扈玉銮。
一自桥陵成异代，翻从边徼识祠官。
金河万里鱼龙晚，银海千年凫雁寒。
犹有遗弓当日泪，秋风沾洒在三韩。

赠唐副帅

唐公年少武且贤，十年部曲阴山前。
握中鹊印桃花绶，枥上龙媒杏叶鞯。
生少边城夸任侠，珊瑚宝铗频流血。
挽强不数射雕儿，入阵能携画眉妾。
山头草绿兽初肥，锦褶珠袍去若飞。
筚篥数声秋碛里，看君抛鞚合长围。

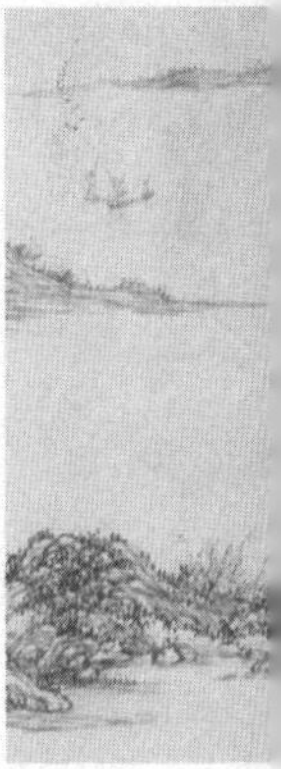

题净公房

净公精舍纷萧爽，花石横阶构佳赏。
芙蓉曙壑凝早寒，松栝秋岩激清响。
寂寂禅扃掩北岑，泠泠疏磬出东林。
定知习静长趺坐，何必思归动舄吟。

送人之榆关

步君控弦儿，家世阴沙外。

昔从弓高侯，西款云中塞。
戎锦腾装鞢𩍐红，鱼文双服鸣雕弓。
碧毛毡帐五千骑，诏书分遣隶安东。
单马曾穿白波垒，一剑能夸黑稍公。
自从上将沙场没，部曲分携各南北。
木根山畔不能归，粟末营前更驱役。
日逐何曾负□恩，段氏宁惭忘晋德。
汗马骖驔长苦辛，天涯转战白头人。
玉剑徒悲十年戍，铁衣空尽九边尘。
今年奉使长城去，马首重寻旧时路。
河绕句骊候雁稀，关开鸦鹘行人度。
清霜七月草初黄，筚篥声中碛路长。
当时折戟秋原遍，一恸嫖姚旧战场。

独行城东循山至白崖

涉江企往踪，寻山眷遐轨。
孤游岂不怀，繁悲亦已弭。
宛辔遵郊歧，攀崖眺岃嵫。
层阴霭平皋，苍烟引遥沚。
林衣寒委绿，岩霏暮凝紫。
远鸥乍明没，惊麇或腾倚。
披揽兴徒牵，逍遥思何已。
轸此羁边情，眷彼栖岩趾。
踌躇我马烦，将从叱羊子。

秋夜送卞书记赴军幕

明烛映华缨，檀槽杂凤笙。
离筵开罽幕，别骑动层城。
四五金波夕，三千玉塞程。
翩翩阮书记，名贵武刚营。

同雁群城南泛舟至白崖口

数里层城色，超遥带落晖。
欲乘孤棹去，只讶旧游非。
江晚沧波净，山寒翠霭稀。
微霜边候早，愁揽薜萝衣。

密将山晚归柬陈卫玉、冯玉文

独往秋峰里，寥寥远度钟。
烧痕依岸尽，林影入江重。
有恨空横笛，无家且赁舂。
天涯烽火遍，吾道竟谁容。

晚步原上

柴扉犹返照，樵径已凉风。
暝色归平楚，秋声落早鸿。
交疏知客久，身弃觉途穷。

惆怅年华晚，吾将侣钓翁。

晓登天罗岭柬陈雁群

沧江碧嶂晓寒凝，莽莽云山郁几层。
貂貀四时霾白雪，鱼龙九月蛰玄冰。
放歌绝壑频来往，抱病穷边独寝兴。
多难渐看豪气尽，愧将湖海问陈登。

西山阁晚眺

落日凭栏四望开，江流如带抱山回。
云林晴色秋横野，雪岭寒光晚照台。
万里塞垣长放逐，百年乡国未归来。
天涯此日无衣客，愁听清砧处处哀。

夜同诸君饮江亭

秉烛邀宾到野亭，苍烟白露满前汀。
金樽美酒还堪醉，玉笛哀歌不可听。
明月鲛宫江漠漠，秋风渔火夜冥冥。
却愁塞水多呜咽，欲泛扁舟且复停。

木丹山晓行

沧江皛淼带长峦，拂雾宵征路转难。
一片关城秋色动，半空旌旆曙光寒。

皂雕风急闻弓响，白雁霜清度角残。
十载从军今未返，荷殳愁更出楼兰。

自木丹还城作

萧萧征马涉溪流，飒飒寒旌背驿楼。
万里独来天北极，十年空逐海西侯。
秋深城阙还悲角，老去关山只敝裘。
日暮登台瞻大漠，黑松黄草不胜愁。

蒙古屯同雁群晚眺

碛烟山雪远苍茫，落日层台雁几行。
残垒迴连寒烧紫，穹庐遥压暮沙黄。
边书乱后应难达，客鬓秋来各已苍。
漫道山川堪极目，登临无那是殊方。

帐中作示雁群

白草高原绕拂庐，长天凝望意何如。
关山夜月悲龙笛，江海秋风隔雁书。
摇落漫惊时序改，艰难空惜故人疏。
只今转徙随羊马，敢向长沙问谪居。

冬至怀绣虎却寄

怜君经岁滞临潢，至日传书怨路长。

雪岭几时归远戍，冰天何处转微阳？
萧条晏岁长多病，零落穷交各望乡。
总是寸心灰死后，难随葭管一飞扬。

除　夕

寒灯相对恨如何，揽鬓星星愧渐多。
一岁尚怜今夕在，半生空向异方过。
哀笳绝障虚传警，浊酒穹庐且放歌。
漫道春光明日好，塞天冰雪正嵯峨。

鸡岭崖与王定之别

不尽平芜色，苍茫到海濒。
烟生渔舍晚，花发战场春。
乱后轻侨客，兵余重故人。
那堪离索恨，回首见行尘。

观姬人入道歌

龙沙女子善歌舞，红颜的皪方三五。
自怜薄命失青庐，欲问长生归紫府。
闻道餐霞生羽翰，明珰声绕步虚坛。
旧着锦裙娇试马，新吹玉管学骖鸾。
盘龙镜敛如云发，羽服襳襳曳轻雪。

已裁菡萏戴瑶冠，尚扫胭脂开宝靥[①]。
降真火暖博山炉，窃药还能托月无？
白玉帐寒怜罽幕，青岑醴熟厌酡酥。
日暮燃灯礼瑶席，清磬泠泠满空碧。
法曲能将汉语传，隐文自用秦书译。
寂寂清关昼不开，驻颜何处望蓬莱。
共怜飞雪金微外，更有明星玉女来。

山　中

山下长烟松桧林，山家往往住层岑。
泉飞丹嶂秋岚湿，叶下苍溪晚径深。
折芰每怜人独坐，采参时见客相寻。
烟霞不少中原地，十载殊方愧滞淫。

帐　夜

穹帐连山落月斜，梦回孤客尚天涯。
雁飞白草年年雪，人老黄榆夜夜笳。
驿路几通南国使，风云不断北庭沙。
春衣少妇空相寄，五月边城未着花。

寄赠姜京兆定庵二十韵

昭代论才杰，先生实擅场。

---

① 编者按：“菡萏”，原误作“菡蒽”，今据词义改正。

人宗瞻艺苑，乡誉最岩廊。
议国曾焚草，承家本钓璜。
夕郎青琐闼，京尹黑犀章。
望久兼丁孔，名今压赵张。
官曹连凤掖，封域划龙荒。
浿水侵辽绿，关云带阙黄。
山川尊北镇，居守重南阳。
共喜台衡逼，还看竹帛光。
龙门延客峻，马帐说经长。
儒雅耽柔翰，风流凭隐囊。
探奇兴不浅，爱士势偏忘。
岁晏怜穷鸟，天涯恤翳桑。
诗传子卿窖，书到幼安床。
高义驱流俗，微生愧激昂。
幸邀千里顾，弥结九回肠。
恩重空衔涕，情深漫自伤。
无家随泛梗，有赋献长杨。
何日伸良觌，凌云感圣皇。
如能荐文似，矫首望杨庄。

封祀长白山二十韵

配极神山峻，修封帝命崇。
金函新建岳，玉检此升中。
咸秩遵虞典，昌期答汉功。
星轺瞻二使，云燎视三公。
戴斗原承北，苞祇独峙东。

千年今值圣，万岁昔闻嵩。
地接兴龙近，天开翥凤雄。
嵯峨分气象，窫突辟鸿蒙。
五畤仪还陋，三祠礼自同。
宗禋通肸蠁，展寀契昭融。
圭璧陈缇帟，骍驹袭锦幪。
日华遥合扇，云气迴成宫。
列嶂辉琼雪，双流亘玉虹。
壮哉符宝势，赫矣丽璇穹。
仙霭凝岩紫，高霞锦野红。
何须传纵雉，已见永垂鸿。
芝木祥侔岱，枌榆祀比丰。
紫坛三望遍，绛节百神通。
运喜逢文命，书惭献所忠。
圣皇长有道，灵秩庆无穷。

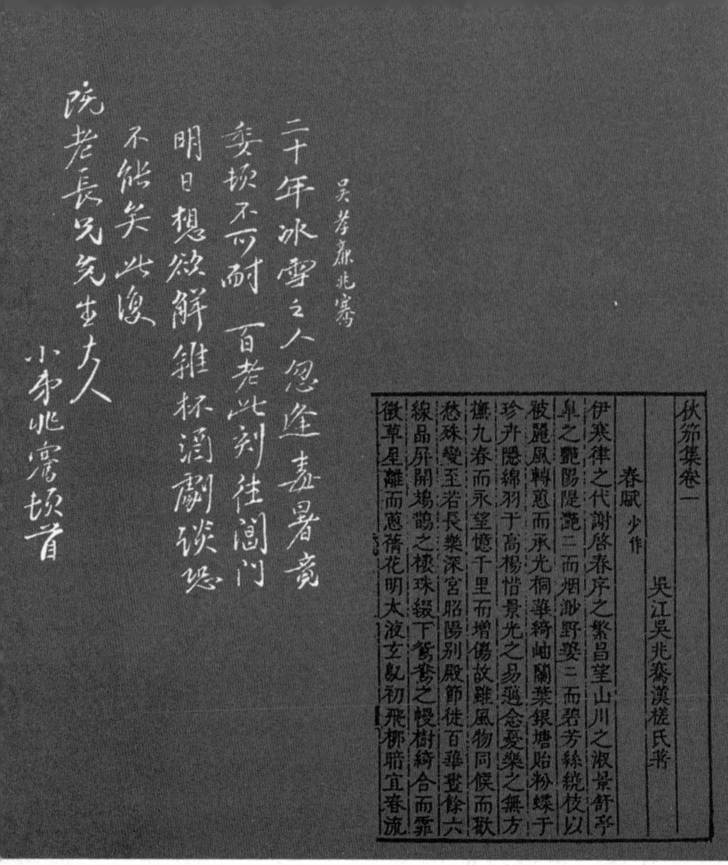

秋笳集

卷四 西曹杂诗

诗三

序

兆骞丘樊幼生，菰芦下士，弱龄有意，总角知名。才愧临川，早擅芙蓉之誉；年同僧孺，即传芍药之篇。汉代三君，长其声价；江东二俊，许以追攀。既而擢秀艺林，含毫锁院。自惭庸薄，猥簉贤良。江头舣榜，京尹问孝廉之船；道上鸣镳，君王命上计之吏。岂知新妆始竟，便嫉扬蛾；嘉卉初繁，遽逢鸣鴂。孝子有掇蜂之惧，贤人生市虎之悲。直比朱丝，乃见嫌于曲木；贞如白璧，忽致叹于缁尘。成是南箕，构兹北寺。江文通之就吏，伤心谤缺之间；范孟博之拘囚，慷慨棘木之下。夏台日暗，畴惜贤豪。贯索星高，竟灾文士。望慈闱于天际，白发双悲；忆少妇于楼中，红颜独倚。缄冤情而莫诉，抱幽愤以谁知？呜咽银筝，空寄思乡之调；凄凉石阙，难传羁客之情。爰寄托于篇章，聊自陈其胸臆。南冠琴曲，泣钟仪之土风；西陆蝉声，庶骆丞之慨咏。诗成杂体，情比《四愁》云尔。

戊戌三月九日自礼部被逮赴刑部口占二律

（一）

仓黄荷索出春官，扑目风沙掩泪看。
自许文章堪报主，那知罗网已摧肝。
冤如精卫悲难尽，哀比啼鹃血未干。
若道叩心天变色，应教六月见霜寒。

（二）

庭树萧萧暮景昏，那堪缧绁赴圜门。
衔冤已分关三木，无罪何人叫九阍。
肠断难收广武哭，心酸空诉鹄亭魂。
应知圣泽如天大，白日还能照覆盆。

四月四日就讯刑部江南司命题限韵立成

自叹无辜系鹈鸠，丹心欲诉泪先流。
才名夙昔高江左，谣琢于今泣楚囚。
阙下鸣鸡应痛哭，市中成虎自堪愁。
圣朝雨露知无限，愿使冤人遂首丘。

感怀诗八首呈家大人

（一）

棘寺阴沉树色长，故园何处泪沾裳。
独怜积毁能销骨，无那衔冤易断肠。
授简圜扉思夏胜，上书梁狱泣邹阳。
金门咫尺招贤地，不得雄文达建章。

（二）

风尘日夕满燕山，马角乌头尚未还。
梦绕高堂怜白首，书来香阁泣红颜。
凄凉铃柝悲风外，黯淡松楸落照间。
极目南云何处是，羁心一夜度江关。

（三）

寂坐匡床引浊醪，临风愁听角声高。
谤书何事腾三箧，壮士由来泣二桃。
目断乡关空涕泗，心伤乌鸟自悲号。
可怜一片江南月，永夜苍苍客梦劳。

（四）

凉风吹雨夜窗虚，木索婴身独起居。
岂有姓名藏复壁，可怜涕泪滴衣裾。
初明归思通天表，孝穆哀情仆射书。
惆怅慈帏新白发，侧身南望一愁予。

(五)

坏墙寂历锁莓苔，兀坐槐阴迴自哀①。
飞雪漫传邹衍恨，凌云谁惜马卿才。
异乡节物愁中度，旧国烟花梦里回。
何日乌啼传大赦，秋风重接故人杯。

(六)

青青杜若满芳洲，回首家山忆昔游。
父子文章推二庾，弟兄才笔说诸刘。
那知眉黛悲谣琢，还使衣冠泣橐囚。
闻道江东花信好，五湖归去看渔舟。

(七)

长吹玉笛到鸡鸣，读罢鱼书泪满缨。
千里关河风雨恨，一堂兄妹岁时情。
板舆奉母嗟潘令，鲈脍思乡有步兵。
折尽柳条归未得，中宵肠断阖庐城。

(八)

殷勤尺素劝加餐，强引清樽且自宽。
伏阙何人怀白璧，当门从古忌芳兰。
山头晞发孙登啸，军府弹琴楚客冠。
见说九重多雨露，拟披云雾叩鸳鸾。

---

① 编者按：“兀坐”，原作“儿坐”，据词义径改。

闻有家信遂成

遥传江上信，八月到燕京。
故国经年别，乡书万里情。
秋云低释树，夕照下关城。
极目天涯外，萧萧旅雁鸣。

寄内二律

（一）

忆汝深闺里，凄凉画阁尘。
有情怜荡子，无语向尊亲。
明镜云鬟乱，芳襟玉箸新。
迢迢今夜月，愁杀两乡人。

（二）

蓟北秋偏早，江东客未归。
不知更岁序，长自泣罗衣。
砧杵霜华湿，星河雁影稀。
西窗明月在，肠断是鸳机。

偶成二律

（一）

高秋寒气迴，延眺独伤心。
欲饷秦嘉镜，难为庄舄吟。

客愁千里外，乡梦五湖阴。
苦忆登临处，迢迢不可寻。

（二）

一自辞乡国，漂摇类转蓬。
刀环徒有约，樽酒竟谁同。
风急催寒角，霜空度早鸿。
遥怜潞河水，千折到江东。

秋夜寄计甫草

槐树沉沉鼓角催，愁看清露满荒苔。
金风入树秋阴薄，璧月临窗夜色来。
献赋未知圣主意，行吟还使故人来①。
天边鸿雁南飞急，怅望江南首重回②。

答赠丁绣夫二首

（一）

独棹孤舟惨别颜，梦魂终日绕吴关。
春来无限新杨柳，惆怅东风不忍攀。

（二）

昨岁昌亭酒，相携向碧浔。

---

① 编者按："来"与颔联下句之"来"字重复，疑误。
② 原注：余部讯诗，七月廿六日已呈御览，故有"献赋未知圣主意"之句。

谁怜一失所，惜别到如今。
星汉三秋隔，风霜五夜深。
伤心看候雁，何处寄归音。

寄怀袁文生、黄平子二子

二子今名彦，相逢意自亲。
金鞭曾试马，罗袂共留宾。
蓟北云沙暗，江东花鸟新。
那堪思往事，回首欲沾巾。

有感三律次陈子长韵

（一）

燕山秋望迥，霜露晚来多。
直道原如此，吾生可奈何。
天寒惊岁序，亲老泣风波。
却忆谈经日，凄凉横笛歌。

（二）

深秋西署冷，兀坐意悲哉。
笑傲应怜我，艰难孰爱才。
异乡嗟客久，故国少书来。
不作穷途哭，谁知阮籍哀。

（三）

欲尽平生语，艰辛敢自陈。

已成钩党祸，莫忌独醒人。
名辱怜词赋，时危听鬼神。
君门真万里，流恸向青旻。

送人还江南

八月霜清木叶催，天涯惜别帝城隈。
风尘作客三秋暮，乡土惊心万里回。
东府山川天阙近，南徐潮汐大江来。
故园橘柚垂垂发，满目商飙迥自哀。

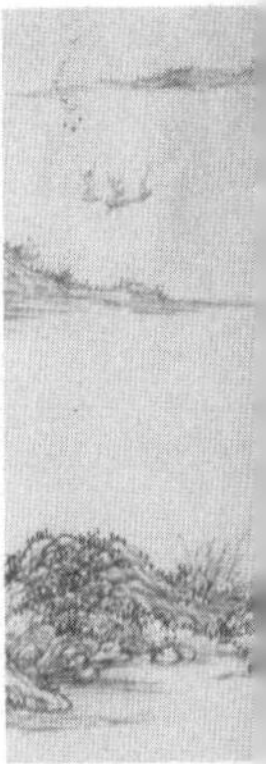

送姚子上还荆州

御苑秋高树色微，送君拥传出王畿。
青蘋风急催征棹，白雁霜清照客衣。
山接虎牙寒峡险，江连鹊尾暮潮归。
却怜憔悴幽州客，矫首空嗟两地违。

九日同陈子长饮分韵得十五删

太息今年重九日，羁栖无处望秋山。
寒花照眼伤迟暮，白雁低空独往还。
西署漫传燕市酒，南冠频泣楚臣颜。
最怜旧日登高地，碧嶂丹枫未可攀。

即席再用前韵答赠子长

北风驱雁度燕山，落日颓垣照客颜。

岂有绛囊传令节，漫因黄菊忆乡关。
陈遵意气谁堪并，沈炯漂零尚未还。
无那少年俱落魄，只应潦倒酒徒间。

再和子长

禁城秋晚雨如丝，把酒荒台感岁时。
已见清霜催旅鬓，那堪斜日上花枝。
曲中风土羁臣泪，笛里关山客子悲。
莫道旧游星散尽，比来倾盖愧君知。

感　　寄

荒庭独坐起悲歌，抱病谁怜在网罗。
岁晚冰霜生白发，秋来书札阻黄河。
李膺宾客飘零久，庾信文章涕泪多。
忽忆去年高会日，绛纱丝管正婆娑。

夜坐柬陈子长

明河如练俯城头，节序惊心迥独愁。
月色远连吴苑树，角声寒动蓟门秋。
乡心万里随鸿雁，旅病经年系鹓鸠。
惆怅逢君多难后，不堪重说五陵游。

白头宫女行

长安女尼妙音者，本崇祯时旧宫人。后出居民间，祝发于北城之佛舍，与海昌相国居址接近，尝出入相国家，述甲申三月及宫中旧事甚悉。又言宫中侍姬，都以青纱幕外约钗梁。自遭丧乱，香奁宝钿，悉为人夺，惟存青纱数幅，犹昭阳故物也。今年戊戌，予以谤议械系都官，而相国亦以他事下吏，因与其嗣君直方、子长相见，酒酣耳热，为言妙音。予既自伤诡枉，复闻妙音之事，悲红粉之飘零，感羁人之沦落，乃连缀其词，作为长歌，以传于乐府尔。

长安女冠头似雪，曳地黄绳悬百结。
手执金经泪暗垂，云是前朝旧宫妾。
一朝充选入披香，倭堕新梳内殿妆。
低鬟自惜青虫小，系臂愁看绛缕长。
当年御极方清晏，宫中屡启催花宴。
云母屏开见舞人，水晶帘卷低歌扇。
歌舞年年乐事殊，森沉宝幄挂流苏。
北宫漫阅鱼龙戏，东绢频临蛱蝶图。
图史纷披间珠翠，深宫镇日长无事。
鹊顾书从女史传，鸾雏钗向昭仪赐。
昭仪明艳独承欢，促坐金床倚笑看。
灯簇九微长侍辇，妆成七宝自凭栏。
栏前罗绮纷成列，阿监才人几分别。
玉墀草细打球高，珠箔花深吹管彻。
景福宫前细柳垂，琼轩不闭共追随。
绣镫缠鬃娇试马，绿绨隐几倦弹棋。
春花秋月年华换，掖庭寂寞肠堪断。

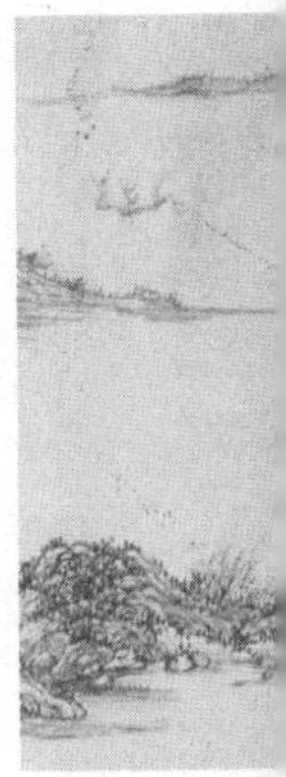

素手翻书教小王，红颜对食怜同伴①。
自从羽檄扰秦川，遂使官家少晏眠。
五夜刺闺频报警，三春合殿罢开筵。
几载天颜惨不乐，中宵独坐占芒角。
炮火新开内教场，诏书屡下文渊阁。
阁门封事日纷纷，督抚潼关复覆军。
几部黄巾残豫楚，千群青犊下宣云。
宣云处处名城堕，倒戈自启居庸锁。
阙下交驰告急书，殿前望断平安火。
军锋倏忽逼神京，一夜都人已数惊。
内苑左貂群揖盗，团营飞骑半翻城。
城上弓刀争内向，苍黄无复蓬莱仗。
独御金鞭视九门，空颁铁券封诸将。
白马青袍卷地来，君王长叹下平台。
口诏内人从避寇，手持爱子共衔哀。
可怜十叶汉天子，海竭山崩竟如此。
复壁宁教伏后藏，佩刀自刺清河死。
珠伤玉碎满曾成，宫车无那赤龙迎。
犹有黄门曾殉主，岂知紫闼竟屯兵。
自怜白首深宫住，欲问家山渺归路。
潜脱霓裳出九重，却寻月径依双树。
一托香台已十秋，每谈遗事自生愁。
室中漫礼金仙席，梦里还随玉辇游。
惆怅生年遘阳九，戒珠持遍甘衰朽。
仙家龙种尚飘零，贱妾蛾眉亦何有。

① 原注：汉宫中自相配偶，谓为对食。

我来故国几沾翰，摩挲铜狄北风酸。
昭阳旧侍悲通德，长乐姬人识佩兰。
从古存亡堪太息，凄凉无处寻遗迹。
麦秀偏伤过客情，柘枝还下宫人泣。

秋 雁 篇

长安八月金风起，旅雁飞飞度龙水。
共道连翩傍九宵，宁知迢递经千里。
千里随阳道路赊，扬声接翼向天涯。
衔芦欲避金河雪，唼藻还依玉溆沙。
沙头日暮秋萧索，夜火如星乱栖泊。
江路由来足稻粱，云间却自多矰缴。
矰缴连天何处飞，冰霜满目未能归。
月冷关城哀响过，风回汀渚断行稀。
可怜岁晚争飞急，羽翮摧颓去安极。
拂雾宵传紫塞书，惊寒晓杂朱楼笛。
谁家少妇倚朱楼，忽见孤鸿泪暗流。
玳瑁床空红粉怨，茱萸带缓翠蛾愁。
愁心几度音尘绝，捣尽寒衣向秋月。
讵怜明镜歇容华，却恨狂夫限城阙。
城阙遥遥落雁低，青蘋碧石五湖西。
何如长住吴江渚，不使年年有别离。

冬日同子长赋限韵立成

岁晚驱征雁，时穷泣鲋鱼。

漫怜同难久，还忆结交初。
越石原无罪，文通未上书。
白云空在眼，肠断望乡余。

冬夜同诸子饮方坦庵先生斋即席赋呈

月落层城雁度哀，南冠相对暂衔杯。
天涯兄弟情偏苦，江表山川梦未回。
穿径已荒庾信宅，思家莫上李陵台。
夜深何处吹羌笛，肠断乡关是落梅。

夜同子长过方娄冈学士赋赠

绛蜡沉沉照眼红，冰天历历度飞鸿。
披帷莫厌经过密，把酒应怜患难同。
夹巷鼓笳喧北寺，中宵星斗动西风。
十年冠剑铜龙署，回首君门叹转蓬。

送张绣虎南行和陈相国

经年西署相依久，忽送征车恨若何。
严谴已嗟同放逐，馀生那更历风波。
新亭树色临江尽，京口涛声到海多。
万里故乡犹在眼，怜君重得暂经过。

戊戌除夕偕诸子集陈素庵先生斋即席同直方、子长赋

促漏催寒尽，官梅逼岁新。
不堪今夜酒，相对异州人。
窜逐存馀齿，艰难愧此身。
伤心瞻北斗，明日帝城春。

己亥正月朔夜同子长小饮口占

条风淑景动皇州，孤客相逢尚滞留。
万里共伤多难日，三春谁记少年游。
姓名谗枉悲青史，门次凋残累白头。
遥夜思归不成寐，角声吹彻五更愁。

人日同子长赋

支离蕀寺逢人日，强进芳樽倍枪神。
凤阙彩花稀到眼，龙沙迁客自相亲。
人遥南国书难寄，律转东郊柳漫新。
忽忆去年偕计吏，正驱鞍马大河滨。

答赠陈子长

惊座闻名久，相逢即故知。

片言深契托，九折共艰危。
伏阙书难上，怀乡调自悲。
帝城春色早，肠断向南枝。

正月九日同子长望月

客心愁不寐，坐见月华移。
只自临遥夜，宁知异旧时。
光连关树迥，寒入苑钟悲。
远忆金闺妇，颦蛾恨别离。

元夕同直方、子长赋

寂寞圜墙少客过，听残更漏复如何。
自将杯酒酬佳节，不为艰虞废啸歌。
月绕庭柯春色静，风传城角夜声多。
遥怜灯火千门里，绎绎雕轮度玉河。

春雪篇

此予童时所作也。今年浮系西曹，见积雪绵旬，凝阶不散，因记忆录出，以正素庵先生。然语多忘失，复为点翰，以视向制，略更四五矣。先生及直方、子长，皆为属和，遂并记之。

玄飙吹不已，一夜起严阴。
渐觉轻寒侵晓幕，俄惊飘霰遍春林。

林端骋望光如曙，六出霏霏挺琼树。
只道寻芳凤苑春，谁知吹雪龙山暮。
龙山雪色舞空来，沾花拂柳自徘徊。
金屏夜掩疑含月，绮户晨开误落梅。
谁家小院湘帘湿，几处高楼羌笛哀。
数声羌笛天如练，珠斗年光君不见。
积素遥含翡翠窗，凝晖深照鸳鸯殿。
鸳鸯殿里耐春寒，少女妆成自倚栏。
歌扇半遮怜粉薄，舞衣乍点惜花残。
海神昨日车轮度，雪花落尽长安路。
玉房密坐进兰尊，绣被熏炉分桂灶。
桂灶沉沉乐未央，可怜春色半飘扬。
剪成彩胜无颜色，梦绕梨花总断肠。
梨花匝树春归早，鳞乱空阶愁不扫。
班女何须怨白团，王孙空自思芳草。
草色凄迷紫陌曛，那堪飞雪正纷纷。
三时花月知何处，千里琼瑶只忆君。
琼瑶满眼难凭折，黄竹哀歌自凄咽。
已悲摇荡任回风，谁惜飘零在韶月。
春晴日暮叹蹉跎，白雪漫天可奈何。
惟有东瀛双玉马，庭前依旧散阳和。

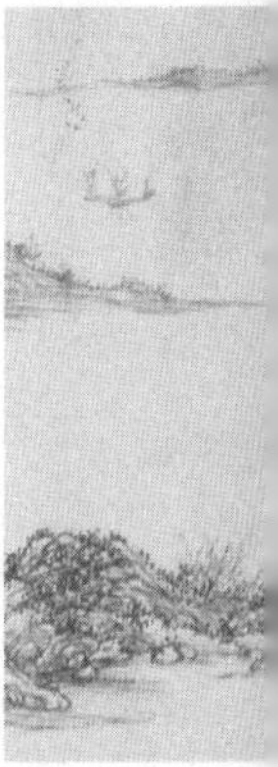

感示子长

夜静危谯刻漏频，客中对尔倍情亲。
非关刀笔严持法，自是声名解误人。
献吊湘潭悲宋玉，窜身辽海泣崔骃。

南天望处堪肠断，榆柳江皋已暮春。

闰三月朔日将赴辽左留别吴中诸故人

蓟门三月柳堪折，玉关迁客肝肠绝。
结束征车去旧乡，矫首天南恨离别。
忆昨胥台事侠游，才名卓荦凌王侯。
黄童雅擅无双誉，温峤羞居第二流。
相将日向春江曲，阖庐墓前草初绿。
彩鹢春风客似云，珠帘夜月人如玉。
少年行乐恣游盘，夹道飞花覆锦湍。
按歌每挟茱萸女，驻马频看芍药栏。
筵前进酒题鹦鹉，一日声名动东府。
拟从执戟奏甘泉，耻学吾丘能格五。
去年谬应公车征，骏马高台几度登。
自许文章飞白凤，岂知谣琢信苍蝇。
苍蝇点白由来事，薏苡偏嗟罹谤议。
赋就凌云只自怜，投人明月还相弃。
身婴木索入圜门，白日阴沉欲断魂。
北燕漫说驺生哭，东海谁明孝妇冤。
衔冤犴狴悲何极，慷慨陈词对岩棘。
幽怨空教托楚辞，严威竟已□秦格。
忽承恩谴度龙沙，边草茫茫去路赊。
名列丹书难指罪，身投青海已无家。
销魂桥畔谁相送，一曲芦笳自悲痛。
皂帽惭非避世人，青山何处思乡梦。
乡心日夜绕江干，江柳江花不复攀。

万重关塞行应遍，十载交游见欲难。
从此家山等飞藿，满眼黄云横大漠。
自伤亭伯远投荒，却悔平原轻赴洛。
一向冰天逐雁臣，东风挥手泪沾巾。
只应一片江南月，流照飘零塞北人。

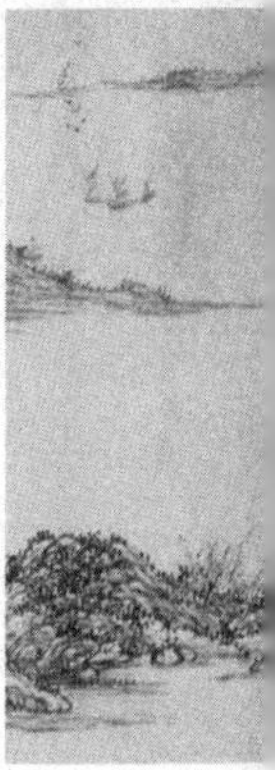

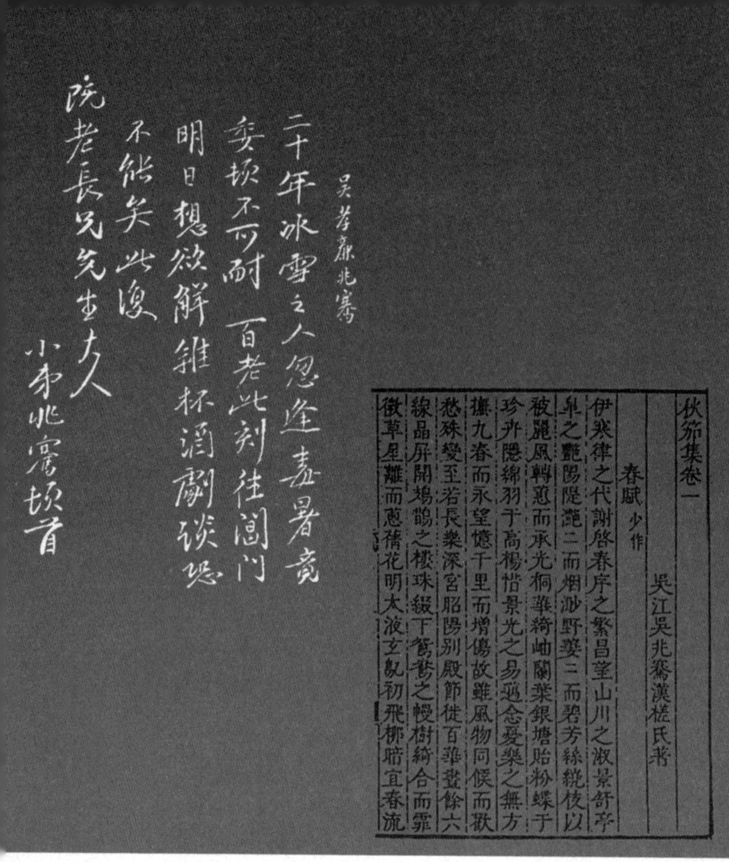
吳孝廉兆騫

二十年冰雪之人忽逢盛暑竟委頓不可耐 一百老此刻往閶門明日想欲解維杯酒劇談恐不能矣 此復

院老長兄先生大人

小弟兆騫頓首

秋笳集卷一

春賦 少作

吳江吳兆騫漢槎氏著

伊寒律之代謝啓春序之繁昌望山川之淑景舒亭皋之艷陽隱灧二而烟渺野萋二而碧芳綠繞枝以被麗風轉蕙而承光桐華綺岫蘭葉銀塘貽粉蝶于珍卉隱綿羽于高楊悟景光之易逝念憂樂之無方撫九春而永望憶千里而增傷故雖風物同候而歡愁殊變至若長樂深宮昭陽別殿節徙百華晝餘六綠晶屏開鳷鵲之樓珠綴下鬱蔥之幔樹綺合而霏徽草星離而蕙[illegible]花明太液玄鳦初飛[illegible]暗宜春流

秋笳集

卷五

秋笳前集

诗四

序

侯玄泓①

汉槎吴季子，今之贾生、终童也。出其余技，为歌诗，才名藉甚吴楚间。与予遇于虎阜，抵掌莫逆，遂出诗编，属余弁语。予结发诵诗，自成童时，常与兄弟朋好，跌宕江湖，有唱有答，然终不能名一家。十余年间，洊被倾覆，群从凋丧，向者雕虫末技，兵燹散亡，而予益颓然废放，渐夺声华，如沟断散栎，以不才求全矣。虽然，风雅之原，声情之本，酒酣狂来，尚能为季子

① 编者按：原文作“练水盟弟侯玄泓研德撰”。

言之。

夫诗之为用者，声也；声之所以用者，情也。《豳风》、《二南》、《二雅》、《三颂》，或出于妇人小夫冲口率志之作，或出于元臣硕老讽谕赋述之言。泳泆休明，抒写道德，情盛而声自叶焉，遂登乐章，歌荐朝庙，此天下之真声也。若夫情曼者，其声啴；情伉者，其声厉；情危者，其声烈；情豫者，其声扬。是数者，虽诡于和，而情之所激，皆足以铿锵律吕，感动鬼神。《相鼠》之诗其声率；《山枢》之诗其声迫。迫且率而仲尼不删者，为其情真也。真，故不讳其激，有激极而和之势焉，此亦声亚也。六季三唐，刻镂组绘；南北二宋，披猖率野，声情交叶，什无二三。何大复常谓唐初四子，音节可歌，子美调失流转。予初韪之，然究其所撰《明月篇》，声浮于情，学者从是矫宋元之过，相与规步音响，趋摹格调，而天下之情隐者，亦大复为之戎首也。数十年以来，声盛者情伪，情真者声俗，两家之说，戛然不入，而其不谐真乐则同，终亦成其两伪而已矣。予虽稍有窥见，自愧能知而不作，悠悠尘溘，莫可为尽也，窃愿为。

季子以其髫龀之岁，岖江楚，吊沅湘，指衡霍，剑槊相摩，龙虎争搏，华年盛气，掉臂出没乎其间。故其为人，英朗俊健，忠孝激发，凡感时恨别，吊古怀贤，流连物色之制，莫不寄趣哀凉，遗音婉丽，情盛而声叶，非季子其孰能及之。

而予回首昔时，与兄弟上浔阳，经庐岳，分曹课句，睥睨争雄，衔杯一笑，江波振起。今日独与季子谈河山之变迁，数风云之灭没，灯灺酒阑，骚屑偃蹇，其能无乐极而哀来，婆娑而吊影乎？虽然，季子伯兄弘人，以其文章器识，领袖群彦。仲子闻夏，撰述英多，一时屈慑。与予兄弟交十余年，犹兄弟也。季子出而玉振之，予不孤矣。遂书之，为其诗序。

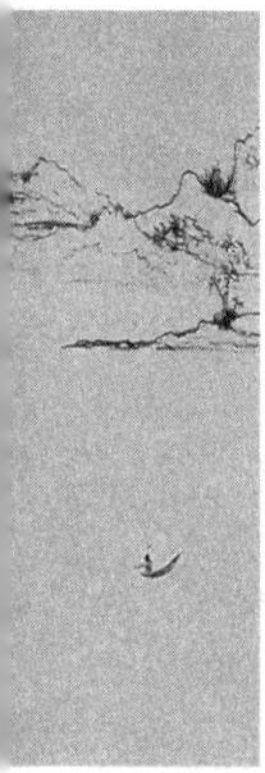

春 日 篇

亭皋三月东风吹，匝道烟花艳绿围。
十里红潮连翠岸，千重碧树起珠帷。
侯家别墅春如织，芳林繁囿连云日。
兰沼轻波泛紫鸳，蕙楼高影巢玄鳦。
楼阴架址碧嵯峨，窗户玲珑盛绮罗。
日映翡帷银蒜静，风微珠缀玉铃和。
铃声隐隐花间起，榆钱雪落覆明水。
数蝶低飞香草中，流莺细啭垂杨里。
毵毵垂杨满碧郊，游丝百尺乱烟条。
陌上繁阴临玉道，堤边香雾锁虹桥。
虹桥一望明于素，朱轩绀幰纷相度。
锦障新开灞水园，羊车近出长安路。
长安此日正妍华，几处楼台映晚霞。
翠耩香细初调马，绣袷风轻试问花。
绿畴去去芳埃逐，油幕生光照平陆。
带织茱萸耀紫珊，鞍装杏叶团红玉。
玉鞭时向狭斜行，弱絮缤纷缀道旁。
斗鸡坊里花初满，走马台边柳正黄。
柳黄花满相凌乱，由来此地称华艳。
日暮征歌赵李家，夜来贳酒胡姬馆。
十五胡姬不解羞，低鬟轻倚钿箜篌。
私结红罗邀上客，自矜脂腕整搔头。
年年岁岁争游冶，挟弹探丸空藻野。
南陌方看千骑来，东皇又掷三春谢。

三春风日自阴浓，落尽梨花锁院中。
闻道西园芳草路，罗衣迎暑送春风。

金　陵　篇

高皇昔日起西吴，手挟灵旗问独夫。
既向龙沙开绝漠，遂来虎踞建神都。
燕子二潮通海浪，鸿郎万雉俯江波。
江波去去无穷已，城中宫阁参天起。
鳷鹊连延抗碧台，凤凰窈窱围玫玘。
隐隐长桥水卧虹，沉沉华阙霞含紫。
圆井春寒露索高，上林花隐风弦细。
兰锜钩陈七宝鞭，深深紫袖写便姗。
昼静烟花金殿杳，宵严钟鼓玉珂寒。
七校队齐仙丈外，群公佩响翠华前。
日丽朱城百万户，气迫皇图三十年。
文皇为念边城苦，欲卧燕山留北锁。
竟从鹿辂策关中，难仍牛首称天府。
一自宸旒去紫台，遂令南内琐青槐。
玉女窗寒风断续，景阳钟歇月徘徊。
铜沟不腻红妆粉，金屋空余乌韭苔。
辘轳声断啼鸦晓，宫莎含日春秋早。
兽环深闭寂难知，钩盾萧凉无复扫。
时见朱樱荐寝园，独看碧草芜驰道。
列圣相传海内平，侯家甲第起红尘。
十二重楼连凤翼，三千复帐结鸿纷。
香车半罨油幢暖，画阁全传水调清。

舞爱弓腰碧縒转，歌残子夜玉钩明。
绣户宵笼云母扇，晶盘晓进月儿羹。
既倾燕尾临芳沼，还问桃根向石城。
石城年少如鹰撇，腰下吴钩凝绀雪。
挟妓酣歌玳瑁楼，挥鞭骄试金钱埒。
檀槽拨软贴龙香，纻弦丝断施鸾血。
独来陌上恣矜趫，放犬呼鹰乐未消。
醉拭芙蓉轻一诺，笑掷珊瑚赌百骁。
绛衫香袭浮云鞚，紫艾光承明月刀。
明月高高照芳甸，秦淮宛转澄如练。
汀上银沙写露华，堤边珍树吹花霰。
锦缆风回榜唱微，兰桡波细箫声转。
箫笳清吹满皇州，夹道芳尘掩画楼。
睡鸭香浓初按茜，鸣蝉梳罢学藏钩。
街喧兰叶迎珠勒，队簇桃花映绿韝。
绿韝珠勒纷驰逐，谁知祸乱来相促。
九逸惊从代邸来，三星更向东山簇。
江表虽飞晋氏龙，中原已失嬴家鹿。
竞传宝雉集丹阳，南纪欣开司隶章。
酒置新亭风已异，銮回旧内日重光。
琅玡方拟戎衣定，仙人又进昭阳谶。
马控青丝自寿春，鸥衔黄纸沉江乘。
闻道哥舒已弃关，犹矜监牧能行阵。
宫门不见几传烽，君王还狩豆田中。
泪盈秋雁开黄帕，舰列晨凫渡阿童。
郑畋迎銮思敌忾，伤心岂料成青盖。
较战无闻朱雀航，负恩竟卖卢龙塞。

拂庐罽幕遍京华，园庙萧条拥塞沙。
辒辌乱度台城柳，鷩箓寒摧上苑花。
可怜坏道哀湍急，陊门夜静荒磷碧。
雪暗焚宫泣玉床，风酸辞汉悲铜狄。
黄头洗箭唱兜离，故老吞声泪绠縻。
仁寿镜悬精卫怨，茂陵书去子规啼。
金钗歌断临春阁，秋飒槐叶纷萧索。
已叹三千落剑花，漫期十八开莲芍。
回首南朝事惘然，月明麋鹿故宫前。
独有石头春水碧，烟波夜夜送潺湲。

长 安 道

驰道春风晚，长楸落日斜。
按鹰来戚里，挟瑟向侯家。
纨扇平阳月，珊鞭宣曲花。
君王方好武，新拜李轻车。

洛 阳 道

戒晓开平乐，华缨满洛阳。
风花低锦障，歌吹竞红妆。
金埒新调马，银钩学采桑。
斗鸡殊未返，知是就陈王。

塞 上 曲

羽檄夜征兵，嫖姚下柳城。

边烽连战气，陇树聚秋声。
月落金笳冷，风高铁马鸣。
归来报天子，猎火万山明。

塞　下　曲

万里觅封侯，金鞍被锦裘。
弓悬龙塞月，角度雁门秋。
白草迷孤障，黄云断戍楼。
应知汉都护，持节到凉州。

紫　骝　马

蹀躞兰池马，鸣镳出灞川。
气骄垂柳侧，嘶断落花前。
鞭影悬丝鞚，衣香拂锦鞯。
方随骠骑去，羞向画楼边。

刘　生

年少扶风客，骄行绣陌旁。
期门新挟弹，长信旧为郎。
轻薄征红袖，矜趏脱紫缰。
独来春草猎，名姓满咸阳。

关　山　月

明月照边州，交河迥不流。

五原征雁断，六道战云愁。
铁甲寒生白，铜焦夜带秋。
谁怜楼上女，肠断大刀头。

雨　雪　曲

关山千里雪，客子事长征。
银碛双雕没，冰河一骑行。
云横青海戍，烽掩白登城。
辛苦金微外，嫖姚未解兵。

班　婕　妤

君王怜燕啄，弃妾似飞蓬。
辇路苔文暗，帘钩露彩浓。
秋风伤捣素，夜月怯窥红。
岂怨成孤寝，私心托守宫。

铜　雀　伎

井干倚清漳，朱颜送艳阳。
穗帏春漠漠，陵树月苍苍。
红断闲裙蝶，莺归罢笛床。
遥思魏宫夜，歌舞奏名倡。

晚眺寄计甫草

夜色萧条万里开，愁人临眺独徘徊。

浮空远碧天边尽，不断荒烟树杪来。
孤障风高悲鼓角，春涛日落映楼台。
只今戎马迷南北，且向袁丝问侠才。

寄楚黄王涓来

相思空唱梅花曲，夷甫行藏近若何？
目极江湖千里暮，书传关塞一鸿过。
浔阳潮落笳声壮，笠泽天高战气多。
好去买山寻凤侣，莫教风雨泣卷阿。

送人之越东

即席分得萧字。

平原春草莽萧萧，游子乘春访石桥。
舟渡云中观海日，人从天际听江潮。
赤城东去霞标尽，闽峤南开龙气遥。
倘过严陵逢钓叟，可能回首忆吹箫。

杂　诗

同杨俊三作。

（一）

黄鹄凌风飞，翩翩横九垓。
秋风何萧瑟，长鸣有余哀。
我生亦何为，栖栖隐蒿莱。
圆景依中天，繁星蚀其辉。

朱华耀芳林，严霜瘁其荄。
昭王久已死，谁起黄金台？
壮夫固有时，无为长抢摧。
周周顾羽毛，安知横绝才。

（二）

少年好远游，驾言适沅湘。
广川激清波，惠风荡红芳。
走马阳云台，流苏何飘扬。
天晴春草细，平原浩茫茫。
飞身接双免，倒捉青丝缰。
南楚多侠客，相逢大道旁。
解鞍藉草坐，飞骑征名倡。
是时暮春初，新莺满高杨。
丝管杂莺声，欢乐方未央。
自拟今日游，百岁可终常。
岂意迅商来，吹我还旧乡。
弃彼繁与华，摧藏守空堂。
青鲛竞饮食，玄豹择文章。
扶摇倘我借，矫翼凌扶桑。

（三）

上山采芳杜，岩阿多薄阴。
东风媚春华，枝叶自相寻。
之子渺不归，岁月日以侵。
忆君新婚时，相于同锦衾。
今君远行役，悠悠隔江浔。

门有车马客，云来自桂林。
牵衣问夫婿，言阻湘水深。
庭中有好鸟，命俦扬清音。
而我竟何如，红颜坐相零。
寄君幸努力，无使妾伤心。

（四）

家世为汉将，生长辽城东。
秋高塞草枯，从军出云中。
具装悬吴钩，双鞬捷秦弓。
烽烟四面动，旌帜纷相从。
列营沙碛间，白日昏蒿蓬。
边声薄暮起，肃肃生严风。
黄云合凉野，千里无征鸿。
倚剑登高原，惨淡秋天空。
漠南苟未夷，意气难为功。
转战兰干山，连摧燕支戎。
天子坐建章，驰诏嘉尔雄。
功成入西京，甲第何崇隆。
嗤嗤草玄者，铅椠守固穷。

（五）

植兰华池边，微芳随风宣。
托身君子室，令德随人妍。
高楼有佚女，独宿方盛年。
年颇十五余，蛾眉澹新胭。
含情理修带，垂手春风前。

不怨盛年移，但期灵条还。
岂学倡家女，河间夜数钱。

白 纻 辞

和宏人大兄。

（一）

曲琼半上朱筵张，蛾眉促坐调银簧。
月华烛烛光满堂，为君起舞乐夜长。
七槃迅赴婧服扬，香尘欲动江南珰。
安歌进酒君莫忘，无为向隅空自伤。
高堂歌舞殊未央，乌啼喔喔催扶桑。

（二）

临高台，披重幄，
博山烬委芳气馥，还携美子扬清曲。
玉柱高张调何促，袖长管急消华烛。
春风澹澹吹微波，艳阳欲去可奈何。
忘情且任金叵罗，不见高楼春尽伤青蛾。

长安有狭斜行

三辅盛游侠，逐逐长安中。
长安何翕艳，冠盖相纷溶。
道逢两骄人，叩叩问何从。
答言少年时，结交槐里翁。
二十属期门，侍猎长杨宫。

池阳宣曲间，日夕陪射熊。
家本侠者徒，卖浆非鸣钟。
一旦拜恩泽，罄折来群公。
大息大长秋，小息右扶风。
朱轩交华屋，宾御殊珑葱。
善宦自有因，矩步非所容。
佳丽及春妍，岁暮难为工。

汉武宫词

戏罢鱼龙幸柏台，期门十队翠华开。
甘泉宫里传银烛，闻道君王夜猎回。

开元宫词

春来水殿锁潺潺，阿监传呼召玉环。
十部龟兹齐度曲，夜深歌舞到花间。

行　路　难

和吴海序、计甫草。

（一）

翩翩炎洲翠，温理何娟好。
罗家工射利，云罕张林杪。
凌霜触雪辞故枝，羽毛瑟瑟如蓬葆。
海鹄嗷嗷鸣云中，顾此憔悴心烦忡。
念君虽微同凤族，胡为戢翼羁雕笼。

为君捎网得归去，相将飞入三珠树。

（二）

汉武好神仙，五利为通侯。
为言仙人好楼居，嚣尘杂沓难淹留。
不如云卧向山去，文狸赤豹同遨游。
又闻山鬼方窈窕，幽篁含睇来相求。
吾闻君言何太娇，人生立身苦不早。
平原据地歌金门，安能寂寂长烟草。
盛年易戢时易沉，秋风不驻红颜好。
不见济南终子云，上书十八乘朱轮。

（三）

文仲昔战死，乃歌平陵东。
平陵多松柏，一一生悲风。
忆惜全盛时，侯家一何雄。
父为汉相子侍中，香貂翠羽交君宫。
门前双旌相照耀，领麾东郡驱游龙。
一朝弯弓雪汉耻，相从独有陈家子。
新都欲来赤凤死，嗟尔慷慨徒尔为，
连头且入陈都市。
汝南小儿何龊龊，不歌义公歌两鹄。

子　夜　歌

和顾茂伦。

（一）

侬傍大堤头，问欢在何许？

那得木兰桡，载侬到欢处。

（二）

弃妾高楼上，羞看春草肥。
蛾眉何用扫，夫婿已翻飞。

五日观竞渡因忆楚荆

一百韵。

佳丽苏台畔，烽烟郢树边。
怀人空怅望，抚景自凄然。
草木辞春晚，鱼龙隐浪偏。
天涯还战伐，江左竞欢阗。
射粉羌笳后，寻芳塞马前。
楚山云黯淡，吴练水潺湲。
为忆三闾赋，翻悲五日传。
千门待女浴，万户命丝缠。
榴暖红珠火，花明紫玉烟。
水嬉仍旧俗，竞渡又今年。
凤舸沙棠舰，凫车文杏舷①。
波轻飞画楫，风急荡沦涟。
杂沓奔潮壮，苍茫乱影漩。
锦帆纷沼沚，丝管倒盈川。
击汰淫箫鼓，横流虢鲔鳣。
棹歌声的的，桡吹思咽咽。

① 原注：古谓舟为车，如水马之类。

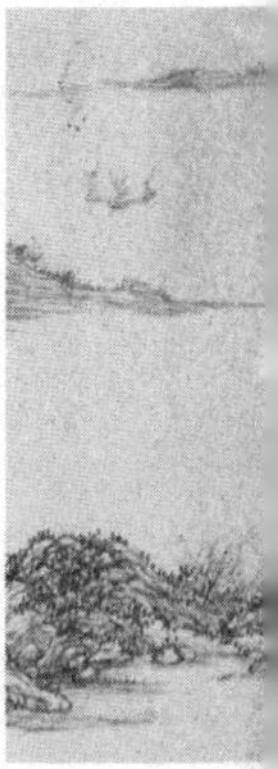

白马晴洲合，黄头丽服鲜。
灵胥小海唱，九淖荡崖谗。
绣帜凌风直，牙标映日圆。
轻鬐吹雪扰，跳沫激珠连。
翼翼蛟初驾，沧沧鹭乍旋。
飘摇首尾捷，宛转舳舻便。
直欲横朱汜，何心绕镜悬。
两甍开黼帐，一径驻华軿。
蛮带随丝远，香脐向客嫣。
纵横青雀舫，历乱碧罗鞯。
荡子金羁簇，佳人玉袖联。
征歌看决斗，倚扇醉婵娟。
尽矢观涛乐，徒夸拾翠嬛。
伤心谁独苦，招屈自摧煎。
倏忽箫钲歇，如同雾雨迁。
曲终江寂寂，戏罢濑溅溅。
对此原增憾，于今益惘焉。
山阳思旧笛，水畔断肠弦。
荒莽湘皋月，萧条汉渚荃。
峰青空七二，雪白渺三千。
彼美游无处，蘋花益可怜。
昔予知子上，意气远同坚。
万里曾贻佩，孤怀愿执鞭。
澧兰香澹澹，沅芷影芊芊。
神往都无隔，书来各勉旃。
但期长悌驾，未共李膺船。
是岁逢围棘，家翁实秉权。

阿房求杜牧，麈尾识张玄。
辛苦梧桐咏，沉吟芍药篇。
帝娥方鼓瑟，令史早书毡。
策奏兰成射，人看玉笋妍。
门生袁氏贵，宾客卫家贤。
梦斗还相次，登龙独秀先。
师资诚契合，风雅故便翾。
西锦朱华灿，沧碑紫字镌。
向衰嗤伏氏，年少逼僧虔。
粉署荀香合，华堂谢舞翩。
才名矜藻丽，出入艳神仙。
黄鹤晨停马，青翰夜点笺。
觐藩云母隔，觅妓雪儿眠。
绮席轻于蕊，罗衫薄似蝉。
笔裁鹦鹉赋，身侍雁池筵。
论议皆希逸，交游悉仲宣。
曲高雄楚国，文似献甘泉。
计吏车方饬，和门檄又遄。
霓稍新市满，月羽下江梃。
畦固窥襄郢，尤来出涧瀍。
轸围苍七星，雉射阵双甄。
杀气横谯角，妖星孛翼躔。
六麋俱丽箭，九虎竞鸣弦。
绝障军声断，严关戍火延。
登阵非棘令，逐寇失杨璇。
无复金汤恃，空余铁骑骈。
赤亭强弩散，玉壁战楼颠。

突豕弥逵道，封狐骋陌阡。
城崩寒日惨，野哭晚风膻。
骨垒涔阳侧，磷迷明月巅①。
王孙沦戮辱②，甲姓困拘挛。
愚叟山难凿，冤禽海易填。
中原当板荡，吾道此屯邅。
恻恻游燕客，靡靡正促弮。
望云因思切，闻难遂言还。
晓色台城角，凉飙梦泽天③。
秋深恒惨黩，道阻屡回沿。
泪岂无家别，愁缘忆母绵。
赵苞悲血洒，温峤泣裾牵。
入里人皆异，穷途恨讵蠲。
修陵防藕植，木末惧蓉搴。
高蹈怀龙首，遐征致鹘拳。
弋鸿罗矗矗，钩贝网笺笺。
壮节羞全瓦，凶徒誓碎瑄。
美阳胸自穴，酒士志宁悛。
烈烈锄兰户，仓仓僻蕙槝。
江寒烟雾涩，波阔蜃蛟猥。
徐衍终沉海，彭咸竟赴渊。
魂辞蓼莪苦，身向汨罗全。
霜色霄侵汉，虹光昼蚀燕。

---

① 原注：峡名，在夷陵。
② 原注：荆有惠藩。
③ 原注：子上计偕至金陵，闻荆州陷，以母夫人在，遂归。

华亭存唳鹤，蜀道响啼鹃。
视死君能定，浮生世尚专。
旧交龙战尽，新事凤歌捐。
阮籍徒埋照，灵均漫索篿。
枫林哀易合，萱草怨难痊。
寂寞泉台夜，飘零故国鸢。
繁华今满目，谁念大招篇？

美　人　篇

和闻夏二兄。

妾家近住石城东，掩抑高楼花作笼。
参红自浇邕家宅，约素偷施红守宫。
宫粉亭亭竞初日，慵来却掩珠窗立。
屈戌屏开夜影空，葳蕤帐卷春风急。
春风画阁倚新妆，麝月轻安待约黄。
垂縠鸳纹裁绣被，飞襳龙子点罗裳。
罗裳玉袖朱颜好，樱云乱拥梳风早。
谁持翠羽惜盈盈，羞期油璧同小小。
乌啼白门杨柳春，缄怨相将去踏青。
上头不见东方骑，小立还听西曲莺。
西曲长干游侠路，三三五五窥红步。
掩映珠袍花际明，迢遥金络林阴度。
就中年少最闲舒，卖眼挥鞭指妾居。
三条未剪连枝锦，双烟先上合欢襦。
看君看妾多轻薄，相于两两微波托。
贻我罗缨白玉缠，赠君铜镜黄金错。

妾心对此倍缠绵，愿约他时并碧弦。
凤凰曲奏羞中夜，鹦鹉环留俟七年。
年华倏忽芳菲歇，鸠媒谣琢佳期绝。
聘望蘋花杳未归，相思豆蔻长离别。
离别休歌杨叛儿，罗帷原未侍恩私。
飞飞自泣东南雀，叩叩空乖西北期。
庭前落尽五桃树，思君渺渺行何处。
谩劳桃雪助春娥，空拭红巾垂玉箸。
玉箸双垂暗自伤，秦箫楚雨掩空床。
同声自矢鸳鸯约，羞学侯家弄狄香。

金　陵

汉家居重两京开，度邑龙盘实壮哉。
黄屋切云双阙迥，朱门不夜五侯来。
荡舟桃叶迎鸳袖，邀笛梅花近凤台。
莫道江东非战地，徐常曾负折冲才。

夜次京口

高城楼堞倚天开，瓜步钟声隔岸回。
夜月迥临江树远，春星遥动海潮来。
南徐士马推雄略，北府风流忆赋才。
回首桓公高宴处，短箫横笛倍堪哀。

扬　州

江南佳丽地，风月更扬州。

花隐王孙殿，春还太子楼。
舞衣低步障，歌榭出箜篌。
日晚隋堤柳，烟条鞚紫骝。

登汉阳晴川楼

时逆献已陷蕲黄。

雕窗绣柱俯高楼，槛外莺啼杜若洲。
丽日晓开孤岛树，晴云春入大江流。
鄂君青翰焚香卧，神女芳皋解珮游。
牢落不堪频纵目，临江烽火正淹留。

岳　州

城头山色倚嵯峨，不尽群峰积翠过。
地拥楼台三楚丽，湖开南北五溪多。
黄陵夜静湘君瑟，青草春生梦泽波。
欲向芳洲搴宿莽，美人无处奈愁何。

湘　阴

二月逢寒食，三年寄短亭。
山空春雨白，江迴暮潮青。
芳树连巫峡，归鸿落洞庭。
严城有刁斗，萧瑟未堪听①。

---

① 原注：兄弘人曰：“《金陵》至《湘阴》六首，皆家弟纪游旧作也。时年甫十三，而境地便已尔尔，才非康乐，而家有惠连，讽咏未周，为之三叹。”

君马黄

赠张九临。

君马黄，臣马苍。君马兰筋，臣马瞳方。
络我白蜃珂，着我铁裲裆。
金堤十里春草长，鸣鞭蹀躞交辉光。
君马虽不言，中心自摧伤。
自念龙媒姿，呈瑞来咸阳。
玉山有嘉禾，剉之为糇粮。
天子见我三叹息，传呼协律为歌章。
雄姿矫矫雪毛赭，肉骔律律桃花香。
问君剪拂为谁子，安阳秺侯来相当。
须臾人事如转毂，骏雄弃置遗空谷。
伤心忽遇狭斜儿，玉鞭金络相驰逐。
君不见，
武帝宫中苜蓿稀，茂陵萧瑟秋风辞。
安阳既去秺侯死，衔冤伏枥空伤悲。

东飞伯劳歌

同计甫草、赵山子作。

纤腰丽女长裾后，流莺乳燕春相守。
谁家遥艳琐窗前，调弦拂柱情留连。
流苏翠帐鸳鸯茵，明眸微娣羞自陈。
可怜十五新娇面，妆成婀娜遮团扇。
东风绮陌冶游多，狂夫独自戍交河。

秋　　夜

同杨俊三作。

命俦出江郭，坐啸临层崖。
凉飙发商气，碧树何霏微。
皎月鉴幽榭，微霜散华墀。
澮澮长河流，嗷嗷孤鸿哀。
楚人怨迟暮，客子叹露晞。
含情易为戚，念往空滋悲。
丝桐自有音，女萝自有枝。
桂水渺无极，忧思徒自知。

冠霞阁同顾茂伦、赵若千晚眺

香阁郁崔嵬，登临野色开。
黄云高古戍，落照隐荒台。
笛思迎寒切，砧声入暮哀。
萧条天际雁，几日故园来。

秋感八首

甲申九月在湘中作。

（一）

枫林摇落迥苍苍，岁暮天涯黯自伤。
永夜星河翻梦泽，高秋风雨暗潇湘。
三年作客清砧断，万里怀人丛桂长。

凭眺欲寻西滥佩，数声渔唱起沧浪。

（二）

楚望还登王粲楼，参差吹彻木兰舟。
风清桂岭猿初啸，雨歇苍梧瘴未收。
帝子怨深瑶瑟夜，美人心折白蘋秋。
却怜故国多芳草，几度登临赋远游。

（三）

西山陵阙锁幽宫，群帝神灵想象中。
银海雁寒虚殿月，玉衣香散夜台风。
天高朔气妖星动，地入边笳御宿空。
禋祀万年开北极，只今秋祭更江东。

（四）

楚宫八月下欃枪，宗子谁传带砺盟。
云梦旌旗还去国，章华台榭更开营。
珠囊夜泣三湘雨，玉马秋迷六诏兵①。
闻道至尊思叔父，蛮烟渺渺动皇情。

（五）

齐豫诸军尽北来，淮肥山色战云开。
九江潮稳飞龙舰，万骑风高戏马台。
殊锡竞推王导贵，折冲空忆谢玄才。
先皇恩泽知无数，誓众应多缟素哀。

① 原注：楚中诸王，避地黔粤者，半为夷獠所掠。

(六)

遥传陶侃驻江干，三户兵戈血未干。
甲帐紫貂多纵寇，牙门青犊半登坛①。
严城落日征烽急，绝塞迎寒画角残。
共道楚军工战斗，却教鄢郢路常难。

(七)

千里平沙接大荒，襄中风物自苍苍。
汉江暮掩孤城白，戍鼓寒沉落照黄。
逐寇健儿骄玉马，观军中贵拥银铛。
可怜高纛重围里，却使君王策庙堂。

(八)

长沙寒倚洞庭波，翠嶂丹枫雁几过。
虞帝祠荒闻野哭，番君台迥散夷歌。
关河向晚鱼龙寂，亭障凌秋羽檄多。
牢落楚天征战后，中原极目奈愁何②。

秋日感怀八首

(一)

丽谯落日旆悠悠，一望中原动九愁。
羌笛关山千里暮，江云鸿雁万家秋。

① 原注：左侯麾下，半系降将，时有赐蟒玉者。

② 原注：计甫草曰："此汉槎十三岁时作也。悲凉雄丽，便欲追步盛唐，用修青楼之句，元美《宝刀》之歌，安得独秀千古？"

咸阳羁旅伤王子，涨海功名忆少游。
桂水只今新浴马，怀人何处命扁舟。

（二）

独夜商歌倚剑看，陆沉空忆旧长安。
王孙江乘金鞭去，公主清河玉袖残。
白露园陵游月冷，黄云城阙射雕寒。
最怜京洛蒙尘后，战血年年只未干。

（三）

关河历历想雄图，飞将旌旗更有无。
紫塞风烟征雁断，朱鸢驿路瘴云孤。
凭城早已亡羊侃，鸣镝何曾畏郅都。
却忆故宫游幸处，月明永夜照金铺。

（四）

旧国楼台极望中，蒋山松柏野烟通。
乌啼玉树陈宫静，云散金屏晋殿空。
代马长嘶愁晓月，边笳遥夜动秋风。
江流万里投鞭断，谁向西州泣谢公？

（五）

西来烽色照神京，十载干戈在北平。
刘氏黑貂空丧落，秦川白骑竞纵横。
种瓜谁识通侯贵，奉玺还夸仆射名。
极目长陵秋色远，金凫玉雁不胜情。

(六)

易京西去古云中，白骨黄沙感慨同。
皇甫度辽兵甲盛，慕容归晋羽书通。
兵残马邑头空断，箭尽兰山恨未穷。
最是将军台畔月，夜来犹自照涔宫。

(七)

花外陈家结绮楼，翠支甲帐侍宸游。
珠帘夜静千门月，金井寒生六苑秋。
建业山川收王气，华林歌吹度边愁。
翩翩不少归朝客，犹向江南说黑头。

(八)

万木萧森带远烟，吴峰吴水气苍然。
孤城捣素秋风里，远戍吹笳落照前。
东郡未忘丞相泽，凉州犹共永嘉年。
故人岭海知无恙，长剑单衫倍可怜。

赠　友

朱华媚朝日，空景相澄鲜。
浮云覆长薄，回风澹圆渊。
驾言采三露，游思泛五烟。
蘼芜扬曾芬，清涧流潺湲。
玄猿坐长啸，[illegible]子争接肩。
舍此叹息去，孰辨蓏与荃？

岂无蕙兰姿，孤芳竟谁宣？
运会有代谢，人事多推迁。
苟非遭逢早，愚贱同弃捐。
勖哉玉台藻，明时幸相全。
毋使秋节至，零落悲红颜。

夜宴吴阊

凉飙起高树，飘摇吹我衣。
繁星耀中天，光景照四垂。
华灯乐遥夜，歌舞欢相随。
清商发皓齿，妍迹扬玄眉。
吴客歌采菱，曲度何靡靡。
绮丽尽今夕，沉湎忘所归。
忧人独愁思，散步临阶墀。
金波澹欲落，河汉清且微。
愿随晨风翔，一举凌朱羲。
安能坐长叹，时往不可追。

送康小范之广陵

吹笛离堂意自劳，朱轩绣轴映兰膏。
论文客路凭樽酒，惜别天涯脱佩刀。
旧苑池台江雁下，秋城笳鼓海风高。
伤心莫问当年事，司马坟边半野蒿。

寄侯记原

吴城瞑水路逶迤，岁暮汀洲雁影迟。
秋到梧宫人已去，书来桂岭事堪悲。
江潭憔悴空长恨，故国萧条有梦思。
何日重颁元朔诏，羽林跃马备孤儿。

寄侯研德

相逢吴市赋弹筝，此日犹传旧姓名。
佣保已能藏李燮，酒徒何处问荆卿。
悲歌草土黄金尽，落魄江湖白发生。
无那南来消息断，珠崖烟雨倍伤情。

哭　友

当时痛哭向秦庭，岂意风尘老岁星。
报国陈丰还寂寞，破家张俭独飘零。
十年亡命乌头白，千里思君杜若青。
满目山川征战后，遥怜何地更伤灵。

秋　夜　篇

和弘人、闻夏两兄。

八月清商下素柯，曲房闲馆夜凉多。
玉阶窈窕流明月，画阁玲珑度绛河。
绛河耿耿秋风里，千门万户秋如水。

雾敛银床蟋蟀催，凉生绮沼芙蓉死。
芙蓉小苑照三星，玉绳泛艳夜冥冥。
博山不暖黄金屋，宝瑟森寒云母屏。
屏风几曲流空影，深宫此夜罗裳冷。
秦女床中漫卷衣，甄妃塘上思遗枕。
枕独床空百恨生，遥遥鱼钥警层城。
针楼罗绮霜华满，甲观帘栊露彩明。
露彩盈盈闭深殿，沉沉宫漏催虬箭。
共俟羊车殊未回，遥闻凤管愁相见。
别有离人妆镜台，哀丝促柱夜徘徊。
罗帐轻低闻叶坠，珠帘斜掩待萤来。
萤来叶坠年华换，金钗弃置空长叹。
启箧羞看旧舞衣，开缄只益新边怨。
怨别谁家泪未干，可怜夫婿滞皋兰。
关山莫寄鸳鸯被，妆阁长悲翡翠环。
翠环去去无消息，门前碧草迟行迹。
旅雁寒飞只断肠，牵牛遥指空沾臆。
断肠沾臆迥生愁，北斗阑干对桂钩。
征人紫塞三千里，贱妾红闺十二楼。
楼上铜龙声渐咽，交河一戍同胡越。
香缓兰衾梦未成，寒侵蕙幌愁难歇。
蕙幌兰衾妾自伤，黄姑欲没月低梁。
思君空有刀头约，谁念深闺秋夜长。

三妇艳三首

（一）

大妇理蝉鬓，中妇敛蛾眉。

小妇独无事，临砌折花枝。
风吹合欢带，山开见红晖。

（二）

大妇调弦罢，中妇采桑归。
小妇好容貌，对镜试罗衣。
相将向南陌，日夕迟青丝。

（三）

大妇掩罗帱，中妇弄鸳杼。
可怜最小妇，盈盈私自语。
斗横花影低，抱衾向郎处。

望远曲 并序

《望远曲》者，本陈君皇士题也。皇士身隐墙东，情驰天末。有怀难语，暂寄托于长歌；独处含愁，惟留连于短翰。贞女子之不字，愆期十年；怨少妇之生离，于今八载。兰桡桂水，寻郎未逢；银洞珠宫，思欢不见。嗟呼！任天长而地久，流恨无穷；纵海阔而江深，衔冤何极。各成七律，聊代五噫。庶几闻者动心，言之无罪云尔。

（一）

碧窗十二掩春纱，杨柳门前是妾家。
笛里新声怜宋伟，镜中好面问秦嘉。
空阶镇日铜蠡静，芳径无人碧树斜。

拭尽横波红玉断，狂夫犹自滞天涯。

（二）

妆成日日思氤氲，沉水香炉好忆君。
蛤帐夜来空似月，瑶姬梦去自为云。
佳期漫惜金虫在，远别羞看玉燕分。
惆怅江南无限路，杨花只向曲中闻。

（三）

忆君南渡桂阳川，芳草天涯路渺然。
夜夜愁心依楚月，年年消息隔蛮烟。
八蚕丝尽流黄素，双燕哀缠宝瑟弦。
迢递他乡飞破镜，空垂玉箸到花前。

（四）

寂寂红闺漏水长，黛眉如结坐啼妆。
茱萸帐卷春无力，玳瑁窗虚夜有霜。
肠断似怜琴上曲，愁多还蹙额间黄。
相思剩有青陵树，贱妾何曾乐宋王。

（五）

玱琅深锁断经过，尘镜朝朝掩黛蛾。
岂有鸦雏妆薄鬓，空持龙子映纤罗。
青骢郎马骑何处，碧玉情人恨几多。
曼脸已甘憔悴尽，不堪重唱永新歌。

（六）

鸣蝉无复去时妆，不卷罗茵掩画床。

幽梦好怜珠被薄，离愁还怯凤箫长。
山头朱履思公主，城外青砧泣女郎。
谁念鸳鸯七十二，分飞依旧上君堂。

（七）

晴丝漂泊不胜愁，手绾明珰上凤楼。
待月半舒银屈戍，隔花遥听钿箜篌。
灵芸壶内承红泪，卓女弦中怨白头。
欲荐雕胡谁更共，石城艇子自淹留。

（八）

谁家遥艳隔墙东，几曲屏山笑语通。
翠羽小钗能却月，石华广袖半从风。
羊车人去春台闭，凤脑香销夜被空。
纵使金灯都化尽，一生还入楚王宫。

（九）

合欢芳树锁春烟，吹罢瑶笙意欲仙。
婀娜鱼车逢岭上，踌躇翠盖隔炉边。
定情早赠琉璃匕，密意微传白玉钿[①]。
最是谢娘多薄命，却教长恨五留连。

（十）

朝日帘栊粉态新，罗衣如雾不胜春。
殷勤连琐知传语，的历珊瑚自湿唇。

---

① 编者按：“传”，原刻作“傅”，与词义及诗词平仄不合，径改。

辇上谁看团扇妾，山前空问织缣人。
斛珠纵买芙蓉色，未必轻身属季伦。

（十一）

三星不动绛河沉，银阁迢迢烛影深。
明月窗开遗玉导，繁霜曲罢脱金簪。
台荒粉蝶三生别，隔浦单凫五夜心。
却忆繁家偏邂逅，素丝犹得结双缄。

（十二）

门前怕对玉骢骄，夫婿天涯归路遥。
阶草长时人万里，庭禽啭后绪千条。
绡红夜湿鲛人泪，带缓春消楚女腰。
何日团圞迎入室，镜台重整画眉娇。

赠祁奕喜

兰桨春涛发棹讴，兴来重泛五湖舟。
胥台麋鹿非吾土，江左衣冠异旧游。
已见酒家藏李燮，谁从幕下问王修？
十年东府中丞节，双戟凄凉泪未收。

江楼晚晴怀丁绣夫

西阁凭栏久，云山望里赊。
断霞江山树，残照野人家。
草色迷春雨，莺声隔暮花。

思君空极目，愁绝似天涯。

登穹窿山

茅君山馆锁崔嵬，曲磴盘云积翠开。
晓树远从吴苑合，春涛不尽越溪来。
石坛清磬千崖静，碧殿疏钟万壑哀。
见说仙人丹鼎在，只今何处是蓬莱？

赠宇三朱子

楚江三月柳枝斜，连璧风流自可夸。
绿酒每弹湘女瑟，兰桡曾泛渚宫花。
十年避地音书隔，万里思君道路赊。
今日樽前重论旧，愁看郢树在天涯。

怀侯研德

日暮相思谷水阴，故人消息任浮沉。
督邮无事惟吹笛，园令多情自鼓琴。
兰药池塘春雨遍，棠梨帘幕晚云深。
最怜高阁登临处，梦渚湘山夜夜心。

寄　远

烽火频年意若何，怀人遥隔洞庭波。
碧鸡奉使功名薄，铜鼓回军涕泪多。

漓水瘴高迷楚望，湘山日落听夷歌。
最怜帝子南巡路，黄竹凄凉少雁过。

题穹窿道院

山霭微茫掩薜萝，坐来岩阁望嵯峨。
清霜碧涧松声静，急雨丹崖鹤唳多。
铜阙千年空草木，瑶坛五夜动星河。
方平去后仙游少，欲问飙车奈远何。

席上赠张子

日夕山堂草木深，相逢偏作越人吟。
樽前空尽新知乐，笛里难传故国心。
玉垒宦游思剑外，铜鱼乡信隔江浔。
干戈十载成漂泊，矫首南云泪满襟。

上巳同丁绣夫禊饮

桃花曲水绕芳洲，笋屐寻春春事幽。
迟日楼台杨柳岸，微风箫管木兰舟。
天晴茂苑莺声合，雨歇横塘草色浮。
一自羽觞修禊后，风流谁忆洛滨游。

七夕赠车瑞香

银浦斜回玉露团，短筵瓜果曲栏干。

白榆夜色珠帘净，碧树秋光翠袖寒。
取石几年悲帝子，穿针此夕忆长安。
汉家往事谁堪记，肠断宫中贾佩兰。

秋日赠九临和既庭作

怜君失意卧沧洲，品藻曾推第一流。
张俭姓名传北部，羊昙涕泪在西州。
芙蓉玉露荒江静，禾黍金风旧国秋。
却忆当时词赋客，酒垆零落竹林游。

送人归楚

秋水楼船榜客歌，送君遥渡楚江波。
仙人遗阁看笙鹤，神女荒台怨绮罗。
故国十年归雁少，清湘千里暮猿多。
洞庭南望蛮烟黑，武帐西风正拥戈。

寄怀姚子上

南沙烽色照江来，吴楚山川望里开。
白马波涛当日恨，黄貂腊祭几人哀。
猿声夜接巴中树，云气秋高峡外台。
闻道渡湘曾作赋，漂零谁念贾生才？

遗　事

夜雨挑灯到草堂，偶谈遗事一沾裳。

南溟日月蓬莱外，东海楼船牛女旁。
甲帐惟闻椎晋鄙，沧洲何处哭田王。
鼎湖龙去无消息，目断神仙水一方。

送甫草入都

载酒江亭问客程，东风惜别故人情。
天边杨柳吹龙笛，日下云山绕凤城。
花发御沟春驻马，月残宫树晓闻莺。
侍中知有杨庄在，谁荐雄文似长卿。

赠旧李侍御、伍户曹

李，蜀人，伍，楚人也。

草堂深住五湖间，羁宦天涯尚未还。
冠盖几人依逆旅，烽烟何处望乡关。
蛮云不断苍梧郡，蜀道难通玉垒山。
苦忆汉家全盛日，朱衣银烛殿中班。

题茂伦隐居

顾欢高卧处，经岁掩柴关。
雨色低春树，云阴散晓山。
池荒侵草碧，帘卷映花间。
薄暮歌声起，应知采药还。

绝　　句

（一）

可怜凤脑香，是君别时物。

投着博山炉，青烟竟不灭。

（二）

城北连城南，日夕望欢子。
不及春茧丝，缠绵为君死。

送宇三归楚

江南七月秋风飞，短亭樽酒送将归。
金飙驿路吹横笛，碧月江关照客衣。
朱游别我故乡去，五两风轻向何处。
乡心空忆武昌鱼，旅梦还随汉阳树。
忆昔作客潇湘滨，画船宝马骄如云。
黄陵庙前鹧鸪雨，赤甲山西莎草春。
与君相见情倾倒，嵇吕交期何足道。
藉卉频倾银酒枪，看花曾驻金騕袅。
谁料风尘鄂口城，华年行乐怨飘零。
楚宫罗绮夷陵火，湘山草木下江兵。
只今沦落江湖外，芦中谁识投金濑。
对酒空悲旧事非，把袖还怜故人在。
满目山川恨若何，洛中遗事泣铜驼。
陆机自草辩亡论，刘章漫作耕田歌。
握手须臾又离析，秋水滔滔浪云白。
乱后相逢总断肠，天涯惜别应沾臆。
君去还乘下渚船，江花江草自堪怜。
不知庾亮楼前月，犹有风光似昔年。

同既庭、敬生、天一诸子及家闻夏集绣夫斋中

时既庭将有越行。

银盘绛蜡照金杯，深夜相逢绮席开。
宋玉风情神女赋，丁仪文笔建安才。
秋生海树孤云净，木落江门早雁来。
醉后不堪频送远，离心一夕越王台。

九日舟行同既庭、绣夫兼呈敬生及家宏人、闻夏

夹岸蒹葭起白鸥，片帆斜照越江流。
金风雁下空潭暮，锦树霜凋野寺秋。
九日楼台堪极目，十年车马忆同游。
龙山旧是登高地，绿酒黄花迥自愁。

既庭来江城忽尔卧疾，诗以问之

西风吹叶到银床，行子秋来别恨长。
自是言愁推卫虎，独怜多病问嵇康。
青枫客舍寒飞雁，玉笛高楼夜有霜。
何事倦游偏寂寞，音书一月滞江乡。

偶　　成

真珠帘箔杜陵花，倡粉盈盈衬晓霞。

敛笑自低双雀扇，避人还上六萌车。
墨妆犀道传宫禁，素手银筝本内家。
惆怅窈娘西去后，那堪重到玉钩斜。

送人还荆州

不尽关山路，怜君襆被游。
冰霜增旅鬓，砧杵乱乡愁。
雁下荆门晚，猿啼峡树秋。
十年羁宦地，回首仲宣楼。

客夜有怀

一灯愁独卧，永夜客衣单。
星月临江静，楼台拂曙寒。
悲笳霜外断，清漏梦中残。
忽忆西园会，笙歌满玉阑。

送人之湖南

一樽南浦外，惆怅是离群。
客路砧声苦，江程树色分。
雁飞衡岳雨，帆入洞庭云。
桂水东流急，秋风不可闻。

甫草都中归赋赠

白袷归来倦洛尘，陆机词赋未沉沦。

共知开阁延名士，不向乘车问故人。
毳帐风沙三市月，玉河烟树两宫春。
却怜原庙西山里，石马荒凉麦秀新。

送人归秦中

离堂丝竹对衔杯，结束征车晓色开。
海内交游千里梦，天涯兵甲一人回。
云分华岳高仙掌，日落秦山见紫台。
武帝楼船还寂寞，秋风汾水雁声哀。

山斋晚眺怀朱子蓉

多少怀人意，苍茫独倚栏。
翠屏秋雨歇，锦障夕霞残。
草色含风细，钟声渡涧寒。
芳兰堪赠远，无那隔烟峦。

拟唐人《送宫人入道》

十年歌舞属昭阳，曾侍更衣凤辇旁。
忽洗翠娥辞柘馆，还簪玉叶觅兰香。
碧坛笙磬春风转，丹殿星河夜漏长。
绛缕旧恩犹在臂，愿随武帝白云乡。

古　意

虬水沉沉漏未央，博山火暖坐焚香。

明河半落红闺夜，旅雁遥飞紫塞霜。
斗帐轻寒悲玉枕，藁砧微月捣流黄。
可怜万里征人梦，谁寄音书到白狼。

春　游

东郊行乐地，极目散春情。
烟树珠楼远，晴云碧嶂明。
玉珂调细马，柘弹落流莺。
日暮挥鞭去，笙歌满凤城。

柳　絮

禁柳花将暮，长杨絮欲飞。
空蒙疑雪聚，淡荡逐风归。
只自依朱缀，谁怜扑酒旗。
隋堤余态在，偏艳晚春时。

送宋既庭之浙中

樽中桑落酒，水上沙棠舟。
谢公自爱剡中去，相如还作临邛游。
城隅携手与君别，杨柳凋残那堪折。
树色秋回海岸云，潮声夜落江亭月。
江亭南望惜离群，一片孤帆下夕曛。
商飙木叶西兴路，愁绝清砧梦里闻。

湘水曲效齐梁体

佳期渺何许，日暮湘山岑。
翠华千载没，江流空至今。
兰芳楚皋绿，云起洞庭阴。
欲识相思苦，瑶瑟有哀音。

夜集赠余澹心

浮云如盖俯林丘，良夜花明杂树幽。
绿酒银樽催客醉，珠帘璧月照人愁。
西园词赋思高会，北里笙歌感昔游。
辛苦过江谈士在，伤心谁数晋风流。

赠袁文生、黄平子

凤城二月柳枝黄，日日经过对羽觞。
雅量自来推叔度，风流今喜得袁昂。
玉河烟树三春丽，金市笙歌五夜长。
同是临邛词赋客，何时簪笔到明光。

与旧史

衡门萧寂掩蒿莱，念尔行藏未易才。
更始旧臣冯衍在，朔方迁客蔡邕来。
望中乡国空三户，乱后文章有七哀。

摇落清秋边色里，援笳愁上北风台。

虎丘题壁二十绝句　有序

妾刘素素，豫章人也。少随阿母，育于外氏。长姊倩娘，雅工属文，刺绣之暇，每教妾吟咏。自是闺阁之中，屡多酬和。丁亥之岁，姊年十八，嫁于某氏。妾时十六，发始总额。阿母以妾许聘于同郡熊生。生，一时贵公子也。是年豫章大乱，妾随母氏，避乱山中。既而北兵肆掠，遂陷穹庐。痛母姊之各分，念家山之久破，肝肠寸断，血泪双垂，薄命如斯，真不减土梗浮萍。今岁某从役浙中，彼人以戎事滞迹白门，因停舟吴阊门外，以俟其来。兀坐篷窗，百愁总集，因觅纸笔，作绝句二十首，以写其哀怨之思。夜半诗成，窃与侍婢泛舟虎丘，吊贞娘之墓，因粘诗寺壁，欲与吴下才人，共明妾意。差乎！峡里猿声，镜中鸾影，千古哀情，在此诗矣。

（一）

天明吹角数声残，百将传呼上玉鞍。
却忆当时闺阁里，晓妆犹怯露桃寒。

（二）

一别慈帏已十年，倚门消息有谁传。
莫嫌儿去增悲涕，阿姊犹堪在眼前。

（三）

愁对吴阊江水春，愿凭蝶梦去寻亲。
遥知今夜南昌月，独照高堂白发人。

（四）

一身飘泊到江湄，泪落连珠那可挥。
薄命不如春燕子，年年犹傍旧巢飞。

（五）

欲说相思已断肠，多情却逐野鸳鸯。
他生愿入天台路，流水桃花候阮郎。

（六）

毡裘貂帽卷风沙，红粉飘零自可嗟。
已逐乌孙成远嫁，乡心几度怨琵琶。

（七）

自入穹庐已数春，香闺行乐付埃尘。
党家太尉真伧父，强炙羊羔劝美人。

（八）

回首家山似断蓬，蛾眉欲画怨春风。
自怜憔悴无人问，惟有慈亲入梦中。

（九）

远随边马到榆关，纱罩双眸任往还。
梦断故园云树里，可怜谁是豫章山。

（十）

昨岁从军下武昌，征帆夜半过浔阳。

起来遥望漳门树，不得随风到故乡。

（十一）

滕王阁下动飞旌，铁柱宫前画角声。
惆怅从军星散尽，却教红袖落边城。

（十二）

暗把香绵拭泪流，相逢已分此生休。
陇头流水声呜咽，未抵萧娘一半愁。

（十三）

夜夜思君梦里回，朱门旧事总成灰。
妾身已逐杨花去，辜负温家玉镜台。

（十四）

深深芳草葬红颜，满地飞花染泪斑。
莫道贞娘多薄命，犹胜青冢在阴山。

（十五）

满目东风散柳丝，虎丘山寺独题诗。
吴下才人知不少，也应肠断蔡文姬。

（十六）

忆昔雕窗琐玉人，盘龙明镜画眉新。
如今流落关山道，红粉空娇塞上春。

（十七）

镇日思家自倚栏，朱愁粉瘦更谁看。

相怜惟有湘江竹，抱笋抽篁泪不干。

（十八）

长将幽恨诉空王，一盏禅灯泪数行。
死去纵教偕凤侣，人间那得返魂香。

（十九）

江行曾见豫章人，欲寄家书泪满巾。
我欲南行君北去，相逢空说故乡春。

（二十）

对酒难禁红泪垂，天涯何日是归期。
愁心却是春江水，日日东流无尽时。

秋笳集

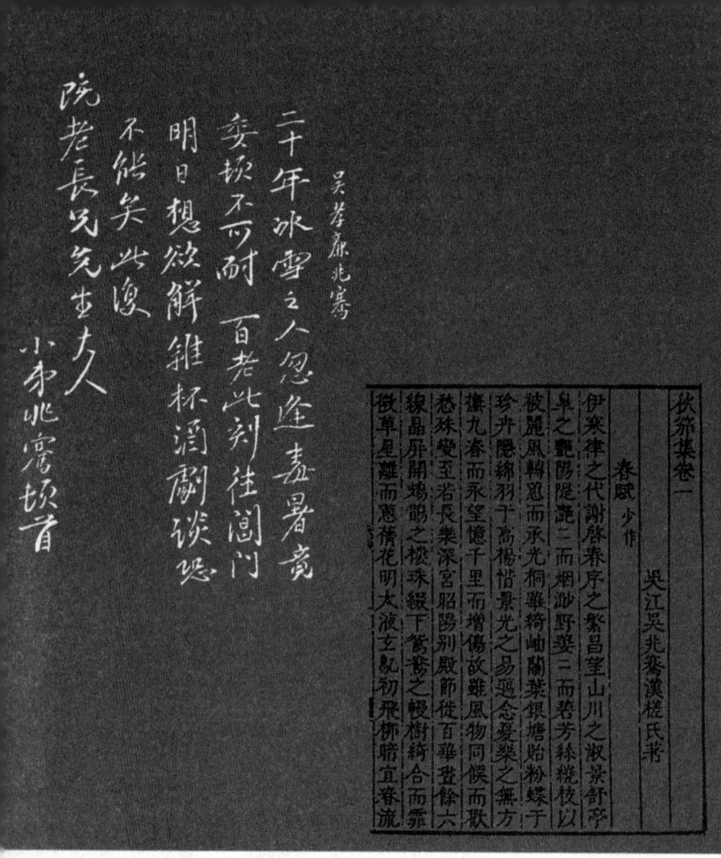

卷六 拟古后杂体诗

诗五

序　　一

宋实颢

杂体诗之拟，始于谢康乐，盛于江文通。其言谓楚骚汉风，既非一骨；魏制晋造，固亦二体。然蛾眉不同美，而俱动于魄；芳草不同馨，而悉悦于魂。非性情使然欤？

予友吴子汉槎，卫子冰清，谢家玉润，翩翩俊逸，望者疑神仙中人。及读其诗，则又气体高妙，波澜独老，卢骆王杨之藻采，李杜高岑之风则，无不兼备。盖拟议之迹化，天然之致胜也。使与北地、信阳，并驱中原，尚当退避三舍，矧历下、长兴诸公哉？

今秋予过松陵，汉槎出《拟杂体诗》示予，声情慷慨，格调悲凉，大有山河离别，风月美人之感焉。仲宣流连于汉南，子山羁旅于江北，带甲满天，笳歌动地，文人遘会其时，性情实有相符者。胡霜金柝之章，蕙草阑干之句，信可以铄谢凌江矣。岂云团扇秋风，芙蓉绿竹，取古人之眉黛，代一己之萱苏已也。酒酣耳热，凉星三五，戏语汉槎，岁月不居，风流易散，后有作者，于弘人、研德、甫草、茗文、俊三、武功诸子，未知当作何拟？汉槎其操不律以豁我愁乎！

吴门同学盟弟宋实颖既庭拜题。

序　二

陆　圻

原夫河梁赠答，实肇风徽；邺下歌谣，渐多辩丽。五言之盛，可得而言。然如子荆以《零雨》见珍，康乐以春草特妙，以至司空儿女之玼，延年雕缋之累，莫不性取独适，家罕兼善。譬之观魏阙者，兰锜之第横陈；入越都者，绎绝之荣不愜。此言殊轨者易为工，而通方者难为巧也。乃若醴陵创调，杂体名诗。笪簧匏管，九吹之变悉和；橘柚楂梨，一啜之鲜不御。庶几力同贲、获，才甚骠骑，真天姿之备美，人外之绝智矣。然世风代降，拟作为繁。薛君采驰骋嗣音，王弇州条列群品，颇多虎贲之形，不失虞丘之貌。

而今时如吴子汉槎者，辞为南国之宗，名在延陵之季。远随羁宦，遇阁题铭；近同伤乱，当筵流涕。身赍油素，无不推其胥文；容比珊瑚，俱欲为之作架。斯固三虎之称伟节，八龙之有慈明矣。乃复以销暑放愁，幽居缀藻，踵江生之后，综诸子之长，循其时次，亦拟作三十首。上自宣城，下迄司隶，景物兴会，仰溯囊符，神韵格调，取高前式。所谓雕组之文，本异抒而均炫于目；芳香之草，不同岑而皆袭于裾也。至若太元、天监，既不一揆，河右、江左，亦又二致。居南服者，未识伧面；产北方者，不晓吴语。斯固物理之自然，实非品类之难协。

而吴子形容著胜，阿堵之蕴悉传；刻画中规，纵横之态已极。

状如胡宽营新丰，而鸡犬竞识；仲谋扪屏上，而苍蝇欲飞。斯已奇矣。后有作者，先河后海，则吴逊文通；祀近祧远，则吴盛王薛。岂非记室之后劲，好事之深忧也哉！

西陵同学弟陆圻拜撰。

谢吏部朓省直

鸳鸾壮九重，鸡鹊拒双阙。
金茎丽绮霄，珠缀延华月。
扶宫凤吹扬，周庐虬水彻。
高柳承槛低，珍卉映阶发。
伊予荷薄弱，谬登建礼闼。
鸣玉惭俊民，抽簪谢往哲。
归欤嗟滞淫，怀哉叹遥越。
何时返初服，山海恣游陟。

王宁朔融游邸

得性身自余，服理物斯辩。
初地既容与，朱邸聊游衍。
芳草被兰塘，鲜飙流桂殿。
素波泛文禽，绮疏来早燕。
云阴散松凉，露华承蕙转。
空墀绿篆深，幽石苍苔遍。
遐哉尘外镳，天伐从兹遣。

江记室淹楚望

驱马出楚宫，逍遥望嶙峋。

轨路绕江皋，岩峦俯城闉。
雁下长沙渚，山入苍梧云。
余霞带远岫，曾晖媚遥津。
气清汉坻合，烟尽荆流分。
佳期怨迟暮，羁孤伤美人。
绮罗空徙倚，箫鼓奏悲辛。
韩娥渺难作，徒令忧思殷。

梁简文帝纲闺思

紫台君远戍，青波妾独居。
共知离梦杳，讵信合欢疏。
弦中悲别鹤，帘外听悬鱼。
琼钩临户永，金汉度窗虚。
约素腰逾细，窥红眉未舒。
思萦归燕后，愁剧捣衣余。
愿托交龙锦，千里寄长榆。

梁元帝绎述怀

鄂渚楼船拥，荆门幕府开。
麾军占霸气，拓地想雄才。
风清朱鹭发，尘飞紫燕来。
芙蓉依剑合，兰叶映旗回。
别骑通明月，前驱下大雷。
浮蛟三翼动，射锥两甄催。
扇忆顾荣略，笳分越石哀。

几时平日域，一为写云台。

沈特进约三日

新阳开上巳，淑景发皇州。
修杨荫驰道，芳树夹高楼。
槐里盛游侠，兰池来子侯。
宛转银平脱，纵横金络头。
宜春杂花发，小苑莺声流。
珠袍映日转，绮幰逐风游。
斗鸡归下杜，走马出长秋。
欢娱尽永日，薄暮还相求。
翠钗时献笑，蛾眉讵含羞。
结风张女弹，防露楚妃讴。
但营九春乐，安知百年忧。

范仆射云贻友

暮春事耕作，荷锄适南冈。
日夕巾车归，桑榆暧颓阳。
稚子前致辞，有客登中堂。
旌车耀里闾，徒御盈道旁。
华缨何飘摇，金羁自生光。
物情忽明义，荣悴为低昂。
自非同门友，畴能顾穷乡。
鲜柯无槁叶，寒谷有严霜。
临风播远情，怀思徒慨慷。

邱中郎迟宴别

华钟启未央，銮舆戒平旦。
微风举翠华，澄霞照琼弁。
林长羽骑疏，地迥鸣笳遍。
天采散繁阴，绵羽流余转。
圣朝重明牧，介弟临淮甸。
虎竹分壮图，樽酒延皇盼。
微臣愧作颂，明义讵能展。

柳吴兴恽捣衣

闲房泛虚景，夕户引离歌。
珠帘浮素月，罗幌见明河。
思繁幽怨集，枕独夜情多。
谁怜怀日逐，聊复理云和。
云和凄以清，悲君尚远行。
凤城宵露结，龙沙秋草生。
遥榭闻花漏，虚堂掩画屏。
寒衣何处寄，刀尺自伤情。
蘼芜增永慕，芙蓉空掩娉。
君犹塞北衣，妾捣城南素。
碧树下凉飔，金苕凋白露。
连娟敛秀眉，窈窕回纤步。
步帐肃秋阴，长廊叩夜砧。
短衣催急节，繁杵散哀音。

凉生红袖薄，霜润翠环沉。
不念关山远，安知贱妾心。
妾心空宛转，临簏倍殷勤。
连烟裁凤子，细绮织鸳纹。
坐愁金井叶，永睇玉关云。
九秋徒有恨，千里一思君。

庾度支肩吾侍宴

期门宵警跸，辇路晓回銮。
属车开月羽，容卫载风鸾。
曙色新丰远，春阴太液寒。
文莺留绮树，华桐媚远山。
珠旗花际出，琼钑柳中看。
缇帷丽平野，彩吹震长峦。
宛转鱼龙戏，纷陈爵马盘。
分禊群工醉，赐脯万方欢。
徒知荐绿水，空愧颂猗兰。

何水曹逊示僚

重岩岚翠渺，荒薄烟光聚。
晨月媚空波，落星带江树。
的的洲回帆，苍苍山写雾。
风紧晓猿悲，霜空孤雁度。
漂摇行旅情，栖迟游子虑。
怀人思故山，抚旧伤往路。

幽期既已乖，赏心庶能遇。
眷此平生怀，悼兹年岁暮。
方谢金闺彦，去采瑶岑露。

萧东阳子云望春

蘅皋生薄阴，槐路耀鲜旭。
遵野协幽情，临高送远目。
烟柳暗春堤，风花盈雾谷。
游客髟罗缨，都人驰绣轴。
绮榭日华新，金沟波影绿。
拾蕙自容与，采兰性幽独。
一卧茂陵园，空想蓝田曲。

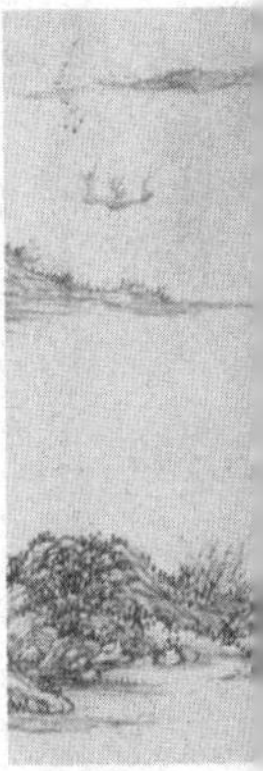

虞常侍羲北伐

汉家事远略，飞将出辽西。
辽西亭障远，惊沙千里飞。
边秋横杀气，戎马咸精肥。
交河陇雁少，凉州塞草衰。
黄云断烽火，严飙动鼓鼙。
鸣镝响空碛，高旗动落晖。
绝漠楼烦骑，陷阵羽林儿。
胡霜金柝冷，边月芦笳悲。
军前献当户，鼓下坐阏支。
扬旌高阙塞，振旅蹛林祠。
功成班勇爵，塞静脱戎衣。

勋名讵终极，人事无长期。
罗绮方娱乐，金石已潜移。
萧条瀚海外，万古起雄思。

吴朝请均春怨

朝日下房栊，微风荡帘幕。
百草媚芳春，孤妾长漂泊。
兰径蝶双飞，玫砌花空落。
含情罗带赊，缄怨亲梳薄。
游丝不系愁，折柳讵行乐。
凄断玉关书，长悲金枕约。
空梁有燕归，虚檐见蛛托。
燎绝博山炉，尘染葳蕤钥。
罗衣欲寄谁，鹦樽徒自酌。
春雁有归音，鉴此平生诺。

徐内史悱酬友

疏龙起汉阙，跖华表秦城。
山川开险介，楼观壮神坰。
丽谯侵汉远，崇雉入云平。
乘墉时绝目，西北见咸京。
桂宫通复道，柘馆抗飞甍。
光风金爵举，斐云露掌明。
三条跃飞燕，九市扬华缨。
少年负豪侠，结客飞英声。

五陵争博进，三河习射生。
思逐嫖姚战，羞邀剧孟名[①]。
何当逢汉主，负羽出幽并。

刘秘书孝绰归沐

逍遥出琐闼，还顾望曾宫。
郁郁迎风观，繁树远青葱。
沧池含宿雾，徼道隐长虹。
棨戟分平右，冠簪入镜中。
梅落文梁迴，莲披藻井空。
咨予羁薄宦，弦望已三终。
尘缨愧方结，初衣嗟莫同。
幸迟司隶举，宁思武骑通。
美人盛文藻，作赋俪雕虫。
时厌承明内，言访灞陵东。
据地怜方朔，好事慰扬雄。
还期命芳醴，折芰奏弦桐。

刘庶子孝威咏月

城乌啼未歇，顾免已飘扬。
只自临遥夜，宁知隔两乡。
风轻榆未落，露湿桂无香。
寒入哀笳断，光侵雁柱凉。
征人鸾朔苦，思妇凤城伤。
敛恨低珠箔，含嚬掩玉觞。

① 编者按：“嫖姚”原误作“骠姚”，径改。

破镜空相忆，刀环莫暂忘。
倘遇交河使，知妾日沾妆。

庾开府信咏怀

公主思乡馆，将军出塞台。
共此关山别，谁怜旧国哀。
归路胡云断，羁心羌笛催。
南音终日操，北雁几时回。
玉碗无消息，珠帘有劫灰。
唯余灞陵岸，王粲独徘徊。

陈后主叔宝禊饮

春芳开禁苑，佳丽启层城。
柳弱铜沟暗，花舒绮殿明。
广场陈曼衍，远树出千旌。
景移金埒马，风度石城莺。
兰云随舞聚，桃扇倚歌轻。
列侍纷纨绮，杂坐盛簪缨。
吹云凤管合，激水翠樽盈。
欢洽追南馆，乐阕指西清。

徐仆射陵春情

春归严气解，草长艳阳还。
银箭传迟日，香篝减薄寒。

蝉扇迎风浅，罗衣入晚单。
纤柳分黄约，倡桃学锦檀。
年芳窗际度，花胜镜中看。
殷勤怀蕙草，留取寄阑干。

沈侍中炯自伤

中郎来北海，班生返玉关。
旧京方改步，行子已凋颜。
花疑狼望雪，树隔陇头烟。
犹惊鸣镝骑，空拊大刀环。
泽葵栖废井，衰杨望故山。
甲帐空零落，金舆遂不还。
悠悠建邺水，徒自送潺湲。

阴常侍铿送别[①]

理舳临南浦，停镳送北征。
可怜游宴地，还作别离亭。
草歇吴洲晚，潮归扬子平。
萧条随去雁，怅望抗行旌。
新知空复乐，游子正含情。
明月金樽掩，春风兰桨轻。
思君怜楚调，寄远托秦筝。
悠悠千里别，应悲李少卿。

① 编者按：“阴铿”，原误作“阴鉴”，径改。

张散骑正见泛舟

仙郎初赐沐，上客事行游。
试出千金堰，还登云母舟。
兰桡回枉渚，锦绊向芳洲。
雨歇花疑暮，风归雁带秋。
碧涧文虹饮，丹岑夕景收。
未曾绣披拥，先听采菱讴。

江仆射总羁思

丽谯秋引雾，睥睨晚栖乌。
瘴烟生桂水，峦雨暗苍梧。
帘疏山霭合，帆断海云孤。
平野归游骑，长天落远凫。
望乡深别恨，作客泣穷途。
庄舄徒思越，盛宪尚留吴。
还悲洛阳殿，无复女珊瑚。

魏特进收喜雨

清阴生石础，繁云上夕峰。
湘东争起燕，胶西未刻桐。
苔滋全泛碧，花润半舒红。
风细虬檐静，凉轻翠幕空。
滴沼文漪散，沾树远烟重。

自解吴王戏，宁劳汉掾功。

卢武阳思道赠别

车令持金马，王褒祀碧鸡。
何如乘汉驿，千里抚关西。
赤车矜使远，绿酒送将离。
晓月函关路，春云华岳祠。
青门临玉道，素浐合金堤。
槐疏馀旧里，兰衰荫废池。
灞岸行回首，林光起吊思。
塞迥看旌度，山长听马嘶。
聊持陆贾剑，还开隗氏泥。
劳旋奏明主，应见赐青骊。

李内史德林消夏

冰台聊暇豫，露观暂径过。
轻飙流绮树，繁阴下素波。
高窗清薤簟，幽槛动纤罗。
才人络雨织，宛女采莲歌。
晶屏交扇薄，玉袖倚箫和。
畏此沉阳丽，晞发晚山阿。

隋炀帝广塞宴

旌驱玄菟塞，辇下白狼川。

鱼云开毳帐，雁碛断胡烟。
骨都空候月，金人罢祭天。
献寿琉璃酒，承恩玛瑙鞭。
还嗤汉武帝，十载事祁连。

杨楚公素山斋

卜筑谢嚣尘，栖山乐所秉。
涧石结春阴，磴道澄烟景。
云归松径清，日夕兰泉静。
宵露流素晖，新桐发疏引。
清猿鸣树幽，凤篁临砌永。
绿绮有哀音，美子无还轸。
偃仰空山中，樽酒谁为饮。

薛司隶道衡酬忆

念子三秦役，愁予千里分。
吹箫还独息，对酒已离群。
离群日以远，王孙殊未还。
碧草昼芳菲，绿波春畹晚。
春晚历芳洲，相望空悠悠。
日丽莲花影，天清竹箭流。
流年不相待，忘忧无复采。
长怀白首期，还睹素衣改。

秋笳集

卷七

秋笳后集

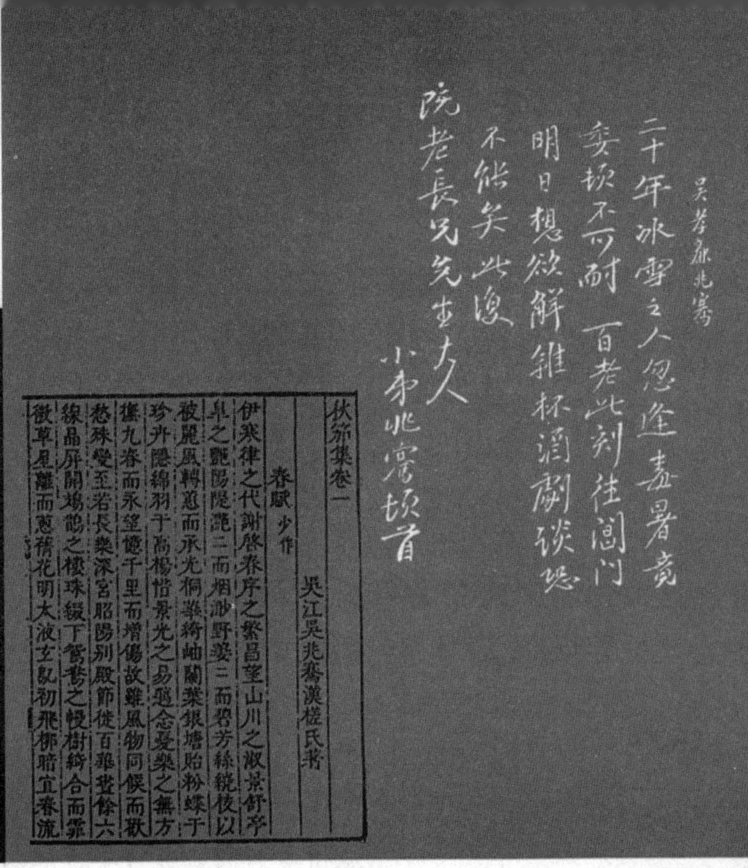

诗六

抚顺寺前晚眺

乱山残照戍城东，立马萧萧古寺空。
接塞烟岚天半雨，背人雕鹗晚来风。
辽金宫阙寒芜里，刘杜旌旗野哭中。
俯仰不堪今昔恨，欲将空法问支公。

经灰法故城

雪峰天畔见荒城，犹是南庭属国名。
空碛风云当日尽，战场杨柳至今生。

祭天祠在悲高会，候月营空想度兵。
异域君臣兴废里，登临几度客心惊。

奉赠函公五十韵

师广州人，故大宗伯韩公之子也。

苍茫龙塞谪，萧寂虎溪游。
白拂真诠远，青山道腊优。
风铦谭滚滚，霜映发髟髟。
问讯师当日，东南与俊流。
尚书苍玉珮，公子白鹴裘。
士誉乌皮几，家声龙额侯。
门方参许史，才欲驾应刘。
众目争看骏，孤怀早狎鸥。
宁知缨冕贵，只觉鼓钟愁。
茂齿遗家室，良时遁海陬①。
买山心自迥，作佛志偏遒。
猿狖遥峰晚，松杉野寺幽。
座看多宝出，园许布金稠。
入定岩花变，栖禅涧雪留。
随缘辞越峤，传法过吴州。
夜磬牛头寺，春帆鹊尾洲。
折芦波泛泛，持钵路悠悠。
途值军锋满，时当王气收。
边尘蒙凤辇，战火入龙楼。

① 原注：崇祯中，师弃诸生，入罗浮山为僧。

墋黩逢迁鼎，间关济法舟。
缁衣空掩泣，青盖竟贻羞。
野瘗王琳骨，桁枭袁粲头。
问谁歌玉树？遂尔缺金瓯。
怨矣殷顽事，伤哉曹社谋。
已移刘氏腊，空怆薛谈讴。
石阙悲三日，金凫哭一抔。
裁诗祠毅鬼，续些吊灵修。
泪尽平陵柏，哀缠原庙楸。
自难忘旧德，何敢赋幽忧。
徒下遗民泣，还来弋者求。
志原甘鼎镬，身遂落罝罘。
割体非歌利，囊头及比丘。
篢舆何激烈，岩棘屡呼囚。
岂是然身誓，应嗤绕指柔。
恩仍赦栾布，罪竟放驩兜。
空法原无住，穷荒任所投。
狼河云漠漠，马窟雨漉漉。
扫雪开禅径，披沙问帻沟。
一乘驯铁骑，半偈化韦韝。
白雀飞仍集，青蝇吊可休。
半生辽海月，几度朔边秋。
已道禅心静，宁增客思不？
大师勤嘱累，贱子却夷犹。
玉悔荆人献，金疑直氏偷。
掇蜂方见惑，饲虎遂蒙尤。
异域山千叠，孤生海一沤。

逝将归法喜，愧未息纷纠。
玉塞哀淹泊，珠林乞庇庥。
津梁疲燕雀，身世感蜉蝣。
愿托传衣侣，从公问白牛。

送人从军

刁斗聚严城，高旗出五营。
雪开金帐色，沙乱铁衣声。
碛断山回合，军孤战死生。
开边天子意，何敢怨长征。

赠秦州李生

从征老羌，有功不叙。

挽强天水客，结发属幽并。
独负双鞬勇，长随五校营。
功遗画麟阁，力尽战龙城。
惆怅甘延寿，平戎赏不行。

陪诸公饮巴大将军宅

佳兴南楼月正新，森沉西第夜留宾。
围炉卷幔初飞雪，击剑行杯不起尘。
四座衣冠谁揖客，一时参佐尽文人。
褐衣久已惭珠履，不敢狂歌吐锦茵。

送人之羌突里兼柬陈子

朔风边骑逝骎骎，落日沙场送客心。
负羽久从关外戍，吹笳空怨陇头吟。
铜龙塞迥云阴断①，石马山寒雪片深。
幕下只今谁健笔，飘零不复问陈琳。

读张坦公先生所撰《徵音集》却赠

一编遗事泪潺湲，变徵声中惨客颜。
转战幽并军缟素，侧身梁楚路间关。
丘墟敢咎王夷甫，词赋空哀庾子山。
惆怅白头荒徼客，龙胡当日杳难攀。

张坦公先生谈甲申岁河北讨贼之事感赋

风尘铜马帝城昏，痛哭孤臣出蓟门。
侠客濮阳藏季布，义旗河朔奉刘琨。
乌号异代徒余恨，龙战当时岂报恩。
赤社既移终不复，空怜心计尽中原②。

酬陈子长《七夕见怀》

毳幕寒生听雁过，一尊遥夜恨如何。

---

① 原注：有铜龙长数尺许，形模怪伟，偃卧江上，土人祀以为神。
② 原注：贼购公急，赖张、蔡二侠士以免。

空怜令节催愁切，无那穷荒惜别多。
笛里风霜哀朔塞，桥边机杼望明河。
凄凄白露松花水，千里相思只浩歌。

浚稽曲

浚稽山色青崔嵬，翠盖香轮夹道开。
天畔银河公主第，边头金帐单于台。
乌孙千马亲呈聘，鸾雏九女争来媵。
旧匹由来缔贺兰，和亲讵是因娄敬。
筑馆王庭奉义成，葳蕤绿绶耀丹缨。
自有威仪尊凤女，特分汤沐在龙城。
蛩蛩毡幕开行殿，紫驼白豹穷欢宴。
金笳激调劣吹箫，珠帽流光罢遮扇。
从官新给羽林郎，挟弹鸣鞭绣毂旁。
旌飘兰叶银平脱，马簇桃花锦裲裆。
射生女骑何轻利，翠羽红妆映天地。
窄袖鸦青缀北珠，轻靴鸭绿装西罽。
羌管秦筝昼夜喧，貂袍三袭不知温。
自衿帝子金乡贵，不羡名王玉塞尊。
名王旧是呼韩裔，尚主中朝称爱婿。
好猎频征鸣镝儿，酣歌偏惜琵琶伎。
琵琶小伎珊瑚唇，歌舞朝朝粉态新。
祭马每陪青海月，射雕常从雪山云。
可敦娇妒还猜忍，同昌无复犀蠲忿。
帐下才惊一骑来，杯中已见双蛾殒。
短辕彳亍恨驱牛，肠断狂夫泪莫收。

自甘嫠面哀红袖，不念同心叹白头。
荆棘满怀相决绝，双垂玉箸沾襟血。
龙种宁同葱薤捐，燕飞欲作东西别。
妾意君情各自流，鸳鸯文采掩衾绸。
却分蕃部西楼去，别是秋风北渚愁。
黄沙深碛连天色，可怜相望谁相忆。
千里金河怨别离，经年银汉无消息。
八月穹庐白雪高，玉花寒枕梦魂劳。
贩珠何处求朱仲，绿帻宁闻侍馆陶。
海西沙门术何秘，白马迎来布金地。
畏吾字译贝多经，龟兹乐奏莲花偈。
灼烁禅灯著曙明，仙梵风飘夜夜声。
黄鹄歌中思故国，青鸳塔畔忏他生。
妆殿何心理残黛，空王皈礼应憔悴。
已分猜嫌任狡童，谁怜调护劳诸妹。
弱妹盈盈隔瀚源，黄云千骑拥朱轩。
判翼每嗟鸾凤侣，回肠偏系鹡鸰原。
锦车银碛何迢递，姊娣相逢自衔涕。
为叹姮娥奔月来，却教须女骖星至。
相劝殷勤向玉真，莫将浊水怨清尘。
苦辛应忆回心院，孅婉须谐结发人。
故人欢爱今从始，五色罗襦织连理。
重画修蛾待粉侯，休吹别凤悲箫史。
愿作流苏结不开，屠苏双劝合欢杯。
五部大人齐入贺，万年公主竟归来。
从此欢娱莫相弃，上如青天下如地。
入贡还修子婿恩，降嫔莫负先朝意。

伊昔先朝草昧年，旌旗北望阻柔然。
欲将玉女倾城色，远靖金戈绝塞天。
绝塞西来平若水，三朝屡订施襟礼。
异锦葡萄出帝家，名驹苜蓿通边市。
今上弥敦兄弟欢，迎归旌节遍长安。
龙首贵宫申绮宴，螭头中禁并雕鞍。
千秋天属恩宁歇，赐予年年下双阙。
沁水园中歌吹尘，祁连山下氍毹月。
氍毹宝幄映重重，贵主繁华乐未穷。
莫道芳菲边塞少，春风弄玉在楼中。

上巳奉陪都统安公游饮西山十韵

假日雕鞍出，乘春绮馔开。
相要藉草去，不见秉蕳来。
五法元戎旆，三重上巳杯。
倚弓凭绝嶂，吹笛俯高台。
野入苍茫迥，江连睥睨回。
关山消白雪，城阙郁黄埃。
怆悦余寒在，踟躇落景催。
殊方还令节，久客且娱哀。
共识分符贵，徒惭入幕才。
公如宽礼数，长愿忝游陪。

赠陈生昭令

（一）

软裘修带日翩翩，管记风流擅朔边。

趋府直登兰锜内，赋诗时向射堂前。
陈琳笔健元名士，丁掾才多自少年。
译罢石经还跃马，秋雕原上试鸣弦①。

（二）

弱年怜汝滞阴关，回首南云涕泗间。
每向诗书闻汉语②，漫从图画识闽山③。
黄衫旧侣空漂泊，皂帽高人自往还。
犹有荔支乡思在，时时归向梦中攀。

同林生夜宿净公房，时林来自咸镜

八月霜清塞草枯，上方十里接平芜。
客来海右谈玄菟，僧本江东记赤乌。
幽咽芦笳秋碛远，萧条兰若雪峰孤。
夜深月出闻清梵，不信天涯有战图。

送人还蒙古

松花江水寒如练，七月吹霜满郊甸。
行子三秋初忆归，边头万里今无战。
君家部曲海西涯，此去王庭路正赊。
驼首山长通碎叶，龙鳞川尽出流沙。
流沙天北征途绝，阴碛荒荒欲飞雪。

---

① 原注：昭令善国书。
② 原注：作汉语者，惟吾侪数人耳。
③ 原注：昭令，闽人。

马色秋开毡帐云，雁声晓落金笳月。
黄貉之裘青兕鞲，具装结束去翩翩。
射生知尔夸身手，好佩骍弓事右贤。

冬夜伍谋公斋同钱德维作十韵

人间尘事屏，溪晚筚门幽。
笑共披裘侣，言寻秉烛游。
倚栏霜乍湿，卷幔月初流。
磷火遥穿径，川冰迥映楼。
玉绳寒历历，银箭夜悠悠。
佳设逢羊曼，清诗得隐侯。
未能依白社，空自梦沧洲。
澹淡河如泻，峥嵘岁欲遒。
啸歌行寄傲，情话坐忘忧。
寂寂乌皮几，横琴共尔留。

同陈昭令过西山兰若十韵

禅房新雨后，步屧暮山中。
落日精蓝好，遥烟积翠濛。
枳篱崖半绕，萝磴径微通。
汀树收残暑，山钟落晚风。
楼开凫渚北，人到虎溪东。
虚牖飞珠瀑，回阑避石丛。
藤阴帘卷入，岚气坐来空。
作佛惭灵运，安禅问朗公。

幽期那可负，佳趣偶然同。
月出缘溪去，山山闻候虫。

与友人夜饮却赠

玉靶雕弓铁裲裆，从军曾拜汉中郎。
未封燕颔家先破，才识龙颜国已亡。
终古恨深银海月，馀生梦老玉关霜。
南朝旧事休回首，浊酒明灯泣数行。

送金译使之朝鲜

真番天外与华同，走马看君使事雄。
获菟凿关通极北，句骊负海出安东。
鱼盐肯给边人费，冠服偏存汉代风。
莫道好文矜此地，尚烦重译卫王宫①。

赠陈蓉何

（一）

白石苍苔小径春，飘飘野服净无尘。
知君名在遗民社，爱著陶家漉酒巾。

（二）

无诸台畔霸图分，幕府曾传转饷勋。

① 原注：平壤有卫满故宫。

莫话永嘉南渡事，边头谁识旧参军。

（三）

石上丹经小篆文，求仙早事紫阳君。
萤芝采罢心无事，独倚青崖看白云。

再赠孔公

赍人昔下牂牁东，双鞬骑象君最雄。
收兵屡出铜柱外，分麾欲建珠崖功。
白骨吁嗟遍原野，百战谁能留汉社。
一夜军声散铁桥，三年王气收金马。
间道崎岖西洱滨，横刀犹护属车尘。
王孙无复余三户，从者谁怜只五人。
海水浸天不能渡，辞君泪尽乌蛮路。
天边何处托王琳，市上空传哭栾布。
汉祖由来赦吠尧，投荒恩重颂兴朝。
梦绕朱鸢乡国远，路迷玄菟塞云遥。
南冠憔悴何人识，卖畚时时向城陌。
壮节宁看羝乳时，缔期敢忆乌头白。
尽日蓬蒿坐掩门，缟衣犹记旧时恩。
何当更化苏耽鹤，万里常依蜀帝魂。

长白山

长白雄东北，嵯峨俯塞州。
迥临沧海曙，独峙大荒秋。

白雪横千嶂，青天泻二流。
登封如可作，应待翠华游。

上　京

城临马耳河，在宁古塔镇城西南七十里。三殿，基址皆在。殿前有大石台，国学碑，犹存数十字，有天会年号。禁城外有莲花石塔，微向东欹。石佛高二丈许，在塔之北。

完颜昔日开基处，零落荒城对碧流。
赭马久迷征战地，黄龙曾作帝王州。
荒碑台殿边阴暮，残碣河山海气秋。
寂寞霸图谁更问，哀笳处处起人愁①。

拟唐人《谢真人仙驾过旧山》

真人冲举后，遗迹在青山。
云壑何年别，飙轮此日还。
鸾歌去天上，鹤语问人间。
残灶丹犹伏，虚坛草自斑。
徒悲蓬海变，独对翠峰闲。
寄谢区中客，骖螭讵可攀。

---

① 原注：金太祖破辽，乘赭白马先行，径渡混同江，水止及马腹。既济，使人测之，其深无底焉。

送人之平远

朝鲜属道。

沃沮南绕浿江遥，雪栈霜林下使轺。
属国敢愁征调急，行人应喜战烟消。
麒麟石在山侵塞，鱼鳖梁开海接辽。
谁道扶桑天外地，兵威犹自话唐朝①。

王　昭　君

昭君巫峡女，奉帚玉阶下。
徒自恃倾城，翻令悲远嫁。
前殿辞君去不还，龙堆空望汉关山。
愁沾朔雪摧珠袖，泪入边云损玉颜。
玉颜明镜看销歇，梦到深宫转凄咽。
下陈曾未识君王，绝国何堪捐贱妾。
夜夜毡穹青海隅，月明非复旧金铺。
不知甲帐承恩者，曾有蛾眉胜妾无？

夜　　宿

独宿徂清夜，凄其戍角长。
营开千帐月，城压万山霜。

---

① 原注：朝鲜人相传，天降麒麟马以迎朱蒙王，王蹑石而上，遂乘之以升天。今平壤府东门外有麒麟石。

我梦还鱼鸟，天心合虎狼①。
莫将畴昔意，岁晚怨龙荒。

沙林同友人登完颜故台

废磴盘纡岭色回，与君登眺暂颜开。
单车绝塞双蓬鬓，落日清秋万古台。
蕃剑击残歌自苦，吴箫吹遍调偏哀。
最怜酒半凭栏处，萧瑟江山只雁来。

会宁道中有古墟墓赋此吊之

落日孤鞍古戍边，残碑下马拂寒烟。
独来玉剑埋魂地，愁听金笳薄暮天。
摇落关山龙战后，萧条城郭鹤归年。
祁连起冢凋残尽，荒外何人尚夜泉。

送巴参领之挈洛

吹角鸣笳彻野闻，碧油麾尽俨星分。
诏书特徙真珠部，使节先驰浴铁群。
路绕黑江三丈雪，天围白道万山云。
奚车霤骑三千帐，檄到争看属护军。

三月十二日河上口号

三月归鸿满塞天，流澌日暮尚凄然。

① 编者按：“天心”，“天”字原阙，据叶志诜抄本《秋笳集》本补。

自从身逐乌龙戍，不识春风二十年。

奉赠封山使侍中对公

翩翩贝带御香衣，几载承恩在紫微。
衔诏暂从双凤出，奉车还傍六龙飞。
彤墀日月开仙仗，白岳云霞护帝畿。
应是臣心长恋阙，梦魂频向禁垣归。

赠滇令巴郡叶明德

（一）

回首岷峨限百蛮，羁离十载出兵间。
谯玄头鬓伤心白，杜宇乡园战血殷。
数口幸逃铜马贼，一官空到碧鸡山。
益州耆旧今余几，帘肆凄凉老未还。

（二）

锦城山色接昆明，猿鸟声中战鼓鸣。
自著白衣来间道，却垂黄绶逐行营。
崎岖虎口心犹折，恸哭龙髯气未平。
今夕一樽重话旧，瘴云蛮树不胜情。

（三）

阅尽干戈复塞门，完颜台畔戍烟昏。
家沉浩劫疑兵解①，身历穷荒识主恩。

① 原注：君族姓十口皆死于贼，免者惟同产二人及妻子而已。

乞活漫伤迁客贱，寄书犹喜故人存。
穹庐风雪天涯梦，肠断巴猿挹泪痕。

（四）

沧波一曲绕溪新，移柳栽松托隐沦。
王烈自成辽处士，严遵元是蜀遗民。
鹬冠送客风帘晚，浊酒看山雪磴春。
共道馀生疲战伐，杖藜聊复憩边城。

咏　　鹰

征鹰使者贡君座上作。

玉爪疑残雪，金眸映落晖。
可怜沙塞翮，欲傍翠华飞。

奉赠大将军巴公

珠旗锦伞照吴钩，玉踠花骢金络头。
玄塞旧传朱鹭曲，彤庭新赐紫貂裘。
碛开万幕边声合，境拓双城战气收。
欲画南宫谁第一？功高独有冠军侯。

奉赠副帅萨公

时专镇宁古。

彤墀诏下拜轻车，千里雄藩独建牙。
共道伏波能许国，应知骠骑不为家。

星门昼静无烽火，雪海风清有戍笳。
独臂秋鹰飞鞚出，指挥万马猎平沙。

茧　虎

追和梅村夫子。

熏风妆阁问针神，五日符悬辟厌新。
不见赤刀传粤咒，还从彩胜识雄寅。
黄衣缀就金仍蹙，白额描来绣未真。
莫讶使君能化虎，茧丝元是负嵎身。

鲞　鹤

玲珑玉骨倚风疏，莫向纶竿怨豫且。
散雪岂能侔皎鹤，凌云何意起枯鱼。
身余刀俎腥犹在，宠待轩墀翅自舒。
谁道波臣非羽驾，琴高赤鲤亦腾虚。

蝉　猴

自许孤高饮露盘，求林谁作野宾看。
只怜风外吟枝稳，那识云边啸侣寒。
无口讵沾巴客泪，有绥宜著楚人冠。
君身可是孙供奉，一赐金貂认欲难。

赠陈昭令

（一）

叶叶紫貂衣，秋风锦鞚飞。

长围不肯入，独臂海青归。

（二）

欲逐狐踪去，回鞭万仞冈。
笑携双白羽，射杀两青狼。

观猎赠陈昭令

飒飒旌竿雪未休，弓声霹雳遍林丘。
马嘶秋草摇珠勒，雕掠寒云下锦韝。
挟弹自矜文士健，挥鞭不逐汉儿游。
少年乐事南山猎，谁羡家声曲逆侯。

猎后再赠昭令

金笳马上北风哀，猎罢争传鹦鹉杯。
爱射黄羊重插羽，欲呼苍隼却登台。
边云压地霜旌卷，营火连山雪帐开。
明日沙林还逐兔，酒酣更起刷龙媒。

都统郎公奉使塞外，赋此奉赠

（一）

清秋驿路净氛埃，落日鸣笳使者来。
早拜千牛陪凤辇，新驱驷马出龙堆。
旌飞杨柳城阴晚，帐拥芙蓉剑色开。
多少冰天迁客泪，待君归奏建章台。

（二）

柘弓斜月绿弦鸣，珠服如星照玉缨。
穿禁久分中贵宠，趋朝争识小侯名。
每调生马期门出，独鞚轻雕傍辇行。
知尔羽林夸健手，肯教驰射数边城。

送人之鸦青江

芦管凄凉鸿雁天，北风空碛暮苍然。
鸦青江畔重移帐，回首沙场又十年。

送陈昭令之兀喇十韵

野馆骊歌咽，晴郊骑置行。
凄心看往路，屈指问严程。
晓帐毡墙重，春衣锦带轻。
云峰马上出，雪涧鸟边明。
林暗貂余迹，江空雁度声。
年光寒食近，边色旅愁盈。
杨叶遥分塞，松花曲抱城。
宁同陇头别，早擅幕中名。
露布推书记，风流想步兵。
不知惊坐客，何似弃繻生？

春暮江上冻解，同诸君放舟至白崖口，赋示十韵

皛皛流澌尽，悠悠放艇孤。
惊心惟节序，游目且江湖。
凫雁光初泛，鱼龙气欲苏。
青春生水际，丹景豁天隅。
濑浅听偏响，波平望或无。
不知风帆驶①，只讶雪峰趋。
旅眺还增叹，江讴亦自娱。
人应寻弋钓，家本在菰芦。
浩荡沧洲思，艰危绝塞躯。
莫令悲负羽，从此问乘桴。

奉寄安大将军三十韵②

同钱德维作。公以宁古副帅擢镇奉天。

今日须颇牧，维公翊禹汤。
九重颁虎节，万里拜龙骧。
自北雄天府，居东本帝乡。
官因留守重，才是折冲长。
铜兽中军法，金貂袭御香。

---

① 原注：“帆”一作去声，杜诗“浦帆晨初发”（按，杜诗即杜甫诗）。

② 编者按：题目原作“奉寄安大将军二十韵”，经核查本诗共三十韵，径改。

权兼赵京兆，威著杜当阳。
开幕珠旗月，行边铁骑霜。
令严师自肃，政简物皆康。
坐运中黄策，行消太白芒。
士心依大树，海气净扶桑。
旧内虚鸡鹊，新城扼凤凰①。
直令三辅谧，那用五兵张。
营有蔓菁种，车无薏苡装。
每嗤卿食雁，不入马如羊。
浇俗潜应改，仁风貌已翔。
丹青应早画，赤白遂空囊。
藉甚功书竹，怀哉泪染裳。
寇君宁复借，贾父耿难忘。
途远重关外，心凄昔座旁。
揖容长孺倨，哭恕嗣宗狂。
一别频玄燕，千山限白狼。
尚思乘月啸，久罢卷波觞。
衣敝鹑双挽，书腾雁几行。
报恩愳未曝，述德臆偏伤。
穷鸟哀元淑，无鱼忆孟尝。
何时射柳骑，重过浣花堂。
公望方调鼎，予生且卖浆。
沛宫云正紫，辽隧草初黄。
努力登三事，从容靖四方。
谁知击壤代，有客恸龙荒。

① 原注：凤凰城在鸭绿江上，辽之南境也。

寄顾梁汾舍人三十韵

昔岁家吴会，诸公问越盟。
逢君发未燥，入座目俱成。
倒屣才名早，披襟意气倾。
高文何粲粲，雅论各觥觥。
携手惭连璧，同心喜报琼。
时邀山馆醉，每爱水楼晴。
夜月褰珠箔，春风敞绣楹。
花回青翰小，柳系绿骙轻。
丽曲能调管，新诗即谱筝。
漏随铜史促，杯为玉人擎。
但任嵇生诞，那知许劭评。
誉方推二妙，语不数三明。
往事星霜改，新愁关塞萦。
予悲玄朔橘，汝谢赤墀樱。
老去馀华鬓，书来自素诚。
悢悢询谪戍，款款话平生。
跪读烹鱼字，悲吟别鹄声。
风流如在眼，雨泣飒缘缨。
末契嗟何托，良俦叹莫并。
栖迟成北叟，浩荡寄东瀛。
暮齿家何在，穷荒岁屡更。
将同温序梦，幸似宋人盲①。

① 原注：军府以予短视，特免田租。

世事随殊俗，生涯共老伧。
胥龙徒奋采，鶗鴂恐先鸣。
漫说逢杨意[1]，偏难召少卿。
旧游怜转烛，今贱怆闻笙。
舞鹤鏖边水，和龙塞外城。
三秋空漠漠，万里独怦怦。
道远怀琼树，宵长望玉衡。
如蒙子公力，终到汉西京。

杂　　感

（一）

瓯脱萧条塞路微，阿疏城畔柳依依。
边开驼鹿山初凿，江到牛鱼岭渐稀。
战士中宵看堠火，米船六月寄征衣。
冰霜今岁寒应早，屈指诸军解甲归[2]。

（二）

娥娥红粉映边霜，细马丰貂满路光。
朱幕漫传翁主号，黄眉争识内家妆。
空怜拂镜凝花态，莫为无裈笑粉郎。
千载奉春遗策在，玉颜那更怨龙荒[3]。

---

① 原注：前岁，侍中对公以予《长白山》诗赋进呈。

② 原注：每岁出师戍黑斤诸部，至七月中，河冰将合，乃归。

③ 原注：时以妇女赐海东诸首领，边人谬以皇姑称之。其俗男女皆不着裈。

（三）

秋风吹碛起鸣雕，碛路西回限二辽。
鸦鹘废关仍抱塞，鸳鸯残泺不通潮。
千年城阙人谁识，百战河山世已遥。
穷徼可怜无故老，难将遗碣认前朝。

读古人诗有感

山川满目恨沧桑，抚旧悲歌泪几行。
翟义岂能有汉祚，贯高原不负张王。
朱鸢别后非吾主，白马归时是国殇。
寂寞天涯今夜月，大招何处问潇湘。

混　同　江

混同江水白山来，千里奔流昼夜雷。
襟带北庭穿碛下，动摇东极蹴天回。
部馀石砮雄风在，地是金源霸业开。
欲问鱼头高宴处，萧条遗堞暮潮哀。

拟唐人《御沟新柳》

春光开上路，柳色吐韶年。
掩映金沟远，参差玉道连。
倚风条尚细，覆水影初圆。
轻翠销宫雪，微黄袅禁烟。

画眉空自好，学舞欲呈妍。
倘得承攀折，依依翠辇前。

赠陈蓉甸十韵

昔尔采玄箓，寻真向赤城。
已窥三景秘，欲掩八公名。
家本陈安世，师逢窦子明。
颜依金灶驻，身度玉壶轻。
翠水餐霞住，鸿天驭月行。
问年枝不汗，却老树惊精。
方术谁同传，仙才自属卿。
好将山石煮，莫叹海尘生。
去去凭虾杖，寥寥度凤笙。
洪崖如可拍，直欲上瑶京。

郎公将还京师，赋此奉送

西风吹雁满关山，愁见萧萧四牡还。
横笛清秋萦客恨，衰杨明日为君攀。
紫台霜露催征骑，丹阙星河启曙班。
极目长安天际远，离心空望五云间。

奉酬徐健庵见赠之作次原韵

金灯帘幕款清关，把臂翻疑梦寐间。
一去塞垣空别泪，重来京洛是衰颜。

脱骖深愧胥靡赎，裂帛谁怜属国还。
酒半却嗟行戍日，鸦青江畔度潺湲。

集成侍中容若斋赋得《柳毅传书图》，次俞大文韵

（一）

落日金羁上客过，画帘灯火九微多。
当筵谁共抽毫素，一幅吴绡梦楚波。

（二）

鲛馆龙堂素练光，停杯与尔话钱塘。
玉颜自昔多憔悴，莫向泾阳怨小郎。

（三）

年年沙朔掩蒿莱，橘社包山梦屡回①。
今日雨工图上见，却怜侬亦牧羊来。

（四）

洞庭云气晓凭凭，写入银屏照锦灯。
惆怅红妆千万队，酒阑何处问巴陵。

春夜闻弦索

限琴字。

星转天街玉漏沉，何人中夜拨胡琴？

---

① 原注：吴中洞庭山，亦有柳毅井。

不须更奏伊州曲，说着边关已湿襟。

咏　史

岂是骚人怨，难忘旧国恩。
萧条湘水上，谁吊楚臣魂？

月　夜

月华深夜下金波，绮榭沉沉露彩多。
极目天边双桂树，清辉万里共婆娑。

秋笳集

卷八 杂著

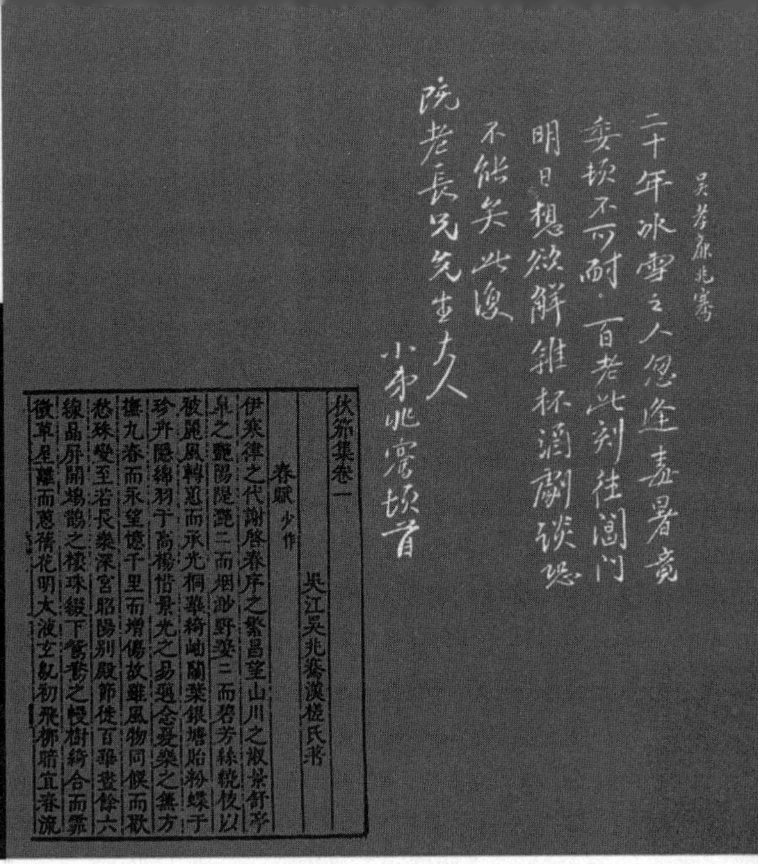

表

拟久旱祷雨天坛甘霖协应贺表

伏以龙旗风细，九霄沛天子之恩；翠盖云回①，万国仰圣人之泽。苍后飞泉以界道，早遍春畴；青鬟悬水以行空，爰滋晓陌。庆已通于霄路，欢遂洽于坤舆。

臣等云云：窃惟桑林致祷，殷宗自荐于牺牲；《云汉》称歌，周王用罄其圭璧。启泰山之玉检，汉号乾封；带嵩岳之金霞，晋当泰始。陇西女子，产旱母而惊心；河北神人，降火光而骇目。慨赤

① 编者按：“云回”，原作“云迴”，词义与原文不协，考叶志诜批校本《秋笳集》作“云回”，据改。

衣之司令，致黑蝀之不来。泥人矫掌于中庭，实文人之诮语；土龙骧首于元寺，亦茂宰之矫诬。眺山上之金蛇，何时布影；望台边之玉女，几日披衣。空驻问于绿蓑，漫吞声于赤炬。岂东海有衔冤之妇，乃旱三年；使南山有戴笠之夫，偏伤六月。茫茫青亩，难逢渭水之牧羊；涤涤黄舆，不见湘川之飞燕。未有廛虑彤廷，润土膏于一旦；诚迥苍极①，布触石于三昊，如今日者也云云。

苍龙启瑞，碧凤承符。功已迈于大风，祥自呈乎甘露。鸳鸯殿里，玉阶敷三秀之华；鸩鹊楼中，珠缀结五云之气。偶以天心之微戒，遂烦帝念之焦劳。九重绨几，悉陈郑侠之图；三殿瑶封，尽绘《豳风》之什。爰命属车而启路，乃临郊殿而祈天。队簇桃花，步青尘而不动；旌开兰叶，溯淑气而悠扬。陋汉代之祈年，非关民事；笑唐家之昭应，岂谓田功。翠华方责于甘泉，苍璧已通乎帝座。于是封姨啸树，丰隆启途。洒润齐城，岂俟栾巴之酒；森寒石础，已同张协之诗。径阳雨工，对良畴而降泽；华山肥螠，见和气而全消。山川悉载其恩膏，禾黍并除其螟螣。

臣等术谢檄风，人非作雨。幸际攀鳞之会，谬居拜手之俦。慕刺史之丰裁，随车致雨；思学士之文采，志喜名亭。况属天地之交孚，益快神人之笃庆。有心浴日，敢效歌风。伏愿勤咨国计，轸念民依。未央夜月，听虬箭而儆心；上苑春风，睹雉媒而动色。奠玄圭于水土之后，挥朱弦于宵旰之中。则麦秀三歧，诵圣主无疆之福；禾呈九穗，拜君王有道之祥矣。

序

方与三《其旋堂诗集》序

仆闻长云接塞，将军传龙雀之悲；细雨滴帘，客子下鹧鸪之

① 编者按："诚迥"，叶志诜批校本作"诚回"。

泪。山含秋气，写幽恨于银虬；水咽春声，托边情于金雁。番禺南望，柳花之絮无多；张掖西来，葵子之根已少。由来才士，半泣飘蓬；自古羁人，偏多篇翰。论输左校，曾闻楚石之谈；编管营州，亦有随珠之叹。抚长松而掩袂，揽横竹而登车。一曲龙吟，因思公子；数声鱼沫，为忆家山。中土漂摇，尚含毫而缄怨；客堂离别，犹援牍以抒哀。况乎绝塞长征，殊方远戍。窜景真于关外，逐亭伯于辽东。南雁无凭，北梁已远。白狼堆外，畏悬度之难行；《黄鹄歌》中，怨关河之甚渺。已作窈停之种，能无侘傺之辞。是以毛光禄之在赫连，自述降羌之痛；李都尉之居朔野，亦流望汉之歌。岂独越石悲吟，泪尽扶风之马；子初杂曲，心摧郫水之鱼已哉。

方子与三，才为艺苑之宗，名在俊流之右。庾子山之文采，父子无惭；刘孝绰之才情，弟兄兼擅。方翔劲羽，忽中长罝。坐京兆之全家，岭头齐窜；为李丰之同产，陇外俱投。慷慨辞家，凄其出塞。地经绝脉，向天畔而何之，水号断肠，上陇头而呜咽。纥干落月，故园之梦空归；敕勒浮云，异域之程何极。拂庐夜静，能不椎心；服匿晨持，每看沾臆。边霜似雪，萧条铁碛之声；塞草如烟，凄咽金笳之韵。曲中风土，自操南音；笛里关山，空吹北部。于是开缯写怨，流翰陈弦。客路山川，塞天风雪。或车中之赠别，或马上之行吟，以至真番土风，鲜卑国语，无不调成金石，丽错琼瑶。名曰《其旋》，都为一集。寄羁臣之幽愤，写逐客之飘踪。怨入琵琶，陨乌孙之涕泪；哀传刁斗，感雁臣之苦辛。允为传世之篇，聊当述征之作。

仆三年久戍，万里无家。掩泣江头，已同女子；衔啼帐外，几类官奴。幸并谪之逢君，遂同衣之容汝。相携塞表，似长罗之共苏卿；羁旅关中，等子渊之怜沈炯。凡兹华制，半属分题。爰赘语于简端，志悲怀于麈末。庶使咸阳城畔，人传山水之谣；广武亭边，客记落花之赋云尔。

孙赤崖诗序

盖闻缠绵湘吹，以去故而增凄；慷慨燕歌，由送离而结叹。是以旧山既远，促管流音；异国无归，繁弦萦臆。房陵一去，君王有山木之讴；军府长羁，伶官有土风之操。执珪怀越，尚藉悲吟；公子留秦，亦传哀唱。由来志士，遘此穷途，未有不凭柔翰以消忧，托长歌而申恨者也。况夫金河转徙，银碛羁孤。水千里而断肠，塞万重而绝脉。陈子公戍边不返，空望长安；移中监还汉何年，伤心遥海。慨其叹矣，能不涟而。

孙子赤崖，弱年擢秀，盛齿知名。才为谈士之宗，人擅艺林之俊。江东二陆，共识清河；邺下双丁，先推敬礼。乃以拾尘之惑，遽从栖火之嗟。灵琐难陈，遐陬遂谪。飘零皂帽，辽海空来；褵褷素衣，吴关长谢。土思迢递，托黄鹄以俱飞；客梦徘徊，指白狼而难越。然而兰山箭尽，篇什偏工；桃馆樽空，风流未沫。刘越石栖遑于河朔，诗体清刚；庾子山留滞于关中，赋才宏丽。虽丁年坐老，而《子夜》堪歌。于是娱志缥湘，寄情啸咏。登高摛藻，揽物扬葩。紫云亭堠，兴乘障之悲思；白雪关山，激从军之壮志。寒鸦睇野，夕雁横天。怨起衣单，魂销笳脆。气沉雄而莫展，心侘傺以谁知。及夫台上瞻乡，山头送远。鹤廛不见，鸾酌徒倾。眷花月于曩游，怆风霜于今别。莫不播之凄响，纬以妍辞。发言而琼树相华，命调而银筝并咽。卷芦清吹，谱为蔡女之文；截竹哀音，缀成丘仲之曲。岂徒伯鸾南迈，惟闻《五噫》；中郎北迁，愿成《十志》也哉。

仆旧托攀嵇，近同迁贾。黄垆游宴，久限山河；紫塞军侨，更分乡县。揽泪痕于河上，空诉箜篌；郁愁气于车前，宁消杯酒。北部之贫已甚，南馆之会徒乖。永念生平，弥嗟弦括。却题短引，爰寄沉悲。呜呼！兰忌当门，痛烦冤之何已；蓬悲出塞，怜飘寄之安穷。西气惊商，将听君诗而陨涕；北风干吕，谁披余制而伤神乎？

慎交二集

盖闻卢郎八米，雅重南朝；魏氏双珠，见推北海。江头折柳，遗班管于名流；石上看松，飞羽觞于公子。若夫携屐苍龙之闼，早识安丰；回车朱雀之航，争观孝绰。并以盛年驰誉，弱岁知名。白袷文人，乌衣贵选。张广武雕车之日，步兵叹其奇才；王山阴总发之年，仆射惊其明慧。是知英华靡绝，端藉群贤；领袖将来，还归吾党。爰集邑中之秀，以追河里之游。客尽怀珠，座同割炙。少长咸集，方典午之兰亭；词赋无双，拟睢阳之鹤渚。布蕙肴而肃驾，愿荷衣以过从。

书

戊午二月十一日寄顾舍人书

别我华峰二十余年矣。江皋塞表，超忽万里，每一怀思，凄泣弥日。昨岁三月，得华峰丙辰腊杪所惠札，并见怀二阕。顷初二日，复从驿使得四月望日札，及《弹指集》，绸缪之思，溢于毫素，出入怀袖，如见故人。午未之交，知兄宦游京邑，遥为雀跃。弟时苦徭役，未遑缄寄。至于解组南辕，则天涯游子，邈若梦中。嗟乎！我两人契托正复何等，越禽代马，各在一方，仅从一纸音书，叙廿年离索，人生到此，能不凄凉！

弟朔漠羁踪，兄定未晓，今略书梗概，俾兄知之。弟以己亥夏出榆关，抵沈水之阳。海昌相公欲留弟共居一年，沈帅不许。

濒行时，其令子子长，赠我车马衣裘。六月廿一，渡松花江，时暑甚，因浴于江，遂得寒疾。着毡衣，骑马行大雨中，委顿欲绝。抵大乌稽，送吏以弟垂笃，特憩三日，同行者皆谓不起，忽梦准提而愈。七月十一，至戍所。戍主以礼见待，授一椽于红旗中。旧迁客三四公，皆意气激昂，六博围棋，放歌纵酒，颇有友朋之乐。然一身飘寄，囊空半文，赖许总戎康侯、孙给谏汝贤，解衣推食，得免饥寒。

癸卯春，弟妇来，携二三婢仆，并小有资斧，因以稍给。甲辰春，幕府以老羌之警，治师东伐，令流人强壮者供役军中，文弱者岁以六金代役，于是石壕村吏①，时闻怒呼，无昔日之优游矣。乙巳，以授徒自给。其夏，张坦公先生集秣陵姚琢之，苕中钱虞仲、方叔、丹季兄弟，吾邑钱德维及鄙人，为七子之会，分题角韵，月凡三集，穷愁中亦饶有佳况。其后以戍役分携，此会遂罢。戊申，蒙恩，绅袍特许优复，弟遂得为塞外散人。

宁古自辰巳后，商贩大集，南方珍货，十备六七，街市充溢，车骑照耀，绝非昔年陋劣光景。流人之善贾者，皆贩鬻参貂，累金千百，或有至数千者。惟吾侪数子，以不善会计，日益潦倒。然弟亦不能弃捐笔墨，与洒削卖浆逐锥刀之利，短褐藜羹，任之而已。庚戌，诸徒皆散，而岁复早霜，米石十金。副帅安公，雅重文士，怜弟之贫，以米相响。而合肥先生及葑溪、玉峰，复有见贻，于是翳桑饿人，幸免沟壑。癸丑，大帅之子相从授经，馆餐丰渥，旅愁为解。丙辰春，大帅移镇兀喇，遂失此馆，然执经者亦不乏人，所以仅供薪水耳。

弟年来摇落特甚，双鬓渐星，妇复多病，一男两女，黎藿不充。回念老母，茕然在堂，迢递关河，归省无日，虽欲自慰，只益悲辛。课徒之下，间有吟咏，正如哀雁寒蛩，自鸣愁恨，安敢

① 编者按："石壕"，原误作"石濠"，据杜诗径改。

与六代三唐，竞其优劣哉！前岁，原一札来，索鄙制，云欲刊布。弟深感其意，特写致之，可三百余篇，塞外之乱，苍黄中失五古、七绝二种，怅惜殊甚。今当再抄一册，于四五月间寄览。《弹指集》如灵和杨柳，韶倩堪怜，又如卫洗马言愁，令人憔悴。兄笔墨如此，少游、美成，更当何处生活。别兄二十年，对此如重觐风流。弟出塞时，未携词谱，今得此集，便当按调为之，正恐寿陵之步，未易相学耳。弟悲怨之深，虽三峡猿声，陇头流水，不足比我呜咽。穹庐愁坐，极目萧条，夏簟冬缸，泪痕潜拭，安得知我怜我如华峰者，与之促席连床，一倾愤臆乎？

弟患难之交，陈子长最笃，但隔在辽海，不得相见。此君风流文采，不减华峰，意气亦复相类，惜其无命，流落而死，为之痛心。龙眠父子，与弟同谪三年，情好殷挚，谈诗论史，每至夜分，自彼南还，塞垣为之寂寞。钱德维议论雄肆，诗格苍老。山阴杨友声，铁面虬髯，而诗甚清丽。苕中三钱，才笔特妙，不意大者有山阳之痛，而小者复为濮阳之匿。姚琢之诗，如春林翡翠，时炫彩色。阳羡陈卫玉，善谐笑，工围棋，亦嫣秀可喜，弟时与之奕。今弟之棋，视丙申五月，在澄江与华峰赌局时，可高六七子许。张坦公先生，河朔英灵，而有江左风味。雁群与弟，情致特深，唱酬亦富，未殁前数日，即属弟在其榻前作行状，人琴之悲，至今犹哽。敝门人，闽中陈昭令，名光启，秀而嗜学，北州少年，此为之冠，与弟居止接近，拥炉啜茗，靡夕不共也。此皆弟塞外文章之友，因兄垂讯，聊复及之。

前者婚约，为李姨所阻，深用怅叹。承复有幼女之约，极荷雅意。果得生还，则我女，兄之子妇也，又何他云。

嗟乎！此札南飞，此身北滞，夜阑秉烛，恐遂无期。惟愿尺素时通，以当把臂，唱酬万里，敢坠斯言。震修兄弟，近况何如，念之殊切。凡我旧好，幸俱致相思。南望云山，可胜凄咽。塞鸿殊便，无忘德音。

与计甫草书

（一）

三年执别，万里伤离。故国音尘，殊方羁窜。飘踪如线，惋悒何言。塞外苦寒，四时冰雪，陶陶孟夏，犹着弊裘，身是南人，何能堪此。每当穹庐夜起，服匿晨持，鸣镝呼风，哀笳带雪，萧条一望，泣下沾衣，嗟乎故人，应为凄咽。

弟自出塞以来，万端都谢，如泥中花蒂，无复芳菲，而怀友之思，未尝弃怀。每忆曩年游好，辄便伤心。邯郸宫人，嫁身厮养，而春花秋月，尚梦深宫，区区鄙怀，庶同此耳。昨岁冬至，巴公入都，曾勒长札，并排律三十韵，奉寄两兄，而此缄竟属浮沉，可为怅惘。龙荒绝远，非人所居，夙昔知交，音问殆绝。谪此三年，止得公肃旧冬一札耳。少陵云：“亲朋满天地，兵甲少来书。”讽咏此诗，益增我劳结。弟久沉异域，语言习俗，渐染边风，大雅愔愔，磨灭尽矣。方欲控弦试马，作健儿身手，何堪尚与青云故人，论畴囊之谊，述诗文之乐乎？

高堂白发，幸邀浩荡，得还里门，弟虽滞冰天，亦当不恨。若得鸡竿再下，早赋刀环，召李白于夜郎，还蔡邕于朔野，葛巾野服，返迹丘园，与我两兄，促坐言哀，衔杯道故，此亦再世之乐也。

嗣皇在御，才士毕升，努力良时，勿以故人为念。老伯暨老伯母应俱万福。兹因程年兄归南，勒此布心。相思之深，非笔所悉，遥瞻南斗，涕泗何云。

（二）

离别三年，关山万里，冰天凛冽，积雪嵯峨。索处穹庐，轸忧终日，遥思我友，劳伫如何。昨年遘难，吾兄屡顾我若卢之中，衔涕摧心，慰藉倍至。等公孙之奔走，似田叔之周旋，愧荷深情，犹在心骨。广陵佛舍，向与畴老杯酒终宵，班荆笑语，何图此别，遂隔死生，永念曩游，寸肠欲裂。

弟形残名辱，为时僇人。垂白衰亲，盛年昆季，吁嗟何罪，相率播迁，既无子幼箕豆之辞，而有文渊薏苡之痛。已同崔驷辽海之窜，而复坐李丰陇上之条，生世不辰，遭此奇酷，身流绝域，名入丹书。虽视息犹存，而已同枯骨，每一念及，忽不欲生。向在故乡，意气豪上，尝叹庾子山、沈初明，以如许才笔，羁旅殊方，虽篇翰如新，而平生萧瑟。每读《哀江南赋》及《通天台表》，未尝不掩卷欲绝。岂知今日，身丁枉滥，百倍斯人。魑魅为邻，豺虎同畀，烦冤侘傺，谁可诉语。即复生平故人，亦复弃如粪壤，视同腐鼠矣。不吊昊天，一何至此。

昨岁出塞时，长安诸公，哀其穷乏，饷以百金，稍得整料衣资，支离道路，及届沈京，便已悬磬。赖陈子长解衣推食，事事周全，挥涕赠金，情款绸悉。既将东发，复赠我鞍马，以济崎岖。塞外之路，险甚蚕丛，红锈乌稽，十步九折，若非骥足，已委沟中矣。弟曩年知契，几遍三吴，嵇、阮之交，亦颇不乏。及遭患难，转徙穷途，乃初无一悰款之人，周我涸辙，此古人所以致重于穷交也。

放废以来，万缘都废，惟雕虫一道，犹尚缠绵。塞天无事，寂坐荆扉，斧冰炊稗，以充饥渴。所携故簏，尚有残编，每啜糜之暇，辄与龙眠诸君子，商榷图史，酬唱诗歌，街谈巷曲，颇成一集，取扬子云哀屈之文，命曰《质齇》。入秋以来，复事赋学，妄谓可以规模江鲍，接迹王杨。但负罪之人，为时捐弃，纵调如《白雪》，才似和璧，亦将唾涕视之矣。彼才不逮于中人，名不出于里闬，一旦身跻云霄，从容辇毂，虽复伏猎侍郎，金根校理，得其片言只语，以为韩、欧复生。兄闻此言，得无骇其任诞乎？

客绪边愁，百端横集，《停云》之念，无时去怀。但恨玄菟、黄龙，渺在天末，不特把袂衔杯，难寻佳会，即雁书遥讯，慰我离愁，亦眇不可得。十年神契，睽绝如斯，忆旧抚今，怆恨何已。杜少陵云：“亲朋满天地，兵甲少来书。”信非虚语也。怀念之什，颇有数章，欲便录寄，以当良觌。恐此札达时，正兄等春明得意之候，不祥姓名，致骇耳目，故复焚弃。聊托敦四，书排律一首奉正，想兄见之，当相凄恻也。倘承见怀，幸有以相示。昔嵇中散身死洛下，而向子期为之感旧；郑广文远窜台州，而杜拾遗为之录别。兄等雅怀，当不以废弃相遗也。

弟有家信一缄，欲托之右兄，恐右兄已奉使出都，复托之公肃，乞甫老为我觅一确邮致去。倘家父已到或将入京，幸留在尊所，万勿浮沉，拜嘱，拜嘱！西望裁书，可胜呜邑，南风劲甚，幸惠音书，不胜企望之至。

补遗

李侍御枉驾，因留小饮

凉秋紫塞谪官多，三径萧条侍御过。
海外闻君名已久，长安别后事如何。
且将浊酒浇胸臆，莫为悲笳废啸歌。
放逐幸同尧舜世，尽拼身世老渔蓑。

寿郭明府

红蕖玉溆映晨霞，百里江皋早放衙。
风偃讼庭闻绿绮，日长仙阁有丹砂。

共看香令衣如绣，欲问神人枣似瓜。
今日试听循吏颂，知君清誉满京华。

送丁泰严晋秩开府之任湖南二十韵

湘汉雄风地，岣嵝大火峰。
芝旗松子宅，茅社竹王封。
十载司藩翰，三吴荐鞠凶。
伤鱼垂戢戢，哀雁失噰噰。
羽檄飞难定，军储困屡供。
戈船宵并济，井臼夜无舂。
望望为霖切，穰穰覆露浓。
千家收玉粒，半壁郭金墉。
绝塞催归骑，公门获拜龙。
相依星改岁，多幸日长冬。
属郡讴歌载，明廷服命庸。
列台森梓柏，开幕展芙蓉。
青草流千曲，苍梧树几重。
彼郊欣迓郭，旧域恨征龚。
玉琯阳初转，金塘冻始溶。
去旌看缥缈，征铎响春容。
扶杖人争送，攀辕路尽壅。
爱碑留石篆，铸像写金镕。
江冷鲈应忆，峰回雁可从。
荆扬如一派，仰沫待朝宗。

明妃曲

妾本良家女，奉帚掖庭中。
椒阁香消悲晓月，玉墀花积闭春风。
春风寂寂君恩绝，薄命还教辞汉阙。
乍可深宫罢玉颜，谁堪远嫁啼红颊。
一向天涯去不还，风沙遥望白狼山。
镜中玉箸消春色，马上檀槽怨朔寒。
可怜玄朔寒应早，芦管凄凉沙浩浩。
白雪疑飞桂苑花，黄云不散葱山草。
草色连天毡帐开，蛾眉憔悴妾心哀。
夜夜屠苏青海上，那能重见翠华来？

咏笼莺应教

黄鹂何睆睍，牵弋下遥岑。
不惜雕笼住，承君绮阁深。
身微空晓翮，哢巧自春心。
已免韩嫣弹，何须更择林。

戏赠

承恩楚殿前，绿帻自翩翩。
着粉春姿媚，参红雪态妍。
情深陪射兕，宠极织轻蝉。
却笑纤腰女，新妆只自怜。

登楼有怀成容若

雨馀宫树迥含烟，独立高楼思渺然。
遥忆关山人去远，不知何处驻香鞭。

和凯公送令兄侍中扈从之作

（一）

玉舆避暑出黄华，千里霓旌映塞沙。
为问帷宫谁珥笔，马卿词赋烂如霞。

（二）

广庭花月自幽闲，一曲骊歌怅度关。
应识鹡鸰原上意，长依龙武辇前山。

赠叶长民

锦水桃花暖，铜梁杏叶初。
看君西去日，何似马相如？

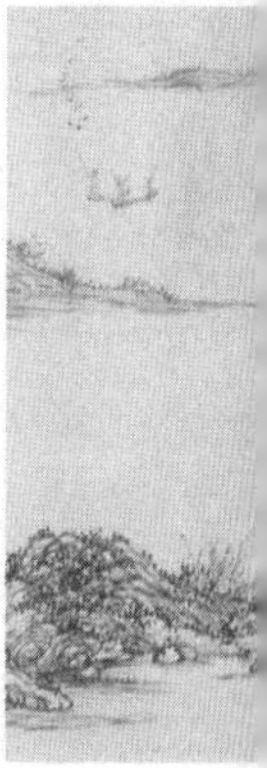

跋

右集诗文共八卷，先君子汉槎先生所作也。先君少负大名，登顺治丁酉贤书，为仇家所中，遂至遣戍宁古。维时大父母在堂，先君忽离桑梓而谪冰雪，触目愁来，愤抑侘傺，登临凭吊，俯仰伤怀，于是发为诗歌，以鸣其不平，虽蔡女之《十八拍》，不足喻其凄怆，此《秋笳》所由名也。昆山徐健庵先生，悲故人之沦落，千里命介，索其草稿，梓以问世，古人之交情，不以穷通少异有如此者！洎乎《长白赋》奏，而特邀当宁之知，沉冤昭雪，赐环归里。张俭返于亡命，蔡邕召自髡钳，推毂者总属巨卿，延誉者半由名士。方且谓一生抱负，抒展有时，何图乍入玉门，遽捐馆舍，鄙人所以抱恨终天也。

今桭臣年过六旬，追思往日，几同隔世。《传》曰："先祖无美而称之，是诬也；有善而勿知，不明也；知而勿传，不仁也。"桭臣愚蒙不肖，既不能发名成业，以显扬我先君矣，敢复蹈不仁不明，致使先君没没于后世哉！爰就旧刊，增以家藏，析为八卷，汇成一集。其前四卷，系健翁所刻，后四卷则桭臣所增也。《后集》为戍所暨归来所作，《前集》及《杂体诗》二卷，皆少年所作，序表书记，则合新旧所抄辑而成，不分年月日。盖先君垂髫之岁，即好吟咏，加以身际艰难，著作颇富，奈屡丁颠沛，存者无几。当健翁索稿之先，值有老羌之警，遗失过半。后遇插哈喇之乱，都统唐公限三日内合城满汉，俱迁至必几汀避难。及扶柩南还，复覆舟于天津，而沉溺者又过半。今此所补，皆从故旧处搜罗所得，殆未及十之一二。至于骈丽之体，向与陈阳羡齐名，乃集中所有，仅此数首，尤可痛惜。闻之昆山某氏收贮颇多，桭臣曾力为寻访，而已移居村舍。然终当物色，以成全璧，是则鄙人之素志也。是役也，其订证校雠之功，侄恒叔之力为多，亦不可不记。谨跋。

雍正丙午秋八月男桭臣谨跋。

归来草堂尺牍

（清）吴兆骞　著

示兆骞[1]

痛哉！汝性至孝，平日所以事我者，异于恒辈。成婚后，依依如孺子之牵衣膝下，未尝有一刻相离。我父子俱好读书，共坐楼头，溽暑祁寒，吟诵不辍。以汝惊代绝才，我历几辛勤，教汝成名，自以为极天伦乐事。方以远大期汝，不意仇人一纸谤书，遂使天下才人，忽罹奇祸，投荒万里，骨肉分离，惨莫惨于此矣。古来孝妇含冤，上天亦有为之感动者。汝之冤酷，审问诸公知而怜之，都中士大夫知而怜之，天下读书人知而怜之，未供招而被祸最烈，冤抑至今未伸。嗟乎！青天，何独至汝而天〔亦〕不为〔之〕青耶？

自春徂夏，汝所寄手字，及所寄诗，我已一一见过。见汝字，知陈相国之待汝甚厚，又承相国乔梓解推之谊，同在患难中而何以得此，此又汝之绝处逢生，不幸〔中〕之幸也。此情此谊，何日可忘。汝遇苾叔之变，当此悲楚中，汝又能为之周全葬事，纤悉备至，具见汝之敦厚道也。见汝诗，情致激壮，词调悲凉，反复展阅，一字一泪，三闾大夫之处忧愁而赋《离骚》，其文至今当不过此。《留别诸故人诗》，甫、绣二君已为刊行。其《西曹杂诗》我亦为之备录，将觅友人，图所以付梓，决不使汝诗章泯泯不传也。

---

① 编者按：此书信是吴兆骞的父亲吴晋锡写给他的，原底本收录了此书信，无题目，此题为编者所加。

所可恨者，我之念汝，无时去怀，虽以举家蒙难，手无分文，无力遣人，以周汝之急。然自春徂夏，我寄〔汝〕手字亦不一而足，岂料止到其一，余竟付诸浮沉，俾汝既不获见我面，并不获见我字，徒令两地情牵，为可伤耳！其他之浮沉不足较。至于孙焕卿，汝以其人可托，且彼去甚早，我寄银二两，布衣、布裤、布被、布袜，亦寄有数件。我与汝母拜而哭求之，以为万无不到之理，谁料为焕卿所乾没，并我手字悉委诸逝波也。知人知面不知心，世（人）〔情〕之叵测，一至于此。至于畴三计偕，我亦寄诸布衣被裤袜等项，又差周文随汝阿丈计偕。我所寄汝者，则有斤许外，其如彼到时，汝已出关，空往空来，致汝不持一文，举目无亲，只影孤形，而行万里之遥，自暖自寒，有何人相恤，白面书生，何尝惯经，为父者，一思及此，不觉肠断欲绝矣！

虽然，事已至此，古来大圣贤、大豪杰，往往有濒死而不至于死者，正于万死一生中，打练出学问，存养出德性来。诚以所操，以处忧患者，固自有其道也。我愿汝且于绝地求生，死中求活，持己要谦恭，出言要谨恪。彼中当无好文学者，且屈节以就之。或在人家处馆，权厝一枝之栖，为糊口计，姑使衣食居处有赖，而后可徐图生计也。古不云乎：“如飞鸟依人，人自怜之。”处此无可如何之境，不得不如是耳。汝体素弱，朔地风霜，焉能堪此，我甚忧之。幸参出彼中，汝可时时服参，以助养元气，元气固，百邪自莫为之侵矣。彼地不知医，倘有失调处，万万不可轻投药。谚云：“不服药，为中医。”斯言可佩也。若有风邪，则参又万万不可轻投矣。汝切须慎之。汝去岁负伤处，我甚放心不下，先高祖尝言，第一要暖，暖则痛不发。但居此寒栗之地，暖气既少，衣又单薄，为之奈何，则又增我愁耳。此非人力所可为，只求佛力护佑。我与汝妇、汝妹，每日诵《金刚经》、《高王观世音经》、《大悲神咒》，以祈救汝苦厄，佛力无边，自当脱汝于患也。《高王观世音经》，乃北齐高欢国经也，救人苦厄，应验甚神，我从李灌溪处得来，甫草亦甚称之，惟汝处未之见。然我处诵自能护汝，况汝常持《金刚经》、《大悲神咒》，足矣。

可恨抚房以我们无使用，于二月中飞檄下县，要提家口，尽下府司，我自分必死。三月初一解府，赖府尊怜我与汝母年老，汝妇多疾，八弟年幼，允亲族递保，止六弟发吴县监候。我与汝母、〔汝妇〕、汝八弟，俱保出，住汝妹家。我自遭难，萧然贫身，无衣无食，衣之食之，苟延残喘者，赖汝妹之孝也。汝大女已送至汝妹处为媳，今业已读书。汝次女已送李宾侯家，过继与娘姨抚养。汝两女我俱划田少许，即作他日嫁资，一归杨，一归李，标拨已定，汝可免内顾忧矣。汝母、汝妇、汝妹、汝弟、汝女，俱一一平安，不必挂念。

近闻皇上准工垣之疏，内开一款：凡流徙之家，捐赎助军需，本身减等，而家属之连累者，悉与豁免。现在部复，如果复行，不独家眷免徙，本身既减等，即汝亦可还乡，骨肉重逢有日，此我所吁天而号哭以求者也。总之，千言万语，惟望汝保全身子为上，留得汝身在。古云："大难不死，必有后禄。"汝须安心以俟之。绣夫已取科举，且生子矣。汝妇、汝妹、汝八弟，各有字寄汝。绣夫在江城，不及索字也。王虹友、顾华峰，俱有求汝次女之意，然既为李所抚养，则听李为政矣。汝不记寒嵩仙师之诗谶乎？"万壑风归啸老龙，一朝雷舞向长空。慎君鳞甲毋遭折，回首林间听暮钟。"汝登贤书，"雷舞"已验矣。罹兹奇冤，"遭折"已验矣。而"回首林间"之句，固知汝之定生入玉门关也。凡事皆前定，汝须安心，以俟之耳。

沈若士使者行，便将字寄汝。我欲恳沈若士，特差使〔者〕赍送至宁古，并作字恳子长，勿致浮沉，使汝未及见我面，先见我字，未知得达否？徐公肃与汝为性命交，居然状头，欧长卿亦为会魁，两人在天，汝独在渊，天乎？人乎？何天渊之相越若此耶？然我祖父累世积德，从无获罪于天之事，汝又至孝，自能动天，我终望天之有以祐汝，到底有赐环之日也。保身以俟天，是在汝有坚忍之力耳！珍重，珍重！

家书第一①

儿兆骞百拜父母两亲大人膝下：儿不幸，遭此冤祸，拘系刑曹，中心哀惨，惟不能忘我父母养育之恩耳。梦魂无日不在膝前，每念我父母，及合家骨肉，便肠断欲绝也。然儿此事实属风影，于心既无愧怍，亦复何惧。儿身虽在狱，而意气激昂，犹然似昔，凡在长安诸人，无不为儿称冤者。父母万无过伤，致损身子。切嘱！切嘱！儿于三月初九日赴礼部点名，即拘送刑部。儿此时，即口占二诗，厉声哀诵，以伸冤愤。礼部诸公及满洲启心郎，皆为儿叹息，称为才子。儿若见天有日，重归里门见父母，便属大幸矣。娘子为人甚善淑，儿念之甚切，乞父母善待之。六弟须嘱其读书，不可以儿因功名受祸，便尔灰心也。儿于去岁，得梦大奇。《金刚经》四百部，千乞印施，佛力无边，必能护持。家中虽在至窘，而施经之事，必不可缓。切祷！切祷！临笔不胜哀痛之至。

自礼部被逮，即口占二诗，以志冤愤。索纸笔不得，即厉声哀诵，以当庶女之告天云：

仓黄荷索出春官，扑目风沙淹泪看。自许文章堪报主，那知罗网已摧肝。冤如精卫悲难尽，哀比啼鹃血未干。若道叩心天变色，应教六月见霜寒。

庭树萧萧暮景昏，那堪缧绁赴圜门。衔冤已分关三

---

① 编者按：《家书第一》到《家书第十五》原底本无题，为编者所加。

木，无罪何人叫九阍。肠断难收广武泪，怨深空诉鹄亭魂。应知圣泽如天大，白日还能照覆盆。

家书第二

四儿禀父亲大人膝下：儿不孝，不能贻父母以光宠，而贻父母以忧患，心魂惊碎，几不欲生。但儿虽夹死，必不敢贻害父母及妻子兄弟也。儿凡事承右与甫，骨肉至爱，重为周全，儿真感恩入骨，两兄真千古一人也。季沧老之为儿意气，亦可为当今所少。总之，父亲凡事与右、甫商之，必不有误。右处应补还者，补还，或有可挪移者，挪移，总以救儿命为主，家计所不必惜也。即所费浩大，亦不可重家而轻命也。父亲在此，凡事必须谨慎，不可轻发一言，轻下一笔，至嘱！至嘱！

儿心中无他事，惟念我父母之恩，不能忘耳。娘子为人甚可怜，乞父母照顾之，若已有孕，或生一子，亦不幸之幸，可取名莪生，以见《蓼莪》之义。儿有赋数首，在娘子处，可取来与甫，使传之，后日见儿虽不幸，亦自有才可述也。中心缠结，惟有思亲。儿若得生，便当皈依佛门，作佛弟子矣。留此字，以当见我亲之面。但儿起数求签，皆云无恙，父不必过为悲伤，是又重儿之不孝也。切嘱！切嘱！

家书第三

十二日杨虬到京，接父亲字，知两亲及合家骨肉俱安，甚慰远怀。儿即于是日，得闻吉音，邀天地祖宗之荫，不独此身无恙，而犹可还我初复，儿不觉为之狂喜。因思两亲素行善事。儿又归心佛乘，未尝作一亏心事，此番患难，实出意外，今得平安，足征天道犹存也。解网之期，想在月初，尔时，当先令人归，以慰两亲悬望。儿读父亲告神文，为之感泣。父之待儿如此，儿不知何以上报亲恩也。初十日附一信，及长篇一首，于抚使者马上带归，不知曾入览否？汇意不减平日，曾托友来看儿，真不愧人伦之宗也。八弟字，儿见之为之陨涕，小时聪慧如此，后日可知，但不似阿兄坎坷便为妙了。父亲要貂帽，俟杨虬归时送到也。

家书第四

二月望边，接父亲字，尔后绝无一信，肝肠尽断。儿已于闰三月初三日起身，道路之费，赖各位年伯，及季沧苇助银三十两，约有一百十余金，做皮袄及各项杂物外，尚存四十金。儿此去，尚可暂住沈阳，或能俟家眷到，同往彼中。

近有可喜者，海宁相公第四子名容永者，系甲午科，以坏一目，例应收赎，近以部批，留京候议定夺，不随素翁出关矣。儿承素翁父子厚待，每事照拂，（意）〔竟〕如骨肉。父亲与二兄，竟不可依例不去，若在本处豁免，竟不报上来，此为至妙。倘必不能，必要本处文书上，写明某某以废疾当免等语为妥。若报部文书上不曾开明，事便无用了。此皆素翁之言也。儿生平未尝作恶，今乃遭此冤祸，上累父母，中累兄弟，不孝之罪，真通于天，每一念及，儿不欲生。大妹寡居，儿尝欲照顾他终身，岂知今日身罹冤酷，一至于此，天乎，天乎！真有不可问者也！家眷到京，俱可讨保在外，惟虞山陆夫人收禁，因无人肯保耳。此事儿已重恳右兄，右兄待儿亦异性骨肉，其恩不可忘也。父亲若得不来，儿死亦瞑目。八弟九岁，亦合十五以下收赎之例，况十岁以内竟免，此亦易为力也。若得邀天之幸，惟儿妇一人去，乞父亲送至京师为妙。

儿在此，俱承苾叔照管，在方年伯处吃饭。前日苾叔寄一信在东阡沈仲犹处，写得甚明白，约有千余言，凡家眷到京，及出关诸务，并所带物件，俱开列清楚，想四月中旬可到，父亲可取视之。儿亦寄一信，及别诸友札与在狱诗一本在他处，想彼定不浮沉也。到京后事，可与桐城商之，儿已作字托季年兄矣。其兄沧老，真肝胆士也。儿有别诸故人七言古诗一首，乞父亲一一为儿抄送既、畴、研、甫、九临、瑞五、茂伦、鹤客、其年、华峰、天一、公肃兄弟，虹友、绣夫诸兄为妙，使天下人知儿在困顿穷厄之中，犹不废笔墨，庶几江左文人，为儿哀悯。儿一字与两兄，一字与大妹，一字与诸弟，一字与娘子，一字与绣夫。父母须保重身子为主，父已年老，母又多病，遭此大（厄）〔祸〕，皆儿之罪，儿惟有念佛，遥祝父母而已。临笔呜咽，不知所云。

将赴辽左留别吴中诸故人

蓟门三月柳堪折，玉关迁客肝肠绝。结束征车去旧乡，矫首天南恨离别。忆昨胥台事侠游，才名卓荦凌王侯。黄童雅擅无双誉，温峤羞居第二流。相将日向春江曲，吴王墓前草初绿。彩鷁春风客似云，珠帘夜月人如玉。少年行乐恣游盘，夹道飞花覆锦湍。按歌每挟茱萸女，驻马频看芍药栏。筵前进酒题鹦鹉，一日声名动东府。拟从执戟奏甘泉，耻学吾丘能格五。去年谬膺公车征，骏马高台几度登。自许文章飞白凤，岂知谣诼信苍蝇。苍蝇点白由来事，薏苡（偏）〔应〕嗟罹谤议。赋就凌云只自怜，投人明月还相弃。身婴木索赴圜门，白日沉阴自断魂。北燕谩说邹生哭，东海谁明孝妇冤。衔冤犴狴悲何极，慷慨陈辞对岩棘。幽怨空教托楚辞，严威竟已□〔拘〕秦格。忽承恩谴度龙沙，边草茫茫道路赊。名列丹书难指罪，身投青海已无家。消魂桥畔谁相送，一曲胡笳自悲痛。皂帽惭非避世人，青山何处思乡梦。

乡心日夜绕江干，江柳江花不复攀。万重关塞行应遍，十载交游见欲难。从此家山等飞藿，满眼黄云（大）〔横〕绝（莫）〔漠〕。自伤亭伯远投荒，却悔平原轻赴洛。一（向）〔入〕胡天逐雁臣，东风挥手泪沾巾。只应一片江南月，流照漂零塞北人。

家书第五

二月十九日，儿兆骞百拜父母两亲大人膝下：昨晚，昂邦巴公，自都中来云，父母及诸骨肉俱已遇赦。儿闻此信，不觉欢喜欲狂，比之联捷三元，亦无此乐，（聊）〔即〕向观音、准提、斗母诸圣像前，叩谢佛恩。今父母已脱然还家，儿虽居穷漠，亦何所恨。但佛许儿以必归，则我父子必有重聚之日，惟有（慰）〔愈〕加虔祷，以求早得归南，侍奉两亲而已。

去岁十月廿六日，巴公入朝，儿寄一信上父亲，一字寄两兄，一字与甫草、既庭。今巴公回时，何以都无回信？及往问彼，又云：此信已投到孙宅。想遭此大故，仓猝之时，不及寄信耶？儿在此平安，惟有皈依佛座，及诵诗读书，以消岁月。但身无分文，虽目前稍足自给，然半贷之他人，乞父母措五十金寄儿为妙，可寄在孙老先生令弟讳芳号馨如宅内。馨老现官尚膳监，住在齐化门内大街。儿已恳之孙公，渠已写在家信中矣。凡满人寄物件，往来无有不达。前姚年兄家寄五十金来，亦托蓝旗章京带的，父亲可面拜孙馨老，言儿在此，与他令兄汝老相与极好，他令嫂夫人相待亦好，竟不避的，以此托他，必不误也。或有确人到沈阳，父亲作札，与相国或与子长，先与数金，托他转寄亦可。相国与子长待儿之情，可称极厚，每有人到宁古，必写字寄儿，凡有到宁古的人，必殷勤托他照管，此等情谊，何可忘也。

今岁元旦，儿求关圣签，卜父母及儿一年之吉凶，父亲得

"藩篱剖破浑无事"；母亲得"劝君止此求田舍"；儿得"直须猿犬换金鸡"。儿尔时便知父母必免，儿亦得邀（救）〔赦〕，赫赫神明，可称不爽，岂有应前两签，而后签不应之理耶？

顷二月初一日，儿寄一信，托新安郑姓者，带进京师，亦寄在公肃处的，不知此信不浮沉否？父母所寄二两余银，已到矣。父亲所致楼、邵及许康侯札，俱一一送到。因带信人不能多携，故楼、邵不得回信，而康老笔札，又皆儿代写，则又可不必矣。楼、邵气谊甚好，儿日日在他家。邵老尝称儿为老弟，儿称彼为尊兄，可以见交谊矣。此土人参多而且贱，竟如吾乡之桃李，儿曾以参半（片）〔斤〕，煎做一大碗饮之，毫无好处，反泻了半日，亦不可晓也。父母在家，须调养身子，以颐养天真，凡事任之天数，日寻快乐，切不可忧愁烦恼，此最无益，徒损身子。试思吾家，戊戌以前，何等规模，一旦祸发，家破人离，如瓦解冰泮，常作此观，则万事俱空，百愁皆释矣。儿在此穷荒绝域，远离膝下，区区数语，实出肺肠，乞父母留意为妙。儿非故作此达言，以慰亲怀，实见天下之事，确当如是耳。

玉云诸仙所著诗赋，皆极其弘丽，已成一集，而所言之事，竟已奇验，惟劝儿辈念《准提咒》，念观音名号，则万罪冰消，百祥云集。又云：凡人若能每日诵大士号五千声，或三千声，或二千、一千声，口口皆心，心心是佛，则何灾不灭，何福不臻。又言：持诵之时，一串念珠未完，切不可共人语言，若杂一语，便成间断。凡念佛、念咒，俱当如此，若《准提》一咒，则泰山不足并其高，沧海不足喻其大，虽百忏莫消之愆，而应声即灭。又言：父亲为诸生时，曾持三年，故成进士，当时若能久持不辍，则今日之厄皆消矣。儿闻此仙训，如甘露洒心，迷人得路，虔持之心，日益增猛，乞父母同发精心，以求佛天之庇，母亲或单持大士号，或单持《准提咒》可也。切祷！切祷！父母诞日，儿皆诵《法华经》七卷，《拜水忏》一部，以祈消灾延寿。仙师又云：

诵《准提咒》，必须对镜灌想梵字，三密相应，则功（课）〔果〕方成，所求皆得。三密者，谓灌想梵字，则心密；结印，则身密；对镜持，则口密。遵此而行，乃称无漏。儿特录一持咒仪规奉览，乞父母留意焉。方邵老好道之笃，可称第一，每日晨昏拜斗母四十九拜，日诵《斗心咒》一万遍，《玉皇经》三卷，未尝有缺，及遇斗期，则依科礼拜，极其虔敬。向日乃一风流笑傲之人，及学道之后，竟变作一朴诚愚实，竟如耕夫野叟。前日邵老夜坐之时，忽恍惚若梦，觉魂从顶门出，见一道人，引至一处，皆白玉为地，黄金为宫，五色云光，可有万朵，又有万盏明灯，照烁宇宙。道人云，此斗府也。邵老口诵心咒，踏云而进，忽觉魂从顶入，遂醒。此皆极奇之事，特向父母言之，以为好道之助。

儿媳幸已不来，得在家中代儿侍奉父母，此极喜事，但怜他少年失所，又无一子，茕茕孤独，竟如寡居，乞父母每事恕他为妙。兹因章京解京之便，勒此上禀。儿昨日巳午之交，儿正在写信，忽闻昂邦将到，即搁笔不书，以候南来消息，及晚间知此喜音，一夕不寐，今日复写此信奉上。昨未完之字，一并封览。

家书第六

四月十七日，儿兆骞百拜上父母两亲大人膝下：儿于二月廿一日，见胡明远家信，知合家遇赦，心虽狂喜，然尚未敢信。及四月十三，张坦翁来，接父亲手字，始知父（亲）〔母〕及诸骨肉，悉遇浩荡，已还故乡。捧读之次，喜跃倍常，其雀跃之状，总非笔墨可形，即向佛母大士、斗母圣前，叩头拜谢，复向坦翁细询父母起居。坦翁云：父亲意气豪放，相得甚欢，读书之外，绝无他事，若不知有患难者。云母亲凡事料理，真女中之英。儿闻此，为之悲喜交集，所寄银及绸，并余小物俱到矣，但鞋稍长寸许，已与人换了。昨十五日，蓝旗章京之子，自京师来，复接母亲所寄在许太太处家信，及十二金，线带二条。今父母骨肉已得归家，儿虽〔在〕塞外，亦所甘心，倘得邀恩，复与父母团聚，乃真天幸也。

昨十三日申刻，忽有北京差章京赍诏而来，召程年伯、程年兄父子回去。儿时同往衙门，看宣上谕，虽自己未蒙鸡赦，而同案得还，便是死灰复燃之兆，我家骨肉重圆，当即在迩，不觉喜而欲狂。复接陈太老师及子长寄儿札，云有上传，凡有冤枉者，赴本衙门及通政司告，如不准，赴长安门，并不准者，亦告等语。儿思我遭昌、文贼奴陷害，家破人离，四载沉冤，无可申雪，今幸圣主当阳，而奸谋复久败露，此正覆盆得白之日。乞父亲赴刑部，将此沉冤，及昌、发二贼因文社恨儿，遂乘机构毒，一一告明。况昌贼自辨之揭有云："明知下石之有人，而桃僵李代。"此(真)〔正〕天败其奸，逆贼不讯自招之确证也。儿身居绝域，怜悯儿者，惟父母二人，当此千载一日之秋，万乞速为申理，无使儿久滞遐方，言及于此，血泪双流矣。南场一案，毫无证据，与北场迥然不侔。况儿于桁杨之下，言词激壮，挥泪题诗，此皆载之卷案者。儿司讯诗，于七月廿六日曾呈先帝之览，想长安士大夫自有公论，今当此旷荡之时，万不可失良会。儿案在刑部，须赴部告理，恐非下边督抚所能主持也。程年伯大有机宜者，今到京中，父亲须与之商议，必无差误，儿已拜恳之矣。

宁古寒苦，天下所无。自春初到四月中旬，日夜大风，如雷鸣电激，咫尺皆迷。五月至七月阴雨接连。八月中旬，即下大雪。九月初，河水尽冻，雪才到地，即成坚冰，虽白日照灼，竟不消化，一望千里，皆茫茫白雪，至三月中，雪才解冻，草尚未有萌芽也。然土人云：近年有汉官到后，便日向暖，大异曩时，而南人已凛冽不堪矣。儿幸皮袄多，故尚未经冻坏。方年伯尝云：人说黄泉路，若到了宁古塔，便有十个黄泉也不怕了。又云：他生若得流徙沈阳，便是天堂之福。此皆实实经历之语，非过激也。

儿向来写信，不敢十分言此地之苦者，恐伤父母之心耳。

儿每日持《准提咒》，诵《金刚经》、《观音普门品》，将已二千卷，每月诵《法华》一部，求父母消灾延寿，全家早还故里。今一家骨肉俱已邀恩，则儿〔定〕无独沉绝塞之事。前日（之）〔做〕梦，大有还乡之兆。总之，佛力甚大，而儿之奉佛斗，亦极虔敬。即如人日之事，鼎湖之升，儿皆先于梦中知之，此正所谓不可思议也。前日初闻佳耗，而心中惶惶未定，即于是夜梦父母皆在部中奉赦，旁有人呼儿为贵人者，岂将来儿尚有发扬之事乎？当听之苍苍而已。

昨二月初四，程家人入京，尔时已知大行之变。儿寄一信，不知曾到否？父母去岁十一月廿二日及正月初三日两信，儿俱接到矣，其二两四钱亦到，不必挂念。总之，满人寄信甚确。昨秋，姚年兄家寄五十金，托蓝旗章京带来，绝无遗失。总之，以后父母寄儿盘费，第一，托孙二老为上，次则许太太，因许康老云：他家人有不守法者，恐有差误，若经太太之目，则万万无虑矣。儿在此甚窘，赖方、孙诸公照拂，然三年之久，已贷十余金，顷所寄来之物，止可还债，所存已无几。秋间倘不能归，万乞寄二十金及衣服与儿。总之，此地随到一物，皆是至宝。近日正苦鞋破，而家中所寄之鞋，又长而少狭，幸子长寄儿一双履，得以替换矣。人生至此，真为苦极。

尔来仙缘亦好，但不如去年。仙云：父母当出塞，因虔奉金刚大士，故得邀恩已不来矣。此皆元宵左右之言，此间绝无消息之时，而仙语如此，岂不异哉。父母于此，益宜日加精进。前儿所寄信中，力言诵大士名号及诵经咒之功，想已达览矣。母亲亦宜念大士名号。方年伯母每日诵《金刚》二卷，《法华》一卷，大士号四五千，《弥陀经》十卷，弥陀〔佛〕号四五千，真可谓勇猛。仙师云：方夫人虔礼莲台，不独消宿世之愆，已记名于莲花中矣。仙师又云：大士号若能虔持，获福无量。又言：《准提咒》

之力，为诸咒之王，须依法诵持，始有功。又言：诵咒时，不可与人语，语则为间断，向字〔儿〕已悉□〔章本无此阙字〕之，恐未寄到，故复述之耳。

儿患难之后，受恩最大者，则季康老、陈太老师两公，皆素不知之交，忽挥金周给，毫无吝惜，此真稀有之事。若陈师一种怜惜之意，尤令人感泣，至今每有人到宁古，必托其照拂儿，书札时时往来，此恩将何以报耶？今浩荡之恩，想必不远，陈师赐环回京，乞父亲作札重谢〔之〕。凡中丞拜相国，称老先生，自称晚，虽同年亦然，儿特禀知。至若方年伯、孙老先生皆极其照拂，亦恩人也。儿若承佛力，得与父母骨肉团聚，此真不世之喜矣。儿去岁十一月，寄一家信，并一札致既庭、畴三、甫草，此字竟浮沉不达。今又一札，致既、畴、甫，已在公肃处矣。北京差章京捧诏，召程家，十四日行四千里崎岖之路，可称神速之甚，亦大快事哉。

家书第七

正月十九日，儿兆骞百拜父母两亲大人膝下：顷十一月初，方年伯南归，儿寄有家信，想必不浮沉。两亲身子安否？闻欠钱粮事甚重，父亲能脱然否？儿悬念不可言。儿颇平安，无烦两亲远虑，诵佛经、读古书以消岁月。父亲见方氏昆弟，自能悉儿之近况也。腊月间见程涵有字云：父亲将至京师，为儿谋接济之事。儿闻此音，为之酸楚累日。儿媳出关，想不能免，不知家中又作何举动，作何光景，想俱是儿前生罪业，故受此苦报，念头到此，惟皈依三宝一着而已。吾家当破巢之后，人情凉薄，此不待言，父亲当勿介意，恐伤怀抱，试观金沙、丹徒诸公，则吾家又厚邀天幸矣。方年伯临行时，以儿托付许康侯，要他照管。康老于去年十一月二十日，即请儿到他家，与他讲《汉书》，今岁儿竟馆于许氏了。

儿元旦为父母请关帝签，俱甚平安，儿心喜极，但求归家，则不甚佳，奈何！认工之事，费用浩大，此岂贫人所办，若再有恩例，则吾父子即可相见矣。伤哉！伤哉！儿计此信到家，必已孟夏，儿妇此时想已出门已久，不知家中又如何悲恸也。苏州杨骏声来宁古，儿领他见诸公，颇有礼貌。其家信一封，托儿封归，父亲可即差人，送到他家为妙。他若有盘费可带者，乞父亲觅便，代他寄来，此真大阴功事也。六、八两弟好否？读书有进否？后有来信，乞父亲将家中事一一示知。宁古旧冬甚暖，为此地百年所无。此地满洲人皆云：这暖，都是蛮子带来的。儿想上天垂悯流人，故特回此阳和，未可知也。方世五年兄在京师，父亲有家信与儿，可寄在他处。宁古往来之人甚多，自可即达，或有便人到沈阳，寄在陈子长处，亦妙。儿自去夏接父亲正月字之后，迄今一年，不得家中消息矣。身居塞外，望父亲片言一语，如获球琅，倘有便邮，不妨多寄，以慰儿悬悬也。

家书第八

不孝儿兆骞百拜母亲大人膝下：儿今年共有六七次家信寄归，不知俱到母亲前否？又六月、九月两信，俱寄在甫草族人计安甫处，不知不浮沉否？儿今岁，止见大、二两兄，及大妹去秋一字，又见大兄在江宁姚年兄家四月所寄一字，略知家中近况，闻母亲身子平安，儿心稍慰。宁古往来人甚多，别人家并寄有信息，独吾家无片纸只字，为之浩叹。近十二月十三日，周长卿家信来云：他儿子曾同安石乃郎见过母亲，说母亲平安，儿心甚喜，即如自己得了家书也。儿身在远，不知母亲在家光景如何？身边系何人伏侍，旧日家人存者几人，在何处做房，尝往苏州大妹家去否？每一念及，即为泪零。儿想今年十月朝，父亲灵位曾除否？抑待开年清明耶？儿每逢时节，必西向作享诵经，以荐父亲，时时梦见，宛如在家时。即如昨夜，复梦见父亲，将一卷时文讲与儿听。儿梦中答云：“此破家之资，辱身之本，读之何用？”父亲应云：“正是。”儿醒来，大哭，想母亲闻之，亦必下泪也。

媳妇今年十月十四日丑时幸生一男，因有孕之后，即每日吃人参二三钱，故分娩甚快，子时腹痛，丑时即生。当时在家，倒不能如此之易。抱腰及洗儿者，乃周长卿令政及沈华妻也。产后身子健旺之极，此总是人参之功。儿取小男小名为苏还，取苏武还乡，及早还苏州之意。想母亲在愁苦中，必为欣喜也。

儿今年仍在宁古城中居住，因认工免差，恐明年二月间不能免，奈何！奈何！儿盘缠将尽，乞母亲千万设处几十两寄来。如银子不足，绸缎补数亦可以。寄与庄季坚，带到北京，即可到宁古也。至紧！至紧！凡有人进京〔满洲人带银子极诚实，别家有带四五百金亦不少一分〕，母亲即可写家信，送与庄家，或方家，或〔付〕周长卿儿子，同他家信，一并寄在湖州钱虞仲家为妙。钱家尝有人在京，今年已两次有人到宁古矣。惟盘缠必交付庄家为妥，不要浪付他人也。或者大兄到南京，将盘缠托与姚年伯，此亦甚妙。吴御、沈华〔殆脱妻字〕俱平安。近日沈妻甚勤谨，惟吴御日懒一日耳。

家书第九

七月廿一日，儿兆骞百拜上母亲大人膝下：儿于今年五月中，接大兄旧冬在南京所寄之信，知母亲及合家骨肉俱安，甚慰寸心。儿旧岁，有四五次家信寄归，而大兄札中云，无一封到家，真可恨也。又知母亲为子粒事受累，儿与媳妇痛恨不已。儿不能奉养母亲，反贻忧患，每一思之，血泪满衣也。

旧年宁古塔迁城觉罗，去旧城六十里，在一片荒野中，建造城郭屋宇。凡流人〔中〕有前程者，皆在东门外。儿与钱德维年兄相去百步，其余张、孙、许诸家，俱相近。儿以十月十二日移居新城，以八两买姚琢之年兄所造新屋。琢之共费二十金造成，减价与儿，止取木料原值而已，其情甚厚。旧城一应房屋，悉行拆毁，儿之旧屋，止易八车木柴耳。

今年正月初五日，副都统因大将军卧病，忽发令，遣儿与德老两家，立刻往乌喇地方。此时天寒雪大，又无牛车帐房，赖孙、许两家合力相助，才得动身。其室中什物，尽寄孙家。儿与媳妇以初六平明起身登车，雪深四尺，苦不可言。山草皆为雪掩，牛马无食，只得带豆料而行，一车所载不过三百斤，牛料人粮重有百斤，儿与媳妇、孙子复坐其上，除被褥之外，一物不能多载。行至百里，人牛俱乏，赖湖州钱方叔，复借一牛车，沈华妻与吴御始免步行。头一日，沈妻及吴御，因无车坐，以银一两，雇路旁人车，若过沙林，则千里无人，虽有银，亦无处可雇矣。行至三日，将军命飞骑追回，倘再行两日，到乌稽林，雪深八九尺，人马必皆冻死，将军真再生之恩也。儿辈才回家，将军即差管家慰问路上辛苦。儿与德维进见，拜谢其恩。此番往返，雇人推车，及路上盘费，又去十余金，真所谓雪上加霜也。苏还孙子，赖孙、许两家各送貂皮小外套一件，得以不冻。吴御手足鼻皆冻至流血，可怜！可怜！

苏还甚聪明，已能读《诗经》四五句矣。原说吴江乡谈，官(说)〔话〕及满洲话也说几句，常叫道："快回去，见亲娘。"儿已取苏还名为枨臣，木旁，从诸侄排行，而辰字，则上念父亲庚辰甲科，而彼乃甲辰生也。母亲以为好否？儿与媳妇、孙子、家人俱平安，不必挂念。儿今(年)〔岁〕在孙家处馆，又有云南沐公之子相从，然两家束脩共得十六金，只堪一年柴米之用，其余当差及人情分子各项诸费，一无所出，奈何！奈何！儿盘费久尽，债负极多，千乞母亲设处数十金寄来，以救儿与媳妇之命。儿旧年字中，已屡屡痛切言之，今已穷苦至万分，必不可迟，今年若非束脩，已不能存活矣。儿亦知家中之苦，但儿之债负甚多，今亦无人家肯借矣，不得不向母亲及诸兄弟言之。倘有所寄来，可寄与金陵姚年伯处，他家每年一定有三四次书信往来，宁古塔的鞑子，俱认得他家北京的人，故此甚易耳。大兄字中云，有讼事在金陵，不知是何等讼，儿心甚悬悬。又知八弟已定姻事，甚为之喜，但不知八弟举业如何？二兄近日想亦憔悴。旧年见二兄字云，已见白须发，儿为之凄然久之。昔日我家兄弟，何等气概声名，今俱沦落不偶，儿更万里漂零，言之肝肠寸裂。六弟好否？尚读书否？不知能进学否？心念不可言。五弟曾进学否？想亦落漠，不知何日相见也。七妹近日如何？体中好否？儿与媳妇甚念之。母亲想常在大妹家，外甥及两女、诸侄俱好否？后有信，千乞将家中事细细写来为妙。德维年嫂，于旧年十二月初八日未时产故，可怜之甚。祁奕喜于（丁）〔乙〕巳十月初六日，自乌喇逃归故乡矣。可与大兄知之。姚琢之年兄亦于旧年迁往乌喇，〔在〕彼处亦甚好。总之，有银子，无地不可居也。以后家中有字，亦寄在姚宅为妙。

家书第十

孙公范来，接弟手字，叙次详悉，读之且悲且喜，知弟近况窘乏，甚为悬念，恨我爰莫能助耳。母亲年老，惟赖弟竭力奉养，色难二字，深宜体贴，须婉转承欢，使高年人常有喜欢之意便妙。我既远隔万里，为不孝之儿，八弟早逝，惟弟一人在膝下，正所谓千斤担子一人独挑，岂可不努力乎？大侄能文，大是佳事，血症全愈否？服药不如针炙，吾门人陈昭令，少年亦患此症，势甚危急，以炙膏肓三里穴而愈，今且强壮倍昔矣。我丁巳冬，忽患脑漏月余，服药不痊，乃用艾火炙上星穴七壮，午时炙火，至酉即愈。艾火之功力如此，弟何不率大侄往双林一治，价廉而功倍，岂不胜于向庸医索方哉？我今冬明春倘能告归，便当星夜驰行，与母亲称寿，但不知将军之意如何？我已曾写禀帖恳之。又作字与其两郎，嘱其转恳，若得如愿，便与弟有相见之日矣。儿女辈昨俱卧疾，今已霍愈，余俱平安。闻施法师、高老先生之变，为之凄然者久之。甫草曾葬否？计师母尚无恙否？见甫老令郎，幸为我一致念。一字寄九临、茂伦，可即面致之，并致我相思之殷，须促一回字来，若有近刻，亦带来为妙。二十年旧友，见其一字，即如见面也。弟共有几子，大侄曾完婚否？并示知。内人问候六婶安好。特此不既。

家书第十一

四月十九日，男兆骞百拜母亲大人膝下：旧冬十二月二十日，附一信在陈雁群年兄家报中。顷二月初十日，附一信于钦天监鲍武侯处。此二信，俱托公肃，转寄归家，未知得达否？儿与媳妇、孙男、孙女俱平安，不必挂念。宁古塔因召募鱼皮达子为兵，又值水潦早霜，连年谷价异常，目下竟至五两五钱一石，比二月间，又踊贵矣。羁旅之子，更逢凶岁，殊难度日，如何！如何！

儿自接旧年二月，大妹，六、八弟所寄之字，迄今年余，不见一信，心甚怅惘。不知母亲近况如何？儿自二十七岁离家，今已四十二岁，人生能几，堪此长别，不知此生尚有归家之日，得见母亲之面否？儿意要求母亲，画一小小行乐图寄来。儿若见图，即如在母亲之前一般。父亲真容，亦乞画一小小者，同寄来为妙。千万！千万！周长卿有旧仆徐成，要到宁古塔来，看其主人。长卿已作字付其子以介，催徐成即进京，同正白旗孙宅管家一同出关，约以今岁秋冬间，到宁古。若徐成果行，此最的确之信也。母亲可将家中光景，身子康健，面貌鬓发何等，细细写来，以慰儿及媳妇悬悬之念。大妹，六、八弟，亦须将近况细述，慎无草草。大、二兄，五弟，俱可讨一字见寄也。大妹处不另作字矣。母亲可致语大妹，儿与娘子无日不念也。大女在妹家，乞妹爱养之，兼教以义方，不可出去看台戏，及他嬉戏为主。洒线红绿枕头，可教大女做四副来，绸要厚实，不要太薄，若缎子或潞绸更妙。油绿绵绸，可寄二匹，男要作衣服自着，向年所带来之衣，皆已穿破矣。颜色锁线要四两，零碎颜色绸，亦乞寄些。沉香紫色袜带，可各寄两副。亦自要用也。儿旧日所刻诗稿二种，乞寻出，订好，寄来。若母亲画行乐图寄儿，乞将厚实油纸三层包好，恐雨水湿透也。儿于立夏日，为二兄秋试事，求关帝签，得“事成功倍笑谈”之句。八弟入泮，得“玉免交时当得意”之句，似大有可望。不知果应否？母亲见儿此字，乞将所用物件，预先料理齐备，恐徐成一时起程，仓猝不及也。甫草、季坚、九临、茂伦，可俱讨一字来。若有新刻时人诗选，可寄一部来，千万！千万！沈华妻平安，可向沈华讨一字。佛郎及他女婿，俱讨字来。六弟共有几侄，所取何名？八弟曾生子否？俱乞示知。

家书第十二

去年四月八日，共有两信，寄到方年兄处，不知俱得到母亲前否？儿与媳妇，在宁古幸俱平安，不必挂念。向来宁古乡绅举人，俱照中国一样优免，与尚阳堡流徙者不同。此盖顺治皇帝在日，念宁古寒苦，特开此恩例。不意旧年，因西海外逻车国（又名老枪）国人造反，到乌龙江来抢貂皮，其锋甚锐。将军差人到京讨救，即奉部文，今年元宵后到宁古，凡一应流人，除旗下流徙，及年过六十外，一概当役，要选二百名服水性者，做水军，到乌喇地方演习水战，与老枪打仗。又要立三十二个官庄，屯积粮草。此令一到之日，将军即差管家，请各绅袍，到家中面谕云：

"我家养你们几年，念你们俱是有前程的，并无差徭累及。不意上面因有边警，俱着你们当差。水营、庄头、壮丁这三件，任凭你们拣择一件，三日后到公衙门回复，此即是我的情了。"儿辈一闻此言，莫不相向落泪。将军亦为凄惶。蒙将军又云："若肯认工，便俱免了。"儿回寓，与各位老成人细商，俱云："这三件都是死数，不若且认工为妙。"因此儿与钱、姚两年兄，只得递呈。儿认太常寺衙门，钱认仓房四十间，姚认文德、武功两牌坊，张、伍两年兄因临时遗失呈子，遂俱不准。此二月初二日事也。

母亲在家中，总不知水军及官庄之苦，儿当细细为母亲言之。逻车国人，皆深眼、高鼻、绿睛、红发，其猛如虎，善放鸟枪，满人甚畏之。若国人作水兵，何异汤浇雪，刀切菜，必死无疑。虽今年新当水兵者，不跟出征，然将来必不免，此水营之必不可入者也。况一选在簿上，即时打发往乌喇去。凡宁古家中所有物件，俱不能带，不过车牛驮载人口及细软东西，又路上雪深五六尺，车行甚难。他们充水手者，以二月十一日起身，儿送至西郊外十里，哭声震天，真不忍闻。至若官庄之苦，则更有难言者。每一庄共十人，一个做庄头，九个做壮丁。一年四季无一闲日，一到种田之日，即要亲身下田，五更而起，黄昏而歇。每一个人名下，要粮十二石，草三百束，猪一百斤，炭一百斤，官炭三百斤，芦一百束。至若打围，则随行赶虎狼獐鹿。凡家所有，悉作官物。衙门有公费，皆来官庄上取办。儿每见官庄人，皆骨瘦如柴者，况一书生，岂能当这般苦楚。总之，一年到头，不是种田，即是打围、烧石灰、烧炭，并无半刻空闲日子，此官庄之必不可入者也。

旧吏〔科〕陈敬尹，在将军家处馆，教他儿子，然亦选入火器营管炮。至若山阴祁奕喜、李兼汝、杨友声，宜兴陈卫玉，苏州杨骏声，同年伍谋公，皆作水兵往乌喇去矣。惟儿与姚、钱两年兄，因系认工，暂且照旧，等候文书回来定夺，倘若不准，明年必入官庄矣。儿思家中贫乏，工程实难承认，然不认工，必死无疑。顷二月初一、初二两日，儿几番要上吊自尽，被众人劝住，眼泪不知落了多少，无可奈何，只得递呈认了太常寺衙门。这番无人在部里打点，必然驳转。母亲即托〔的〕当人，早到京中，速速料理，救儿归家，或在京中认工，或原是儿在宁古认了，咨送到部。总之，早离宁古一日，即脱一日火坑，若到明年二月，必然入官庄无疑，恐遂入死路，不得与母亲兄弟再相见矣。伤哉！伤哉！总之，今年宁古塔局面，绝非去年可比，竟使人无一刻笑颜。如今望方、庄两家在日，又如天堂矣。儿与姚、钱认工文书，以二月初九日在宁古发行，四十日到京，算来七月可转。乞母亲早救儿与媳妇回家，勿使为他乡冤鬼也。

家书第十三

戊申三月廿三日，儿兆骞百拜上母亲大人膝下：儿久不奉母亲来信，心中日日挂念，不知何故，片纸不到。旧冬见庄季坚来书，知母亲平安，儿心稍慰。但季坚字中，竟不言及有家信，止云有衣服一包，不得寄来等语。今三月十一，许家人自京师到宁古，各家俱寄有家信盘缠，而季坚在京，竟不将衣包寄来，真可笑可怪也。儿自旧年到今，有五六封家信寄上母亲，不知有〔一〕两封到否？儿在塞外，望家中一信，如饥待食，想母亲望儿之切，更甚于此，不知此生，可得重见母亲之面否？儿与媳妇、孙子俱平安，不必挂念。父亲曾卜葬地否？今柩停在家中，几时得归土，遥念及此，肝肠寸断矣。两（日）〔疑当作兄〕近日光景好否？想家计零替，其意绪亦必颓落。五弟曾进〔庠〕否？六、八两弟近况何如？八弟必已完姻，念之不啻转轮。大妹与甥俱好否？母亲必应常在〔章氏与吴氏抄本此处均有“大妹”二字〕家中。母亲身边尚有何人承值。母亲头发必已斑白。儿不能奉养，思之痛心不已。孙子甚聪明，其耳朵大而且厚，似有好处，日日叫我亲娘，宝宝要归来，与亲娘白相。儿取孙子之名为桭臣，原按着端侄排行木旁，而辰字则以父亲庚辰甲科，此子甲辰生也。此子寅时生，可算其八字寄来为妙。儿盘缠久乏，苦不可言，虽有馆资十六金，如何济得。乞母亲必定设处，寄姚年伯家为妙。若盘费早到一日，则儿与媳妇早受一日之福矣。儿与德维于二月廿一日，俱以绅袍例优免，此亦一可喜事也。特写此字，托孙赤厓年兄寄归，但不知此字果能到我母亲之前否耳？

家书第十四

八月廿九日，儿兆骞百拜〔上〕母亲〔大人〕膝下：昨廿七晚，接去年十月廿八日八弟所寄之字，知母亲暨合家俱平安，儿与媳妇心中甚慰。但云母亲有头眩之恙，而又不肯服药，儿为此悬念不置。母亲今已年高，不比往日少壮，必须以药饵调理为主，况又有此疾，岂可不服药，乞母亲听儿之言，急请好郎中，定一丸方，或膏子药方，以颐养高年，万万不可执性，恶苦口之药也。来字又云，大兄夏间进京，寄有家信，何竟不到，大兄何故远涉风尘？想援例就北试耶？两兄旧秋无一捷者，诸弟又不闻有入泮之信，何家门沦落一至于此？八弟曾婚否？字中亦未言及，岂尚迟迟耶？

儿与媳妇暨孙男俱安好。孙男（亦）〔已〕读书写字，亦聪慧可教，日日要回吴江见亲娘。旧冬十二月廿九巳时又生一女，今已能将双手扶着炕台子立了。其貌颇似次女。今岁春夏间，宁古出痘，凡满汉二三千家无一脱者，以痘毙者不啻千余，德维年兄之女，亦以痘殇。惟我家一男一女，俱得脱然，竟不出痘，亦奇事也。儿今岁馆资可得二十金，仅足米薪之费，而衣服及油盐等项，尚须经营。今秋又以七月即霜，田禾尽槁，谷价大增，竟至三两一石。我辈贫窭之人，甚难度日，奈何！奈何！改入沈阳为民之事，为部中复坏，云极边重地，不便移改，以此竟成画饼。

六弟、八弟，俱宜以色养之道，承欢母亲之前。儿既不幸漂泊天涯，所恃者惟两弟耳。两弟读《父母之年》一章书，便悚然自儆矣。八弟从二兄读书，甚妙，所习何经，若有近作，可寄一二篇相示，亦足知弟之笔气如何？父亲曾卜吉地否？葬期何日？言之涕零。闻华峰欲为其长子聘次孙女，此大妙之事，母亲决当许允，若出家一说，万万不可。凡事须从长计较，若出家非从长之计也。儿今岁已曾两次信归，俱叮嘱此事，想俱未达耶？乞母亲即以儿与媳妇不欲次女出家之意达之（季）〔李〕大姨，兼致感激抚养之恩可也。昆山丈人及两舅俱平安否？倪太老师尚在否？俱乞示知为妙。九临及甫草年兄，儿念之甚切，乞两弟一一致意。二兄、五弟近况何似？五弟仍居杨家桥否？二兄考第可得意否？尚能留心诗赋否？儿虽困苦，尚日日读书。今春蒙陈相公夫人，自沈阳以一马载《纪事本末》相赠，纸札精妙，对之如逢旧友，目下儿正批阅此书也。沈华妻平安，甚赖其勤劳，从朝至暮，无一闲晷。彼甚念其女及女婿，何以不相闻问？又讯其媳家姓名，佛郎在彼得所否？后信来须言及之也。姚年伯处所寄十金，已收讫。此前岁腊底到者。今年正月廿一日，接大兄、六弟去岁正月十八、廿一日之信，并此奉闻。

家书第十五

顷九月十三日，宜兴陈弓冶回南，曾附一信寄上母亲。又各札致两兄及大妹，五、六、八弟。又字付二女。计此信，当以明年春夏间到也。昨初十日午间，见周安石舅祖所寄长卿字，知父亲已葬宝华，儿心欣慰之甚，不觉又涕泗横集，回肠摧骨，一恸欲绝。乞母亲及诸兄弟，将坟地风水及葬时仪礼，一一示知，以慰儿万里外之悬念也。又闻六弟改姓为登州守备，儿为之喜跃，但不知何以得此？衰落之门有此，亦足破寂，幸细述其本末。六娘子曾往任所否？曾迎母亲往彼否？崎岖水陆，不若在家之安也。儿久不接大妹及六、八两弟信，惟旧冬见大冯侄一札，颇详细。今春见二兄附山子一札，乃知六弟八月入京之事耳。不知大妹及八弟何以遇便而不寄一札也？怅叹殊极。母亲近日康健否？身边服侍何人，饮食照昔日否？常服药饵否？儿与媳妇可胜悬念。儿今秋幸大将军巴公，延〔儿〕教其二子，待师之礼甚隆，馆金三十两，可以给薪。

二月初五午间，娘子到宁古，细述大妹种种情谊，使我感激不已，如我妹者，正所谓女中之英也。前接妹字，知身子违和，心甚悬挂，未知即愈否？昨三月朔日，特卜一课甚吉，想已久愈矣。妹在京中何时起身归家，吾与娘子无日不驰念吾妹也。陈子长今年正月到京，娘子寄信与妹不知可曾到否？我归心甚切，但工程浩大，家又贫乏，何计得归故乡，与妹相见，言之痛心。山西胡世兄处可有所助否？若得些寄来最妙。两甥好否？庄季坚处，时有人往来京师，妹可细写一字与我，以慰悬切为妙。《今诗萃》及《吴江诗略》所选我诗，妹可着沈华将细字写了，照样圈点，寄我一看。万万！

与顾华峰书

自壬寅冬，获承手书。卯春一缄奉报，曾几何时，十年所矣。滞留绝域，相见无从，即暂托音书，亦复匪易，悠悠此心，惋愤何极。伏闻出入金门，追踪枚马，放废之人，遥为慰藉。曩岁，弟妇东来，云华老欲以令子婚我次女。近岁，屡接家邮，知华老笃念故人，期以必践前诺。伏闻此音，衔感入骨。弟以塞外迁人，为时所弃，而吾兄故情深厚，欲缔姻盟，虽巨源字中散之孤，拾遗嫁崔曙之女，揆之高谊，何以相过。但小女抚于玉峰李氏，闻李有相靳之意，弟已屡札致之，又启之家母，期以必谐，以无负我华老盛念耳。

弟漂零之况，日以增剧，所携婢仆，奄忽都尽，加以岁比不登，米价八倍，赖合肥及宋、徐诸公，捐金相饷，以度凶岁，否则，久委沟中矣。今外无应门之童，内无执釜之婢，茕然夫妇，形影相吊，欲赁舂自活，而时（为）〔章氏与吴氏抄本作无〕伯通，谁能相恤？想华老见此，必为我泫然泣下也。塞外使者，月至京师，倘惠书，乞付舍侄，转（至）〔致〕海陵年伯所，自可即达矣。欲言缕缕，非笔所既。

寄电发

（一）

自去冬奉书以来，忽忽半载，不获展候，负愧良深。春初，请之幕府，已许入关，谓可把晤，罄二十年相思之怀，乃以他故而止。今鬶貂者赴都，复以泥潦纵横，我马瘦甚，遂不获西迈与吾兄相见，怅怅！凄凄！非可言喻。德老三月间，迁于敝居之左，只隔一篱，灯火互照，吟啸相闻，屣履往来，殊慰寂寞。《菊庄词》已播之平壤，闻甚钦叹。吾兄及苕文、其年御试诗赋，弟延伫者一年，幸举以示我，以慰如饥。家二兄遂尔长逝，身为迁客，虽同产之兄，不得一临其丧，言及于此，肠为寸裂。舍侄来京否？遗榇得归否？并卒之月日，俱乞相示，无嫌琐琐也。一函致玉峰，乞为转达。其老乞致眷切，率奉不一。

（二）

昨廿三日，武姓者至兀喇，得接吾兄二月十一寄弟及德老札，为之惊喜。吾兄与玉峰盛谊如此，吴保安那足复数，翘首金鸡，何日东下，从此余年，皆公等赐也。弟以幕府召，久滞兀喇，故得即奉音书，明日便骑马东云，计程七日可抵宁古，想德兄见此札，亦当喜而泣也。武林徐楚玉兄，省亲塞外，与弟相见甚欢，今送其归，因附此奉闻。楚兄儒雅翩翩，且至性过人，为今日所少，乞兄不惜齿牙，并祈介于君家大阮。弟亦有札奉寄，并乞为弟深致眷切。目下南氛告平，真绝塞望恩之日，纳锾减等，亦吾辈之厚幸也。惟乞图之，欲言再布，不既。

（三）

昨六月十八日，西曹查案，凡十三人名至宁古，而弟及德老不预。今复月余，后查者尚未到，岂遂付之不查乎？顷见赤厓札云，工数必须二千。弟蒙诸公力，已有其半，闻之感而喜，喜而复惧，倘工数不足，事必不成，此机一失，便有河清难俟之叹。伏乞吾兄，与玉峰令叔谋所以救弟者。弟今在苦海中，一无所恃，可恃者惟二三故人耳。此时佛亦不能救我，能救我者，亦惟此二三故人耳。惟祈垂悯，叩头！叩头！承潘次老表兄远贻手札，并惠以诗，读之感不可言。次老之才，李供奉流也，何时得一把臂乎？弟日间为俗冗所绊，投隙始草此数札，竟不及仰和来诗，含愧殊甚。乞兄一致此意，当于后邮赋寄耳。如承报章，乞详以示我，不既。

（四）

三四月间，两见手札，知电老爱我之深，救我之切，虽在同产亦不能及。弟亦不敢套词致谢。弟近日望归之心，迫于水火，倘此机一失，将来便不可知。老母暮年，而弟亦非茂齿，沉沦绝域，恐遂永隔，以此惶惶，不得不呼天抢地于玉峰兄弟及我电老也。惟乞早赐恩波，俾弟早为中土之人，则恩同二天矣。叩恳！叩恳！郎侍中奉使塞外，召弟相见，甚承悯叹，以四律投之，颇有荐雄之意，并以奉闻。四律附览。

郎侍中奉使塞外赋赠

黄云驿路净氛埃，落日鸣笳使者来。早拜千牛陪凤辇，新驱驷马出龙堆。旌飞杨柳城阴迥，帐拥芙蓉剑色开。多少冰天迁客泪，待君归奏建章台。

柘弓斜月纻弦鸣，珠服如星照玉缨。穿禁久分中贵宠，趋朝争识小侯名。每调生马期门出，独鞚轻雕傍辇行。知尔羽林夸健手，肯教驰射数边城。

郎公将还京师赋此奉送

西风吹雁满关山，愁见萧萧四牡还。横笛清秋萦客恨，衰杨明日为君攀。紫台霜露催征骑，丹阙星河启曙班。极目长安天际远，离心空望五云间。

述怀奉呈郎侍中

漂零廿载隔中原，老去空怜舌尚存。自分耕锄安玉塞，谁将词赋达金门。牛衣已尽书生泪，鸡赦频思圣主恩。何日春风同燕雀，万年枝上一飞翻？

(五)

吾兄二月十一及三月廿二两札，俱已邮至。弟读之喜而悲，悲而复喜。吾兄及玉峰公救我之德，何啻更生，凡寻常感恩佩德之语，总不足以形容高厚。庾子山云：“物受其生，于天不谢。”弟之今日，正如此耳。尚祈终始提挈，俾得早还，早离一日苦海，即早受一日大德。以吾兄及玉峰昆季，爱我之意，何俟远嘱，然久客望归，不自知其琐琐也。兹因司历闵君之便，草此奉闻，可胜依依。

奉吴耕方书

忆已亥春，长兄送我请室，凄其执别，哀甚北梁，为时几何，再逾星纪，依依之思，南望沾襟。冬初，姚兼三年侄来，得奉长兄手书，二十年离索之悲，三千里相思之切，一披尺素，羁绪为开，把玩弥旬，涕与笑会。长兄以枚马之才，遭右文之代，铜龙金马，照耀甚都，属此雁行，能无雀跃。

弟昔去家时，年甫二十七，意气豪壮，谓不后人，今潦倒冰天，忽将知命，穹庐土锉，殆成塞翁，回首曩年，宛如隔世，人生至此，凄咽何言。长兄闻之，应亦为我心恻也。弟居在镇城之西，茅茨卑隘，仅堪容膝。昨中秋日，移入雁群年兄所赠之室，檐宇闲敞，殊豁愁衿，但不似贫士所居。弟妇甚耐〔艰〕苦，小儿年已十六，便弓马而不爱纸笔。大女十龄，颇能识字。次女六岁，亦聪慧可喜。每井臼之暇，与二三兄弟，吟啸相对，乡音满室，宛在江南。有门人陈昭令者，文采风流，绝类南士，与弟居止接近，时能赋诗，破我旅恨，此正如蜉蝣、蟪蛄，哀吟草间，以自乐其春秋耳。昨夏封山使者谬索诗赋，人非执戟，忽奏甘泉，思之殊足笑人。钱德老、伍谋老、姚琢老三年兄，均属申候。琢兄更致眷切，其嗣君兼三觐亲南归，进谒阶次，长兄问之，使可悉弟近况，及临潢风景也。边鸿殊便，时企德音，劳劳之心，与纸偕去。

致　李　棠

十载前即仰企声名，不意弟还乡国，而台臺乃沦迹遐陬，人事错迕，类多如此。顷岁，欲从胡璞老处，一奉颜色，而迅车言迈，未遂鄙怀，为怅何如！敝门人至，获承惠书，欣快殊极。惟望读书学道，以慎玉体，则其旋之吉，未可知也。

答陆令书

廿年判袂，一夕披襟，宴笑樽垒，殷勤缟纻，良友之情，一何珍重，每怀斯谊，靡日能忘。弟抵都之日，即走一缄奉报，而圉人已行，此札遂未及达。尔后他冗纷纭，兼以多病，缺然申候，惭仄何言。忽奉手书，快如复面，但益增弟心之恧耳。华兄已往故乡，重阳时当复来此，前所托，已面致之。华兄之怀企年翁，有如饥渴，其意极殷殷也。令弟年翁尚未把晤，即当觅便稍候。余衷嗣布，不既。

致成侍中容若

昨啖佳粺，胃气顿开，于此久习，亦如逢旧识耳。舍甥小儿，亦居此相伴，复携两力，以供奔走。午间尚欲得粺饭，幸敕厨人，以精洁者相饷。并乞命一尊伻来此，以便百凡尊处移取画册及唐人小说，立命检示。

答王虹友

日来贱体委顿特甚，竟不能欹坐，兼恶闻人声，深感惠问。尊咏，病中未能毕阅，俟稍痊，当细为僭笔也。

致　容　老[1]

（一）

日去日远，相思日深。两承惠书，爱我何至。贱躯以立冬日渐愈，手（足）〔疑为之〕肿消，足亦渐减，腹疾愈其八九，脉气平和，可望得生矣。附子饵过一枚，人参加至八钱，今尚大饵。东僧缘金付讫，此真大善事也。弟药饵之需，复蒙垂济。总之，此身公身也，尚敢言谢乎。夫子尊前乞禀候。华兄想月内可到。陆令若无暇赐以颜色，乞传温语谕之足矣。

（二）

昨委顿竟日，如中酒者。今似小差，然手足肿，欲乞马公一视。偶思吴中鱿船熏鲫，特以制法奉览，即以敕厨。先生或暇一过我。

（三）

雨窗欹枕，殊复清幽，谁念伊人，萦回怀抱间耳。老僧击鼓，每一奋槌，即数千百声，令人神思激荡。清梵疏鱼，自足展礼，何必作霹雳耶？乞命一尊怦谕之。

（四）

披对尊照，喜慰无量。秦少游阅《辋川图》而病愈，想正尔尔。贱体不思饮食，即饮食，亦不易消。土虚则补其母，药中欲用附子，乞命价，询之马公，为荷。

① 编者按："容"字原误作"客"，径改。

（五）

（顷）〔频〕接手函，旷如披觌，但捧咏之余，转深相忆耳。知起居清胜，寸臆为慰。复读新词，凄丽而婉媚，真个中人，个中事。临风展纸，惟叹风流，不识以鄙言为有惬否？贱躯尚未能愈，时时伏枕，伫望归鞍，为我校《发》。炎景尚烦，伏惟珍重。余言嗣布。

致刘道台

（一）

治□荷老祖台雅爱殷隆，有逾骨肉，中心铭佩，非笔可陈。虽燕云吴树，迢隔三千，而绸结之思，时依棨戟，屡欲裁禀驰候，以塾务所羁，未遑申臆。兹因舍表侄□□南归之便，特令其叩首铃下，代伸敬衷。倘蒙老台〔祖〕垂念远人，召杨生而询旅况，则感荷良深矣。

（二）

奉违台颜，将复一载，遥瞻棨戟，劳结（弥）〔靡〕殷。褰（惟）〔疑为帷〕声誉，翔播都亭。□今旋闾门，敬叩铃阁。老公祖好贤礼士，艺林所仰，更祈俯推薄分，赐以青睐，则□之感颂明德，岂有既哉。

致　卜　令[①]

廿载朔陲，幸还乡国，与吾老表叔，虽谊深中表，而展觐未

① 编者按：原文题为“卜令”，据文意加“致”。

逴，遥望楚云，只增驰仰。昨岁在禾，与静山表兄相晤，殷勤把袂，情均鹡鸰，时欲一伸尺一，上候起居，而尘鞅所萦，每〔乖鄙愿，徒切怛耳。舍表侄杨某偶有江夏之行，特令其进〕谒台墀，幸推薄分，进而教之。侄以春杪复来都下，馆于旧席，倘有便邮，幸示德音。临楮瞻溯，不尽依依。

致王司成①

不奉笑言，屡更蓂荚，劳劳之忆，日在尊前。顷率小儿上谒，未及一叩皋比，深用增怅。小儿以朔野蒙童，昧于笔墨，重蒙题拭，感荷何深。舍表侄金上简就试成均，伏乞老先生特加品骘，列之颜行，得伦宗之目，糠秕可愧在前矣。敬此上渎，不尽瞻企。

致　立　斋

对我所钦，病躯为愈。枚公之《发》，蔑以加兹。承饷佳豉，深荷厚意。

① 编者按：原文题为“王司成”，据文意加“致”。

跋　一

原书不著何人手录。副页有“四世孙毓装”五字，并“佛弟子”朱文方印，首页顶有“长留天地间”朱文圆印，下应著录者姓名处，已挖去。按《府志》汉槎父晋锡，崇祯十三年进士，永明王时，巡抚永、郴、桂、长、宝，事不可为，为僧九疑山，著有《孤臣泣血录》等书。观首篇与汉槎尺牍，有“父子共坐楼头读书”云云，疑始而出家，禁网既解，仍复乡里也。四世孙毓，当即山子先生。班固《东都赋》：“尝圃草以毓兽”。注：“毓同育。”《府志·育传》，但云兆骞后人，语涉鹘突。此书姚子梁观察于冷摊拾得。钰于乡党遗文，宝如头目，假而移写，并得证明为山子先生遗物。他日当付之剞劂，为《秋笳》三集之佐证焉。光绪丁未长洲章钰记。

跋　二

汉槎家书辑存十五件。上两亲者八件，父殁后者七件，不能衔接，固知遗落甚多，非全录也。即其丁父艰事，全为佚去，他可知矣。久戍冰天，艰难危苦，文人之不幸，而以比祁奕喜诸君六人之为水兵往乌喇者，又不幸之幸矣。何时释回，亦无从考查，增人闷损。予于甲寅得《秋笳集》，兹又于章式之译部处得见此册，因录副，以附集后，欲知汉槎始末者，俾得大略焉。石莲随志。

跋 三

右《归来草堂尺牍》一卷，清吴江吴兆骞撰。计家书十五通，致朋旧者廿一通，首冠其父晋锡所付字一通。海丰吴氏传抄本，为叶揆初丈所得。家书第一通，首行，吴氏朱笔旁注云：原书有“以下皆高祖书”六字。章式之丈以原书副页，有“四世孙毓装”五字，证为山子先生遗物，可信也。寻绎各书，当自顺治丁酉被逮，至康熙戊申戍边时所寄。观其音信投递之难，十二年中鱼雁浮沉，仅存如许，宜矣。越岁辛酉释回，相距十三年之久，则又一字无存，良可惋惜。辛酉，桭臣撰《宁古塔纪略》，记述其父为之命名，又遣赴乌喇及认工代役诸事，悉本家书，可以考见一二。意者，桭臣在日，家书犹得弆藏，传至毓，遂手录成册，后附致朋旧书，疑毓从各处辑获者。今《秋笳集》中有《戊午与顾舍人书》，适与此册与《顾华峰书》相衔接，使桭臣得寓目，必为刊载入集也。据桭臣跋，谓兆骞“著作颇富，奈屡丁颠沛，存者无几”，则此册未经刊行，附诗《述怀》一首，亦出集外，尤为可珍。详览诸札，可见兆骞生平志节，与当日塞上景物，足备故乘之遗，即此鳞爪，岂可以等闲尺牍视之哉。爰为印行，以广流传。顾廷龙谨跋。

传记资料

明故湖广永州推官燕勒吴公墓志铭[①]

公讳晋锡，字兹受，号燕勒，姓吴氏，苏之吴江人也。六世祖，赠太仆寺卿，讳璋，以孝行著闻。子讳洪，孙讳山，皆仕至刑部尚书，吴中人称为大小尚书。小尚书生赠布政司左参政讳邦栋，于公为曾祖。参政生乡进士，赠左军都督府经历讳承熙，于公为祖。进士生顺宁府知府讳士龙，公之先考也。公微时，见天下已乱，即讲习象纬、韬钤、骑射之学。崇祯己卯举于乡，庚辰成进士。殿试时，上亲临策问，试新进士射骑，公三发三中，天颜大喜，赐酒，授湖广永州推官。

呜呼！公之时，时事不可为矣。流贼蔓延，屡蹶复张，而守土无兵，震喝遁避，未见一贼，城邑已为丘墟矣。公至永，即首创团练之议，作保甲以募乡勇。清谳之暇，教以坐作进退之节，当事倚以为重。张献忠连陷荆襄、承德，且及长沙，祁阳土贼冯异借其声势，遥相呼应，竟破祁围永。公提剑登陴，督团兵鏖战三昼夜，贼宵遁去。公密设方略，大出师倾其巢穴，遂降其精锐，公威大振。长沙既陷，巡抚王聚奎来奔，公谓今虽陷败，而永新胜势锐，可以一战，请严辑部伍，分守要害，庶兵民相安。王不能用，肆行剽掠，禁抑不止，而永始不可为。公乃突围北上，将

① 编者按：此文系韩菼所作，出自吴安国《吴氏族谱》卷十一。

泣血面陈楚事，而新抚何腾蛟移檄追之，且为题守永功，晋团练监军，因留佐之。是时北都沦没，福王监国南京，左良玉镇楚，骄蹇不奉命，何甚患之。公屡正其所为，左不敢横。我大清破闯，自成窜于湖北，至蒲圻，为乡兵所诛，其余党悉降于何。公因赞其乘势恢复，何不能用，乃题公为郴桂道，用以控御南楚。时郴有砂夫之乱，人惮不往，公单骑赴之。郴人闻公至，皆踊跃，曰："我公至，吾属生矣。"砂夫亦释甲听令。公乃诛其骁悍，用其材良，郴人悦服。南京复亡，唐王在福，公疏请临楚东征。唐王以疏宣示群臣，终不能用，擢广西布政使司，辞以郴乱不行。乃加公大理寺卿，仍管道事。时郴地已危，公誓以死守，而何腾蛟督师长沙，檄公督饷。郴民号泣请留，公去而郴果复乱。全楚既失，督师奔滇，衡永郴桂长宝巡抚之命复下，公于是痛哭拜辞，入九疑山匿迹为头陀。及大清定楚，以书币招公，且荐为广西提学道，公坚不可，遂听公南归。终身闭户，蔬食以卒，时康熙元年七月初八日也。卒之日，语其子曰："某生不能死国难，死当表我墓，曰前进士某人之墓足矣。"呜呼！可哀也已。

夫明之亡也，由于流贼之乱，守令不得其人，不能先事防遏，使其势日炽，畏葸退缩，不可复治。诚得公辈数人，亦未必乱。即乱，亦即时扑灭，又何至猖狂溃坏不可收拾若此哉？

前夫人沈氏生兆宽、兆宫。早卒，葬于吴县之竹坞。后夫人杜氏于荄祖为侄，生兆宜，先公一年卒。侧室李氏生兆骞、兆宸、兆穹，婚皆名族。女适杨维斗先生子焯。康熙十三年正月二十一日，宽等奉公暨我表姑杜夫人，葬于吴县之宝华山采字圩祖茔之右。其葬也未有铭志，后数年兆宜以公所为《半生自纪》来，请荄为之次第其说，使志于墓。宽、宫、骞皆知名，人称为延陵三凤。宜齿弱于诸兄，而名亦相埒，或又号为吴四君，以比唐之窦氏、明之皇甫焉。宽以子树臣贤，赠奉直大夫、四川汉州知州。兆宫崇祯壬午副榜。兆骞顺治丁酉举人，被诬遣戍，献《长白山赋》赦归。诸孙，十有六人，曾孙十人，俱能世其业。铭曰：

延陵之胄，以孝起家。司寇相继，蔚为国华。奕叶佩绶，有名南土。公丁其艰，扞蔽全楚。谋之不用，抑有天命。崎岖危疑，率完其正。子孙纯纯，极公之忠。勒兹贞石，永列幽宫。

赐进士第礼部尚书兼翰林院掌院学士教习庶吉士长州韩菼顿首拜撰。

吴靖誉先生墓志铭[①]

康熙四十八年秋八月庚申，松陵处士吴君靖誉先生卒。君讳兆宜，字显令，苏州吴江人也。其始祖赠太仆寺卿，讳璋，以孝德闻，世所称吴孝子者是也。孝子生洪，官宫保刑部尚书。尚书有四子，长讳山，官与父同，人谓之世司寇。两尚书皆以进士起家，有功烈，诏予孝子特祠，两尚书配飨，而吴氏遂为东南右族。世司寇之子讳邦栋，于君为高祖，以次子承焘贵，封山东布政司左参政。曾祖讳承熙，登乡荐，赠奉直大夫。祖讳士龙，以门荫仕至顺宁知府。考讳晋锡，文行茂著，为士林楷模，明季以进士，调永州推官。时方多事，诏授郧阳〔?〕巡抚，寻弃官而归。君昆弟六人，弘人、闻夏、汉槎久已知名海内。君齿弱于诸昆，而名亦相埒，有延陵四君子之称。门第清华，资产素饶，及顺治丁酉，江南有科场之狱，而兆骞与其祸，时父子共财，所有田宅皆被籍，而君始萧然，无以自给矣。然幰命自安，虽久处穷约，未尝有几微怨尤之色见于颜面也。少学为诗，有中唐风格，已而谢华就实，益肆力于古书。尤爱六朝骈俪之文，乃取徐、庾二集，句疏而字栉之，为笺注。齐梁之世，去今已远，当时所用之书，今多散亡，君旁搜广辑，征事释意，必毫发无憾而后已。余向亦有事于此，

① 编者按：此文系胡渭所作，出自吴安国《吴氏族谱》卷十一。

见君之作，俯首叹绝，遂辍笔焉。君雅志淡泊，不昵声利，尝一至京都，权门援为塾师，未几即掉头去。而一遇大夫修学好古之家，辄徘徊经岁不忍别。近与余旅食花溪，为同舍客，凡五载。一旦遘腹疾，仓卒告归，甫浃旬而凶问至矣。临终神气自若，无乱命，享年七十有三。既卒，□族之长幼，群请其宗老，榷谋所以为其名者。宗老曰：“按谥法，宽乐令终曰靖。述古状今曰誉。君席富而贫，布衣草履，善乎自宽，生同逆旅，虽入朱门，如游蓬产，安时处顺，哀乐两去，可不谓靖乎？嗜奇耽僻，博览群书，大而法象，细及虫鱼，一物不知，中心阙如，疏通证明，随事补苴，可不谓誉乎？请谥之以靖誉。”众皆曰：“善。”退而无异词，邑中遂为靖誉先生。

先生母杜夫人，中丞之继室也。娶于陈，有嗣音之美。男二，秩臣、秬臣。皆夙慧，补县学弟子员，不幸相继而夭。秩臣有一子曰然，为君嫡孙，恂恂孝谨，有文采，能世其家学。曾孙二，至诚、至慎，尚幼。君女二，孙女、曾孙女各二，婚嫁皆高门旧德。昔王无功有诗，自诩其事云：“三男婚令族，二女嫁贤夫。”君之姻亚足以当之矣。君有西河之戚，久而不能忘。年七十复举一子，名之曰根臣。汤饼之会，适与君初度同日，喜而赋诗，命善画者写己像，为《枯杨生稊图》，盖至是而四世同堂，其心始慰也。及卒，根臣才四龄，不胜衰绖，嫡孙承重为丧主，含襚之事，以诚以敬，观者称有礼焉。后二岁，将以□月□日卜葬于尧峰山之麓。先期来乞铭，余泣然，曰：“吾尚忍铭吾友乎？且吾之言，讵足以扬尔祖潜德乎？虽然，二十年之素交，言虽无文，不可已也。”乃为之铭曰：

黔娄之贫兮展禽之和，先生有道兮往世同科。生虽无爵，死则有谥。靖誉之名，加彼康惠。卜兹宅兆，既安且利。用介繁祉，以昌其后嗣。

同学弟胡渭撰。

吴晋锡传附[①]

〔吴晋锡子〕季兆骞，字汉槎，丁酉举于乡。遭谣诼之祸，徙关外二十余年，作《长白山赋》，名动京师。癸亥春，得赎归[②]，逾年卒。所著有《秋笳集》。

孝廉汉槎吴君墓志铭[③]

余读《史记》邹阳上梁孝王书，曰：“女无美恶，入宫见妒；士无贤不肖，入朝见嫉。”不禁掩卷叹息，以为千古若出一辙也。及观有明卢柟之为人，以跅弛使酒，至罹重法，械系黎阳，著《幽鞫》、《放招赋》以自广。东郡谢榛，见长安诸贵人絮而泣曰：“生有一卢柟，视其死而不救，乃从往古哀湘而吊沅乎？”诸贵人怜之，卒出柟于狱，而柟终无所遇，益落魄纵酒以殁，未尝不深悲之。若余友汉槎吴君者，岂非其人哉？

汉槎姓吴氏，讳兆骞，字汉槎，世为吴江人。明刑部尚书立斋吴公七世孙也。父燕勒公，讳晋锡，举庚辰进士，授永州府推官。汉槎垂髫，随至任所，过浔阳、大别，由洞庭泛衡湘，揽其山川形胜、景物气象，为诗赋，惊其长老。未几，流寇张献忠蹂躏楚地，汉槎奉母归，燕勒公亦解组旋里。值我朝定鼎江南，汉槎年方英妙，才名大起，相随诸兄为鸡坛牛耳之盟，驰骛声誉，与今长州相国文恪宋公、家司寇、司农玉峰两徐公，暨诸名贤，角逐艺苑，谈论风生，酒阑烛跋，挥毫落纸如云烟，世咸以才子

① 编者按：此文系屈运隆所作，出自康熙二十四年《吴江县志》卷十三。

② 编者按：兆骞于康熙二十年辛酉赎归京师，此云癸亥（康熙二十二年）春赎归，实指其归省吴江之时间，而非指其入关之时间。

③ 编者按：此文系徐釚所作，出自《南州草堂集》卷二十九。

目之。

丁酉登贤书，会科场事起，下刑部狱，羁囚请室，慷慨赋诗，随蒙世祖章皇帝宽宥，遣戍宁古塔。荷戈绝域，极目惨沮。太仓吴祭酒梅村为《悲歌行》以赠之，有“山非山兮水非水，生非生兮死非死”之句，送吏无不呜咽。而汉槎独赁牛车，载所携书，挥手以去。

在宁古塔垂二十余年，白草黄沙，冰天雪窖，较之李陵、苏武，犹觉颠连困厄也。无锡顾梁汾舍人，与汉槎为髫龀交，时在东阁，日诵汉槎平日所著诗赋于纳腊侍卫性君所，如谢榛之于卢柟者。性君固心异之，思有以谋归汉槎矣。会今皇帝御极二十有一载，诏遣侍臣致祭长白山。长白山者，东方之乔岳也，地与宁古塔相连。汉槎为《长白山赋》数千言，词极瑰丽，藉使臣归献天子。天子亦动容咨询。有尼之者，不果召还。而纳腊侍卫，因与司农、司寇，暨文恪相国，醵金以输少府佐匠作，遂得循例放归。然在绝域已二十三年矣。

时余方官京师，亦曾与汉槎一效奔走。其归也，抱头执手，为悲喜交集者久之。其母固无恙，而诸兄已相继云亡，遂为经师，馆于东阁者又期年，归而与太夫人上觞称寿，宗党戚里咸聚，以为相见如梦寐也。乃未及一年，复至都门，竟卒于旅舍。嗟嗟！岂非其命之穷也哉？初，汉槎为人性简傲，不谐于浴，以故乡里嫉之者众。及漂流困厄于绝塞者，垂二十余年，一旦受朋友脱骖之赠，头白还乡，其感恩流涕，固无待言，而投身侧足之所，犹甚潦倒，不自修饰，君子于是叹其遇之穷，而益痛其志之可悲也已。

余为吴氏婿，余亡妻与汉槎为兄妹行，且幼同学也，余故知之独深。汉槎以前辛未十一月某日生，其卒以康熙二十三年十月某日，年五十四。配葛氏，前庚午举人葛端调讳鼐之女。子男一人，桭臣，太学生。女四人，俱葛氏出。桭臣以康熙二十七年十一月十五日举柩葬于吴县宝华山之麓，即燕勒公墓旁也，以状涕泣而请余铭。余固不忍辞，遂为之铭，曰：

吁嗟乎，吴季子！幼而学经并学史，万里投荒几至死。绝域生还岂易耳，胡为泯泯止于此？吁嗟乎，吴季子！

吴兆骞传[①]

吴兆骞，字汉槎，永州推官晋锡子。少有隽才，象勺时作《胆赋》，累千余言，见者无不惊异。与兄兆宽字弘人、兆宫字闻夏，以文行相劘切，有三凤之目。继复社而起，举敦槃之会，名士云集者，常数千人。为人简傲自寄，不拘细行，与所知出东郭门，述袁淑语曰：“江东无我，卿当独步！”意气岸然。丁酉举于乡，遭谣诼之祸，徙关外二十余年，作《长白山赋》，名动至尊，得复归，逾年卒。所著有《秋笳集》。

《震泽县志》卷十九[②]

吴兆骞，字汉槎，父晋锡，见《名臣传》。兆骞性简傲，而有隽才，童子时作《胆赋》，累千余言，见者惊异。及长，与所知出北郭门[③]，顾同郡汪琬，述袁淑语曰：“江东无我，卿当独步！”意气岸然。顺治十四年举于乡。科场事发，遣戍宁古塔。兆骞赁牛车，载书万卷，居塞外二十余年，日与羁臣逐客，饮酒赋诗，气益壮，才益沉丽，诸大帅皆敬礼之。康熙中，献《长白山赋》，圣主览而称善。其友大学士宋德宜、尚书徐乾学，醵金赎之，得

---

① 编者按：此文系钱霑所作，出自康熙五十九年《吴江县志续编》（传抄本）卷六。

② 编者按：此文系倪师孟所作，为乾隆十一年本。

③ 编者按：他书作东郭门。

释归，逾年卒。所著有《秋笳集》行世……①

吴兆骞诗附传②

吴举人兆骞，字汉槎，尚书洪七世孙，晋锡第四子也……年十六随伯兄兆宽，与吴中诸名宿，词坛角艺，援笔立就，落纸烟云，见者咋舌……（卒）时康熙甲子十月某日也，年五十四。公博通今古，喜为诗，颇极葩艳。其之宁古塔也，独赁牛车，载所携书万卷，冰天雪窖，遇羁臣逐客，相聚无不作诗。所著《秋笳集》，人或訾其居塞久，其风土人物，未获雕搜，刻画不若少陵客剑外，纤悉无不入咏。予曰："不然！公才士也。其羁愁与少陵同，而诗则未可以一律拘之，然而亦足以传矣。"

松陵四子传之一③

汉槎姓吴氏，名兆骞。父名晋锡，前明崇祯十三年进士，授永州推官，永明王擢湖南巡抚，详《明史》列传。汉槎少颖悟，有隽才，九岁作《胆赋》数千余言，见者惊异。年十三游湘中，成《纪游》及《秋感》诗数十首，计甫草见之，叹为悲凉雄丽，直逼盛唐，而以用修"青楼"之句、元美《宝刀》之歌拟之。喜读书，一目数行俱下，然短于视，每鼻端有墨，则是日读书必数寸矣，同学以此验其勤否。性简傲，少所许可，尝与同辈出吴江东郭门，意气岸然不屑。中途忽顾同郡汪茗文，述袁淑语曰："江东无我，卿当独步。"旁人为之侧目。顺治十四年举于乡。先是，

---

① 编者按：其下内容述兆骞之兄兆宽、兆宫事，此处不赘引。

② 编者按：此文系周廷谔所作，出自《吴江诗粹》卷二十。

③ 编者按：此文系翁广平所作，出自《秋笳馀韵》附录。松陵四子，其他三人为顾有孝、计东、潘耒。

有吴超士者，汉槎族属也，自谓有才而厌于汉槎。又，汉槎弱冠时，与两兄弘人、闻夏入慎交社，而超士不得与，心尝衔之。至是，科场事起，超士遂以汉槎告当事，汉槎乃与弘人、闻夏同系狱。迨汉槎论戍宁古塔，而释弘人、闻夏归。汉槎既论戍，慨然就道，以牛车载书数千卷以行。居塞外二十余年，日与覊臣逐客，饮酒赋诗，气益壮，才益沉丽。结七子诗社，月凡三集。七子者，张坦公、姚琢之、钱虞仲、方叔、丹季、同邑钱德维与汉槎也。宁古某将军雅慕汉槎才，常敬礼之，俾掌书记，故虽戍，未尝有困苦也。朝鲜使臣李节度云龙，以兵事至宁古，尝属撰《高丽王京赋》，汉槎援笔草数千言，语使臣曰："词采华赡，仿佛班、扬。"其国亦以汉槎自评为当。康熙中，色侍中献汉槎所制《长白山赋》，圣祖览而称善。其友宋相国蓼天、徐尚书健庵，醵金赎之，得释归。一时朝野赋《喜吴汉槎入关诗》，多至数十百人。逾年卒。所著有《秋笳集》行世。弘人名兆宽，廪膳生。闻夏名兆宫，崇祯壬午副贡。为人并淳谨和易，工诗古文，与汉槎齐名，有延陵三凤之目。及汉槎被遣，遂绝意进取，沉酣典籍。弘人著有《古香堂文集》、《爱吾庐诗稿》。闻夏著有《椒亭诗稿》。弟显令，名兆宜，私谥靖誉先生。博学工诗赋，尝笺注徐孝穆、庾子山、李义山、韩致尧诸集，征事训释，穷日夜不厌，书成，人咸服其博洽云。

《秋笳附编》序[①]

《秋笳附编》者，余友嘉兴张叔未梓其我邑吴孝廉汉槎唱和之作与友朋之尺牍也。余初未识叔未，而叔未数数问讯余。乙丑腊尽，挐舟过访于新篁里，纵观其所藏古书、金石文字与其所自

① 编者按：此文系翁广平所作，见《秋笳馀韵》附录。

著及《秋笳附编》一册，皆从所购真迹录出，且谓余曰："余平生喜读吴汉槎诗，今幸获是，急与子共赏之。"其《喜吴汉槎入关》一题，搜罗几尽，而徐健庵之首唱独阙焉，心尝恨也。时余感而颔之，不敢答。既归，遍访诸藏书家，亦竟不得。天寒被冷，起坐读《叶学山遗集》，而健庵首唱竟于是乎在，不觉拍案狂叫也："天下事有无心求觅而适相合者，岂真有数定欤？岂叔未之诚有以感之，汉槎之魂魄有以护持之欤？"亟抄录之。又录同作三人诗，又健庵诸公寄汉槎塞外书数首，俾健卒走报叔未。越三日，叔未书至，乞余为序，因错综一二，以塞知己。

夫汉槎，松陵四子之一也。三子者，计甫草、顾茂伦、潘稼堂也。三子虽穷达不同，然皆得优游林下以自适，独汉槎遣戍万里之外，雪窖冰天，历二十五年之久，故其侘傺厄塞，悲愤无聊之况，一一发之于诗。余尝披其前后集而尽读之，其苍凉雄丽，如幽燕老将，河洛少年也。其情辞哀艳，如寡妇之夜哭，弱女之捐躯也。其清婉溜亮，忧悱凄惨，如黄莺紫燕之和鸣，老狐断猿之啼啸也……诗人之境遇至此而困极，诗人之体格亦至此而穷尽矣。或曰汉槎以磊落不可羁之才，使得与鸿博之举，随侍从之班，不难与稼堂、竹垞诸词臣比，而乃为变徵激楚之音，其殆遭际使然乎？

余闻汉槎之出就外傅也，同学无不被其狎侮，其傅痛惩之，谓它日必罹文网。又闻同人出垂虹桥，意气岸然不屑，中途忽顾汪钝翁曰："江东无我，卿当独步！"旁人为之侧目。盖其矜己傲物，凌轹侪辈，出自性成，遣戍之事，其有以召致也欤？古今来恃才能而不遇者，若三闾大夫、李太白、韩昌黎、苏子瞻辈，其文章诗赋断为千秋绝调。然使此四人者不遭贬斥，其文章诗赋必不能若是之工，若是之悲壮，若是之流布而动人哭泣歌舞也。是汉槎之遣戍也，天亦玉成之而不朽之也。独是汉槎我邑人也，其遗编断句，子孙无能守者，而同邑诸君子又听其散佚焉。好古博雅之叔未，独编次而续刊之也，余能无愧乎？竭其驽钝为序此而不辞者，志余愧也。吴江翁广平撰。

松陵四先生画像之一[①]

吴汉槎名兆骞，少有隽才，喜读书，目数行下，然短于视，每鼻端有墨，是日读书必数寸矣。顺治丁酉举于乡，未□□科场事起，论戍宁古塔。至日，与羁臣逐客，饮酒赋诗。有朝鲜使臣李云龙，属撰《高丽王京赋》，汉槎援笔草数千言，其国评之曰："情辞萧□，仿佛班、扬。"在戍所二十余年。康熙中，色侍中致其所撰《长白山赋》，圣祖称善。其友宋相国蓼天、徐尚书健庵，遂醵金赎之归，逾年卒。著有《秋笳集》。

吴兆骞传[②]

吴兆骞，字汉槎，江苏吴江人。少有隽才，童时作《胆赋》五千余言，其师计名见之，诧曰："此子异时有盛名，然不免于祸矣。"及长，继复社主盟，才名动一世。时有江左三凤凰之目，谓华亭彭师度、宜兴陈维崧及兆骞也。顺治十四年举于乡，以科场事逮系，遣戍宁古塔。居塞上二十三年，侘傺不自聊，一发之于诗。尝作《长白山赋》数千言，词极瑰丽，圣祖遣侍臣祭长白山，归献之，上动容，咨嗟。后其友顾贞观商于纳兰性德、徐乾学，为纳锾，康熙二十年蒙恩赦还。逾三年卒，年五十四。著《秋笳集》三卷、《西曹杂诗》一卷、《前集》一卷、《杂体诗》一卷、《后集》一卷、《杂著》一卷。兆骞骈体文惊才绝艳，诗风骨遒上，

① 编者按：此文系翁小海所作，见《秋笳馀韵》附录。
② 编者按：此文出自《清史列传》卷七十。

出塞后尤工，故当时以才人目之。

吴兆骞传赞①

吴兆骞，字汉槎，吴江人，晋锡之子。少有隽才，童子时作《胆赋》累千余言，见者惊异。入慎交社，名闻远近。为人简傲，不拘细行。顺治十四年举于乡。科场事发，遣戍宁古塔。塞外二十余年，日与羁臣逐客饮酒赋诗，气壮而才丽，诸大帅皆敬礼之。康熙癸亥，献所作《长白山赋》，圣祖览而称善。友人大学士徐元文捐金赎之，得释归。逾年卒，所著有《秋笳集》。墓在尧峰山薛家湾。赞曰：

其人简傲，细行不拘。秋笳一编，名在寰区。

《国朝先正事略》卷三十八②

吴君兆骞，字汉槎，亦吴江人，童时作《胆赋》累千余言。长继复社主盟，才名动一世。顺治丁酉领乡荐，以科场事中蜚语被斥，流徙尚阳堡③ 二十余年。作《长白山赋》，有研京炼都风力，宋文恪、徐健庵捐金赎之，得归。著有《秋笳集》。

《昭代名人尺牍》小传卷七④

吴兆骞，字汉槎，吴江人，顺治丁酉举人。以科场事谪戍宁古塔，一时送其出关之作遍天下，在塞外二十余年释归。诗多悲

① 编者按：此文系顾沅所作，出自《吴郡名贤图传赞》卷十七。
② 编者按：此文系李元度所作。
③ 编者按："尚阳堡"应作"宁古塔"。
④ 编者按：此文系吴修所作。

壮之音，有《秋笳集》。

《吉林通志》卷一百十五①

吴兆骞，字汉槎，江苏吴江县人。少有隽才。父燕勒，以进士为永州府推官，从过浔阳、大别，出洞庭，泛衡湘，览山川形胜，发为诗歌，往往惊其长老。尝作《胆赋》，其师计名赏之曰："此子异时有盛名，然亦不免于祸。"性简傲，尝从侪辈出邑东门，意气岸然不屑，俄顾其宗人青坛作袁淑语曰："江东无我，卿当独秀。"闻者为侧目。与华亭彭师度、宜兴陈其年，号江左三凤凰，尤善无锡顾贞观。

顺治十四年举于乡，而主考方猷检〔检字衍〕、钱开宗颇通关节，或就其姓，减方之点，钱之二戈，为《万金记》传奇，流闻禁中。世祖大怒，诛猷检〔检字衍〕、开宗及同考官十六人于市。会顺天同考官李振邺、张我璞亦以张千、李万之谣坐诛。命复试南北举人于瀛台，题即《瀛台赋》。以护军二持刀挟举人一，与试者多震惧失次。则叹曰："焉有吴兆骞而以一举人行贿者乎?"遂不复为。亦以夙负才名，为言者多，谪戍宁古塔。将军巴海礼重之。妻葛亦间关相从。而纵酒放歌，与迁客张缙彦等为七谪之会，颇亦足乐。盖吴伟业赠《悲歌行》时所未及料。所著诗及骈体文见《秋笳集》者，气体益遒上，视少作不侔矣。康熙二十一年，圣祖遣祭长白山，因为《长白山赋》并序，使者以闻。其辞云云。

先是，京师诸故人多与谋赐环，贞观尤力。大学士明珠子成德故与善，感所寄兆骞《金缕》词二阕，言于其父。赋既奏，大

---

① 编者按：此文系长顺所作。又，民国《宁安县志·寓贤传》与此相同，故从略。

学士宋德宜、刑部尚书王士正、徐乾学偕成德等醵赎锾以进，得放归。乾学、士正为赋入关诗志喜。于是，居绝域二十三年矣。子桭臣，生戍所，著《宁古塔纪略》。

著述考略

李兴盛

吴桭臣谓兆骞，“先君垂髫之岁，即好吟咏，加以身际艰难，著作颇富。奈屡丁颠沛，存者无几”（《秋笳集》八卷本《跋》）。此盖实录也。其所丁颠沛而致著述遗失者，据桭臣言有三次，即：“先值有老羌之警，遗失过半。后遇插哈喇之乱，都统唐公限三日内合城满汉，俱迁至必儿汀避难。及扶柩南还，复覆舟于天津而沉溺者又过半。”（同上）老羌之警，究竟指康熙三年清廷“治师东伐”事，还是康熙十二年至十三年大练水师，“以备老羌”事？不得而知。插哈喇之乱系指康熙十四年察哈尔布尔尼之反清而言。天津覆舟当在康熙二十三年与二十四年之交，桭臣扶兆骞之柩南还时所发生之事。兆骞亦自言：“插哈喇之乱，仓卒中遗亡百馀篇。”又言：“塞外之乱（当指插哈喇之乱），苍黄中失五古、七绝二种，怅惜殊甚。”三次事件，使兆骞著述损失颇重，今所存者“殆未及十之一二”。兹就本人所知、所见者，作兆骞著述考。

甲、兆骞著述今存者

秋笳集　不分卷　康熙十八年徐乾学刻

此书为赋、诗及《西曹杂诗》三种之合刻。首载吴兆骞与乾学书，有“遭难十八年”之语，邓之诚先生据此，初认为“是康熙乙卯（十四年）所作，此集亦当刻于是时”（该书邓氏题识），后又认为“当刻于丙辰（康熙十五年）”（《清诗纪事初编》卷三，第388页）。其实这是将兆骞十五年之书信，误作该书刻成之时间。考徐釚康熙十九年十一月十三日写给兆骞之书，谓：“尊著《秋笳集》，去岁即在南边刻完。”可见，此书系康熙十八年于南边（可能是昆山或苏州）刻成。先是，康熙十二年，徐乾学有信，言及欲刊刻兆骞之诗文成书。兆骞逡巡久之，至康熙十五年六月，始寄上诗赋若干篇，并作有复书一封。徐乾学即以此为基础，删去避讳者数首，付诸剞劂，至康熙十八年方正式刻完。此即该书成书过程，详见拙著《吴兆骞年谱》康熙十二年、十五年、十八年、十九年有关谱注。《秋笳集》首所载兆骞与徐乾学书，即康熙十五年六月之书，并非《秋笳集》成书之年。邓先生偶尔失考，特为辩证如此。

此书今颇罕见，惟中国科学院图书馆有藏，可能已是海内孤本。书原为邓先生所藏，并有先生题识。邓先生题识云：“秋笳集，无卷数，徐健庵所刻。首载汉槎《与健庵书》，有‘遭难十八年’语，是康熙乙卯（康熙十四年）所作，此集亦当刻于是时。传世八卷本，乃（其）子棖臣本，此为四卷，外增《秋笳前集》、《杂体诗》、《秋笳后集》、《杂著》各一卷，虽足观其全，然不如此集之为汉槎自订，去取出入，必不苟然。世有真赏，或能解此耳。是册有张得天藏印。《送友人》（日前单车发）一首题下注云：‘辛亥送仵馨久赴兀喇’九字，审系得天手书，必当见重他本。或汉槎墨迹，始添入者。”

秋笳集八卷　雍正四年丙午（1726）吴棖臣刊

此书有棖臣之跋，略云：“爰就旧刊（指徐刻本），增以家藏，析为八卷，汇成一集。其前四卷，系健翁（乾学）所刻，后四卷则棖臣所增也。”此本前四卷一仍徐刻之旧，只不过将徐刻析为四卷而已。又增《秋笳前集》一卷（卷五）、《杂体诗》一卷（卷六）、《秋笳后集》一卷（卷七）、《杂著》一卷（卷八）。此外，卷七与卷八之间又附入补遗诗十首。此书既不分体，又不按年编辑，“编次无序”，宜为后人所讥。然振臣所刊，视徐刻倍之，对于征考边事或研究兆骞史事者，颇为有益，其功亦不可泯。此即衍厚堂本。

自雍正本出后，又陆续出现多种版本之《秋笳集》，名目虽多，但只要检阅一过，可知这些版本均是雍正丙午本之翻刻本。这些版本是：知止草堂本、衷白堂本、粤雅堂丛书本、风雨楼丛书本、丛书集成书等。

吴汉槎诗四卷　清刻本

此书三册，南京图书馆藏。未及寓目。

吴汉槎诗集不分卷　传抄本

此书一册，北京图书馆藏，后有叶志诜跋。按叶志诜系叶名琛之父，郑振铎《劫中得书集》称其刊书“精工之处，几可乱真”。

吴汉槎诗集六卷　道光十一年刻本

此书二册，中国科学院图书馆藏，后有王协梦跋。

归来草堂尺牍（又名归来草堂录）一卷

（1）清末长洲章氏钰算鹤量鲸室抄本，北京图书馆藏。

（2）清末海丰吴重熹石莲庵抄本，上海图书馆藏。

（3）民国二十六年（1937 年）燕京大学蓝晒图本，北京大学图书馆藏。

（4）民国合众图书馆丛书本。

以上四种，笔者均曾寓目，发觉后三者均来源于章本，而又各有脱漏、讹误之处，其中以章氏本为最佳。近年来，又有麻守中先生校点《秋笳集》附录本与李兴盛主编《黑水丛书》（第六卷）本。

名家绝句钞六卷

《贩书偶记续编》作约康熙年间刻。此书系顾有孝、吴兆骞与蒋以敏同纂，无刻书年月，约康熙二十三四年，即兆骞卒后不久刻。纳兰容若曾为之作序。内云："杜陵蒋诩（宣虎），扫径余闲。吴郡顾荣（茂伦），挥扇多暇。适逢吴札，乍返延州（汉槎）。遂相与研露晨书，燃糠暝写。撷两朝之芳润，掇数氏之菁华，凡若干篇，都为一集。"表明系吴兆骞乍返关内之际编辑而成。但兆骞初返，即寓居京师，未与顾、蒋见面，故无联合编辑之可能。至康熙二十二年春归省至吴江，与顾有孝、蒋以敏朝夕相处，此书之编纂，已有可能。故此书之编纂时间必在康熙二十二年夏秋。刻书当在兆骞去世不久。

乙、兆骞著述已佚者

词赋协音

考张缙彦《域外集》有《词赋协音序》一文，内云："汉槎吴子，能文章，擅词赋……徙塞外。又究极古今词苑，取古韵转注，合以古乐府、骚、赋，调叶成书，曰《词赋协音》，以序属予。"

此序点明此书写于塞外，惜已佚。成书在康熙初年。

天东小纪

高士奇《扈从东巡日录》，内言及："吴江吴兆骞《天东小记》所载：火茸城，广四十余里，中间禁城可里余，三殿基址皆在，碎碧瓦棋布其上。禁城外有大石佛，高可三丈许，莲花承之，前有石塔，向东小欹……"

按：此《天东小记》，系记载宁古塔风土、山川、古迹之作。除高士奇引用过此文外，杨宾在《柳边纪略》卷一中也曾引过数则（"东京城"及德林石事）。此外，程穆衡《吴梅村诗集笺注》卷九《悲歌行赠吴季子》一诗，在言及宁古塔木城时，也曾引用过此文。

秋笳词一卷

见《清史稿》艺文志集部。然叶恭绰《全清词钞》卷二却谓兆骞有《秋笳词》二卷，由于该词集已佚，未知孰是。按兆骞词，目前可考知者仅三首，即采桑子（寄妹）、生查子（古意）、念奴娇（家信至有感），详《诗文辑佚》。

胆赋

《震泽县志》卷十五吴兆骞传：“性简傲，而有隽才，童子时作《胆赋》累千言，见者惊异。”又，此赋他书亦多有著录，兹不赘。

高丽王京赋

徐釚《续本事诗》：“汉槎之徙塞外也，朝鲜使臣李节度云龙，以兵事至宁古塔，属制《高丽王京赋》，遂草数千言以应，其国颇以汉槎为重。”

涿州旅舍题壁

计东《改亭集》卷五《秋兴十二首》，其三自注：“涿州旅壁有金陵女子王倩娘绝句，吾友吴汉槎笔也。题诗百余首。山东、三辅间多有之。”

按：兆骞以王倩娘之名于涿州题壁诗，多至百余首，我们今日所能见到者仅一首，相差甚远。还其完璧，期诸异日。

拟古乐府诗（组诗多首）

方孝标《钝斋诗选》卷七《拟古乐府诗》：“以五言拟乐府诗，六朝人好为之。至唐则出以律，大历以后，或同于咏史……己亥之冬，余弟邵村同吴子汉槎倡之，大人案节以和，余亦为之。”

又，方拱乾《何陋居集》王昭君一诗下亦云：“儿辈与汉槎以五律作乐府题，适拈此，老夫亦戏为之。”

按：此组诗，方拱乾所赋者96题97首，今幸全部传世，方孝标所赋者今传约70首，方邵村所赋者已佚。至于吴兆骞所赋者，今仅《芳树》与《闺怨》等12首传世，其余均佚。

游东京赋

方拱乾《再怀汉槎》诗（《何陋居集》辛丑稿），有“东京似解游人意，特向秋霖乞晓晴”之句，自注：“自槎曾云，游归，当作赋。”据此，兆骞尚有《游东京赋》，惜未见。

质　皬

吴兆骞《与计甫草书》：“每啜縻之暇，辄与龙眠诸君子，商榷图史，酬唱诗歌。街谈巷曲，颇成一集，取扬子云哀屈之文，命曰质皬……”可见自顺治十六年至十八年，吴兆骞与方拱乾父子，尚编有此唱和集，惜已佚。

黄山诗

方拱乾《何陋居集》有《同汉槎谈黄山胜分赋》，此诗之下为《雪》与《取苏子榨灯油》二诗，二诗之后又有《汉槎以黄山诗来，惮夜遄归》诗。由此可见吴兆骞有咏黄山之诗，惜已佚。

出塞送春归诗

方孝标《钝斋诗选》卷七有《出塞送春归》诗，诗序云：“是日立夏，大人（方拱乾）从车上以此命题，余及二弟邵村、吴子汉槎、钱子德维同赋。”今方邵村、钱德维与吴兆骞所赋者均佚，惟拱乾与孝标所咏者尚存。

登中后所城楼诗

方孝标《钝斋诗选》卷十三有《登中后所城楼和吴汉槎韵》诗。考《秋笳集》有《同诸公登中后所成楼》一诗，为萧韵，而方诗为冬韵，二者韵部有异，可见该时吴兆骞另有《登中后所城楼》萧韵诗，今已佚。

见问诗

方孝标《钝斋诗选》卷十三有《依韵答汉槎见问》诗，《秋笳集》不载原作，可见已佚。

佚题诗

方拱乾《何陋居集》庚子稿有《九月十三夜月明，儿辈就许、姚诸子酤饮吹箫赋诗，诘朝向老夫称说，亦为勃然》（用汉槎原韵秋字）诗，《秋笳集》不载兆骞之作，可见已佚。

佚题诗

魏耕《雪翁诗集》卷六有《直州邸舍酬吴四塞垣见寄之作》诗，《秋笳集》不载原作，可见已佚。

苦雨诗

张贲《白云集》卷十四有《苦雨同吴汉槎作》诗，《秋笳集》不载吴作，可见已佚。

冬日书怀诗

陈之遴《浮云集》卷五《冬日书怀同汉槎》云云，此诗《秋笳集》不载原作，已佚。

佚题诗二首

《秋笳馀韵》卷上有陈之遴《己亥冬月奉答汉槎词宗》七律二首（按：其《浮云集》仅有前一首，后一首佚），《秋笳集》不载吴作，可见二诗均佚。

借读通鉴纲目诗

方孝标《钝斋诗选》卷七有《答吴汉槎借读通鉴纲目》诗五律二首，《秋笳集》不载吴诗，可见已佚。

丙、兆骞著述讹传者

吴兆骞笔记

《地学杂志》第11与12号载魏声龢所撰《塞上旧闻录》。在论述渥集与乌集时，谓："《吴兆骞笔记》：自宁古塔赦归，行第三日，进大乌稽，五日复至小乌稽，七日渡松花江，至乌拉，即吉林"云云。

按：此段引文，与吴振臣《宁古塔纪略》所述归途一节，甚为相似，殆即一书，此系魏声龢失检之故。

宁古塔记

《长白汇征录》卷八《宁古塔瓦尔喀长白府鸭绿江辩》中谓：

"考吴兆骞《宁古塔记》有云：南门临鸭绿江，西门外三里许有石壁……"

按：细核《汇征录》所引之文字，亦与吴振臣《宁古塔记略》所载者完全相同，因此，可以断言，兆骞实无此书，必系《汇征录》编者过于疏忽，不细阅《宁古塔纪略》原文而致误之结果。

诗文辑佚

赠门西打嗒[①]

时时秋貂渌纻衣，金鞍新鞲紫骝肥。
挥鞭日晚城西去，射尽头鹅不遣飞。

《吴江诗粹》卷二十

送沈雪樵归苕中，兼怀朱朗诣、殳山夫诸子

雨笠烟蓑足胜流，和君八咏共登楼。
凭将万顷长虹月，映彻苏潭一样秋。

《吴江诗粹》卷二十

阊门泊舟口号

此日当年载酒行，春风兰渚荡船轻。

---

① 编者按：此首及其后两首绝句，《吴江诗粹》编者云辑自顾有孝《三体诗抄》。

飘零毳帐归来日，漾水红栏到眼生。

《吴江诗粹》卷二十

送严伯玉之惠阳

相期且对酒，相见辄悲歌。
相送有如此，相思知若何？
晴川疏树远，落日乱山多。
别后丰湖月，闻钟应独过。

《皇清诗选》卷十一

赠张璩子

可汉张公子，流离自妙年。
身孤百战后，门掩万山前。
易下穷途泪，难耕负郭田。
平陵松柏在，馀恨满南天。

《皇清诗选》卷十一

驿壁题诗

毡帐沉沉夜气寒，满庭霜月浸栏干。

明朝又向渔阳去，白草黄沙马上看。①

《续本事诗》卷十二

采桑子 寄妹，起句用合肥公来札中语

缟綦义烈人谁似？淡月寒梅。寂掩罗帷，生受黄昏盼紫台。

遥知枫落吴江冷，白雁飞回。锦字难裁，一片红冰熨不开。

《今词初集》卷下

① 编者按：按："明朝"一联，《叶学山先生诗稿》卷一作"明朝更向边州去，白草黄沙马上看"。

又按：此诗原有本事，兹录三则如下。徐釚《续本事诗》卷十二："汉槎惊才绝艳，数奇沦落。万里投荒，驱车北上时，尝托名金陵女子王倩娘，题诗驿壁，以自寓哀怨，'毡帐'云云。情词凄断，两河、三辅间多有和者。故计改亭诗云：'最是倩娘题壁句，吴郎绝塞不胜情。'其《西曹杂诗》自叙曰：'望慈闱于天际，白发双悲；忆少妇于楼头，红颜独倚。'婉转悲凉，如听银筝之鸣咽矣。"

计东《改亭集》卷五《秋兴十二首》，其三最后一联云："最是倩娘题壁句，吴郎绝塞不胜情。"后附自注云："涿州旅壁有金陵（按：《叶学山先生诗稿》卷一"金陵"作"豫章"）女子王倩娘绝句，吾友吴汉槎笔也。题诗百余首。山东、三辅间多有和之。幼舆（指王幼舆，长垣人）有次韵诸作，未详其人，予有书致之。"

此诗《续本事诗》另载一首为："忆昔雕窗琐玉人，盘龙明镜画眉新。如今流落关山道，红粉空娇塞上春。"而王尔纲《名家诗咏》卷十五作《涿州旅舍题壁》，载有二首。即："一身瓢泊叹边陲，泪落如珠那可挥？薄命不如双燕子，春来还傍旧家飞。"另一首作："暗把香绵拭泪流，相逢多分此生休。陇头流水声呜咽，未抵萧娘一半愁。"考此三首绝句，与其《秋笳集》卷五托名刘素素所写《虎丘题壁二十绝句》之十六、四、十二所载大同小异，殆《秋笳集》所载者为定稿本，其他为初稿本。

生查子　古意

秋高紫塞风，阵阵衔芦雁。盼断别时音，尘暗书难见。昨岁灞桥头，折柳看如线。又是玉关春，絮卷天涯远。

《全清词钞》卷二

念奴娇　家信至有感①

牧羝沙碛，待风鬟唤作雨工行雨。不是垂虹亭子上，休盼绿杨烟缕。白苇烧残，黄榆吹落，也算相思树。空题裂帛，迢迢南北无据。　　消受水驿山程，灯昏被冷，梦儿中叨絮。儿女心肠英雄泪，抵死偏萦离绪。锦字闺中，琼枝海角，辛苦随穷戍。柴车冰雪，七香金犊何处？

《今词初集》卷下

天东小纪（残文）

火茸城广四十余里，中间禁城可里余，三殿基址皆在，碎碧瓦棋布其上。禁城外有大石佛，高可三丈许，莲花承之。前有石塔，向东小欹。出大城而西则芰荷弥渚，逶迤绵渺，莫穷其际。渚间有亭榭遗迹，岂当时之阙庭苑囿耶？

自沙林而东八十里为宁古塔，临江而居，以木为城，地极寒，

① 编者按：《国朝词综》与《全清词钞》均辑有此词，然仅“无据”、“梦儿中”、“海角”三处微有不同，其他无异。

八月即雪，度清明冰乃解。人劲勇，重信义，道无拾遗，人不敢私斗。官民相习，狱无枉系，宛然有陶唐氏之风焉。自宁古塔东行六百里，曰羌突里噶尚，松花、黑龙二江于此合流，有大土城，或云五国城。①

（清）高士奇《扈从东巡日录》

致宋既庭书

二十年冰雪之人，忽逢毒暑，竟委顿不可耐。百老此刻往阊门，明日想欲解维，杯酒剧谈，恐不能矣。此复既老长兄先生大人。小弟兆骞顿首。

吴修《昭代名人尺牍》小传卷七

---

① 编者按：此节文字，“自沙林”至“冰乃解”一段，程穆倩等笺注之《梅村诗集·悲歌行赠吴季子》亦曾引用，略有差异。又，杨宾《柳边纪略》引用此节后部分文字作：“自宁古塔东行六百里，名羌突里噶尚，松花、黑龙二江于此合流，有土城焉，疑即是。”与本节仅数字之异。

耕烟草堂诗钞

（清）戴梓　著

耕烟草堂诗钞

卷一

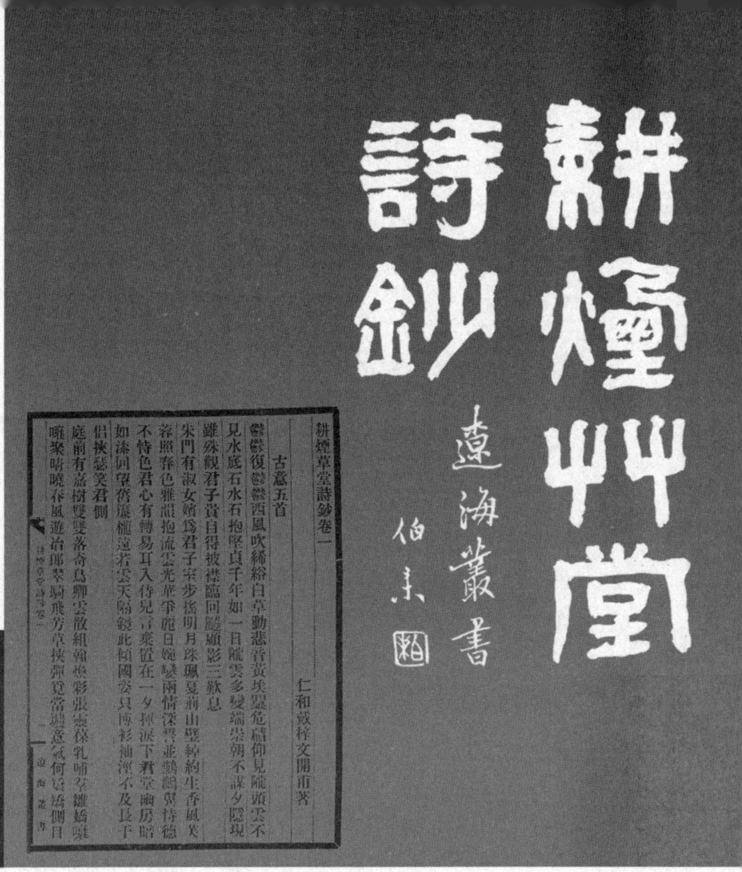

古意五首

郁郁复郁郁，西风吹絺绤。
白草动悲音，黄埃羃危碛。
仰见垄头云，不见水底石。
水石抱坚贞，千年如一日。
垄云多变端，崇朝不谋夕。
隐现虽殊观，君子贵自得。
披襟临回飙，顾影三叹息。

朱门有淑女，嫔为君子室。
步摇明月珠，珮戛荆山璧。
绰约生香风，芙蓉照春色。

雅韵抱流云，光华争丽日。
婉娈两情深，誓并鹣鹣翼。
恃德不恃色，君心有转易。
耳入侍儿言，弃置在一夕。
挥泪下君堂，幽房暗如漆。
回望旧帘栊，远若云天隔。
镜此倾国姿，只博衫袖湿。
不及长干倡，挟瑟笑君侧。

庭前有嘉树，双双落奇鸟。
卿云散组翰，焕彩张灵葆。
乳哺群雏娇，噰噰聚晴晓。
春风游冶郎，翠骑飞芳草。
挟弹觅当垆，意气何矫矫。
侧目眄高柯，金丸度空杪。
一击毛羽摧，惊飞何扰扰。
哀哉覆巢下，众雏难自保。

枉渚有幽兰，香气随风烈。
美人牵轻裾，窈窕独采撷。
珮之非自欢，用媚君子悦。
君子自怡怡，兰香香有时。
其奈妾颜色，冶容日以移。
兰萎合弃捐，弃妾亦如斯。
残香复把玩，泪向春风吹。

昔作君家妇，红颜如夭桃。

纺织供衣裳，针线为灯膏。
织手力井臼，瘁极不言劳。
柔肠刺枳棘，何敢嫌糠糟。
黾勉相厥德，结发如同胞。
君名幸成就，妾意登云霄。
驾言妾颜色，端肃无丰标。
挥金置妖丽，珠玉明纤腰。
欢狎自成族，疏礼徒崇高。
历苦华艳谢，乃为群婢嘲。
十日不一顾，一顾已酕醄。
尸素自渐退，空房啼中宵。
寒衾枕蟋蟀，旦暮归蓬蒿。
妾身不足惜，君德在久要。

随家严赴诗社，与钱牧斋、杜于皇、程穆倩、汪湛若诸前辈赋淮阴钓台，得寒字

时年十二岁。

尝笑淮阴拙，生涯守钓竿。
有能匡社稷，无计退饥寒。
存楚心难定，封齐祸已安。
可怜台畔水，千古响哀湍。

漂　母　祠

一饭原无重，千秋独有君。

三齐如不显，空自饱王孙。

重经漂母祠

漂母祠犹在，凄然日欲西。
义惟轻一饭，名已重三齐。
白马垂纶岸，清江浣苎溪。
望中人不见，荒草雉还飞。

古　　庙

何代留遗庙，倾崎动感伤。
碑残苔蚀字，殿老树生墙。
阒寂藏神鬼，幽深聚虎狼。
犹疑灵爽在，松柏啸斜阳。

登报恩塔

九级奋登临，乾坤一望平。
万逵开锦市，一柱俯金城。
山色烟将暝，江声雨乍晴。
高危凭眺处，新月挂檐明。

赤壁怀古

赤壁当年战火烧，风狂天瘴水迢遥。
曹瞒败去无双鬓，公瑾归来有二乔。

月暝魏都秋落叶，烟消吴苑夜空潮。
江间渔父无今古，羌笛一声风自飘。

登黄鹤楼

城上危楼俯大江，昔经崔灏咏无双。
我来欲作惊人语，扫壁题诗意早降。
万里平氛存姓字，一身归国望乡邦。
眼中水色收全楚，沔鄂烟波满碧窗。

登岳阳楼

暂解征衣上岳阳，水光山色两茫茫。
云来巫峡疑神女，酒间巴陵忆醉乡。
鸦散夕阳舟未泊，雁归秋浦荻初黄。
滔滔江汉无今古，何处烟波吊夕阳。

范　蠡

功成邀爵岂无情，乌喙终难共令名。
紫授能捐身不死，黄金空铸像如生。
五湖散发鸥同泛，片席悬秋月自明。
我欲乘舟同烟水，白蘋遥隔暮云横。

看　马

一君云锦分毛色，列向西风牵靮靮。

圉人云是尽龙媒，百里回还不时刻。
中有一匹不成材，啮踼骁腾骑不得。
止堪引重驾盐车，绊套入辕还费力。
马忽长鸣似有闻，踣耸瞳张毛鬣立。
攫然蹀躞到余前，似诉平生人不识。
雕鞍一鞴试骑看，驯若驽骀非所述。
平沙千里等闲来，直欲追回西落日。
疾如风雨力如山，此是英雄真配匹。
流黄骒褭古所称，赤兔乌骓有功绩。
嗟哉此马真无伦，慎莫轻将美人易。

看　剑

昨夜龙雷壁间泣，寒芒闪闪光幽室。
晓来启匣自抽看，桃花隐现腥还湿。
十年不用嗟神龙，徒挂空斋式墙壁。
清泉为浴砺礛诸，陈尘拂去生寒碧。
仍收宝匣藏床头，三跃不容皆吐出。
侍儿惊走奴辟易，何事精灵动白日。
咄哉剑兮夫何为，用尔曾经在畴昔。
烟消贼死鼓声沉，戈戟旌旄尽敛戢。
尔独呜呜犹夜鸣，鸣成碧血复何益。
抽来檐下复重看，彩暗光韬类铅锡。
垂头收拾付童儿，神器空余人太息。

北风行

北溟鲲鹏来变化，浪起危山海横泻。

中间猛烈成北风，瓦飞树拔将人射。
骇若声疑万虎来，天吴锁断金门开。
潜蛟春起鳌自掷，洪濛重结天胚胎。
城郭将倾日光紫，不到山平吹不止。
妖狐异鬼助风声，吹出奇寒人欲死。
雨雪飘零风忽已，暖气盈庭日光起。
吁嗟北风空怒号，世事升沉类如此。

题　画

抱道守一隅，脉脉自寻乐。
行到懒云峰，坐看飞泉落。
恍忽玉虬悬，千尺来天廓。
素琴敛徽音，短言用斟酌。
山色暝归途，疏烟纷漠漠。

山到春深翠色多，风来香艳鸟来歌。
欢寻高隐人何处？茅屋临岩护薜萝。

雨后乱泉流，生憎草木稠。
山回疑路尽，云散觉严秋。
养拙应辞市，居仙不在楼。
愧他烟水际，长笛一扁舟。

四　皓　行

商山有四皓，采芝绝世情。

汉主不能致，仰之如景星。
建储意犹豫，忽尔侍殿廷。
异哉四老翁，能令帝者惊。
一见意遂决，羽翼叹已成。
吾闻青云士，立节终不更。
屈身辅嗣子，其志将何营。
就中不细察，真伪难分明。
吕雉计既得，赵王难其生。

陪　射

锦衣簌簌羽林儿，卷起风沙日暗吹。
内令忽传观较射，角弓羽箭纷纭驰。
葳蕤八骏骤排到，帐殿横开间西照。
由基神术是重瞳，鹄对弦鸣应风哨。
百发曾无一矢虚，九夷骇视咸欷歔。
小臣忝厕儒臣列，但操弱翰承明庐。
岂知文治有武备，骑射复见风雷驱。
安不忘危遵往古，圣王焉肯耽安居。

公无渡河

结发为夫妻，婉娈情不移。
何当发狂疾，言欲各分飞。
一夕起长歌，向涛乱奔驰。
其妻踵其后，呼公无渡河。
临河公不见，妻心将奈何。

悲重视生轻，持袂投洪波。
两身抱一处，千载永不磨。
至今河畔草，纠结成烟萝。

猛　虎　行

头如坚城尾如纛，抬头扬尾睛光烛。
天风从拥出长林，一声高吼摇山谷。
猛虎食人不食鹿，居人户户编毛竹。
竹如利刃列成城，一跳曾经洞虎腹。
县官昨日吏胥来，坐向床头索酒肉。
称言今岁纳粮难，官止收钱不收粟。
举目周瞻四壁空，两岁婴儿难卖鬻。
丈夫被吏牵见民，妻儿坐向穷檐哭。

西域进狮歌

西域遥闻九万里，却向中华进狮子。
艨艟如岳浪如山，鲸鳄相看同鹿豕。
狮形不似画者形，长发披头毛色紫。
双瞳碧玉电光莹，利爪獠牙三尺尾。
尾后团毛类拂蝇，一挥一动无宁晷。
曾过邗江泊市头，市头观者人如蚁。
肩摩踵接日夜喧，乘马欲前遥即止。
止非有令畏狮威，蹄蹶腰倾鞭不起。
夜犬无声驴不鸣，妖狐魔人人病已。
北上神京进圣人，舁向彤廷动天喜。

黑面狮奴亦是人，舞蹈欢呼礼非礼。
大官给食命春卿，重译相传下温旨。
虎圈养狮奴亦入，夜抱狮眠情怿怿。
宫闱传语索狮看，圈筑高城甃文石。
绕周雕槛俯来看，猛气飞扬犹战惕。
坚木为球彩色装，抛向狮边博腾掷。
盘旋滚跳舞不休，一时万象来神獝。
宫闱惊骇叹奇观，今日看回又明日。
因驱虓虎入城中，虎肝忽被狮刨食。
金门列象试驯看，象首低垂身战栗。
始信狮为百兽王，眼前虎豹皆臣职。
狮能杀兽不杀贼，大官养给夫何益。
请将猛将作狮珍，四海烽烟自宁谧。

曝　书

计日今为六月六，老屋迎旸成火域。
宫闱邸第及穷檐，晒衣自古沿流俗。
我无余衣可免劳，惟有残书十余簏。
呼童罗列向晴阶，纸故潮生蠹蕃育。
揩踏涂抹不尽戕，万头鼠窜横屠戮。
老倦时酣午梦中，梦蠹周回向余哭。
公为怜书命拥曝，不思书是我邦国①。
食斯饮斯居亦斯，个中天地成文族。
公今为书不为生，轻重相衡情惨酷。

① 原注：叶。

神销口阻莫能应，醒来急命收残牍。
吁嗟命重书自轻，万编随蠹谋其生。

出狱口占

已解囹圄困，翻生离别伤。
遥凭南去雁，不死慰高堂①。

兵车口占

惨淡柳条黄，兵车适异乡。
亲朋双泪眼，家产一身装。
臣罪知无涘，君恩岂易忘。
云中双阙远，回首望苍苍。

望山海关

雄关割据势崔巍，群盗纷驰旧祚移。
四海讴歌归圣主，万年基业启边陲。
东开碣石连沧海，西指临洮服远夷。
谩道莺花虚塞外，春风随我到天涯。

叶　家　坟

断蓬轮不断，伫望日西斜。

① 原注：老母时在扬州。

气肃天蒸海，冰消地坼花。
乌风翻白骨，鬼雨走黄沙。
搔首余将老，千秋何处家。

烽台晚眺

极目俯高丘，清笳隐戍楼。
万山环地落，一海抱天流。
白骨何年战，黄云终古愁。
徘徊无限意，霜月满征裘。

早　行

驱人寒夜起，行役意如迷。
野火烧残戍，荒城抱冻溪。
月嘶孤店马，霜报五更鸡。
冷灶吹余烬，开门参正西。

题高桥酒肆壁

一山行尽一山来，山上荆园小市开。
怅望守烽人不见，怒潮空打弩台回。

出 关 行

三月出关行，四月到辽住。
住辽不逾时，又向铁岭去。

铁岭去辽百余里，风景萧萧有如此。
我欲为家家易成，乱草和沙砌寒水。
水自滔滔出混同，洪涛万里天行风。
风高山苦不成望，连云部落冰霜中。
日暮无依投店宿，店主愁颜向余嘱。
连日狂飙禁作炊，晚餐只有前朝粥。

铁岭回沈

出关非作客，到沈却如何。
破械身还我，编氓姓属他。
典裘寒鬻米，结屋夜牵萝。
有酒不成醉，仰天时一歌。

佳公子招游郊野，座中赠陈省斋梦雷、杨玉斧瑄两太史

出塞悲连月，寻欢此一游。
龙沙天地阔，沈水古今流。
挟弹追黄鸟，输拳覆白瓯。
醉中无赖甚，忘却异乡愁。

闽南恒把袂，塞北又联觞。
万里存君我，千秋共肺肠。
有书延贱命，无语慰高堂。
敢复言忠孝，酸心抚白杨。

漫说成名早，文章亦祸机。
谋生虽寡策，教读且瘳饥。
终荷君恩宥，休伤世事违。
升沉何足定，强饭望朝晖。

日色荡寒沙，归鞭促暮笳。
乱红萦马足，深绿隐渔家。
路踏严城月，门敲小径花。
春光长不歇，投老愿天涯。

题省斋小照

海立天无光，闽南才子眷 空张。
欲死不死生高堂，血心成碧人莫量。
此身何必存文章。①

赠龚默识

绝足追巢谷，间关访谪仙。
到时炊朔雪，行日泛江烟。
海气连云合，龙沙抱日悬。
中原旧丰沛，何处拟辽天。

饮胡将军宅

束蒿扫却庭前雪，卷帘延入天中月。

① 原注：下阙。

将军脱剑披麟膏，笑指千山一千叠。
娇童娥娥红粉妆，繁弦幺袅流清商。
含情含态称霞觞，绣罗裙折双鸳鸯。
无端肩上作掌上，轻身婀娜来昭阳。
瞥惊忽落彩云乡，绿珠楼陨悲遗香。
弓官虎士惊欲狂，酒徒词伯皆彷徨。
须臾娇啭起青扬，春波帝子游潇湘。
一斗一石饮不了，雾眼相看情愈好。
生憎容剧夜珠明，柳枝欲把桃花恼。
内中绿衣色更佳，歌残舞罢归谁家。
惭余白发老无赖，梦里不知谁是他。

赠李铁丸

东海有长松，亭亭一千尺。
挺拔干云霄，阴森荡天日。
蛟龙不敢窥，风雨何能蚀。
有时明月来，清影散寒碧。
不为绳墨拘，应笑栋梁失。
抱此千岁姿，支离托泉石。

夏日游杨园

三径郁参天，千章碍日悬。
拂苔人选石，翻树鸟啼烟。
竹叶开香瓮，花光照绮筵。
莫教歌舞倦，新月正娟娟。

送别万子

君欲去，我欲留，去留两执翻如仇。
金风玉雪不足苦，苦君贫贱无良谋。
纵然肮脏游五岳，五岳安肯为糟丘。
降乃心，柔乃骨，富贵浑如操券決。
笑我托空言，覼缕向君说。
劝君我不能，握手空呜咽。
从此天涯永离别，青蹇长鸣野烧昏。
茫茫冰海吞寒日。

送铁岭许明府进应召入都

黄风构冰冰转裂，洞穴穿衢铁城雪。
使君闭衙手如冰，炊断寒烟泣边月。
剖蚌不珠草不参，三年空滞辽河阴。
前年天子来东狩，赋成直向天阊叩。
携去承明示巨卿，巨卿研勘神色惊。
陈思已往太冲死，何来神怪横苍溟。
昨岁储君复狩来，宵驰召对呼奇才。
帐前彤管白玉版，万言立下生风雷。
大官进食赐频数，亲颁雉兔恩隆哉。
侍臣可望不可近，雪里猥裘倾耳听。
猎骑千重不放围，论诗正热情难竟。
小帙蝇头进御床，床前五色流瑶光。
兰膏白日侍涓肃，但闻天语声琳琅。

鳌掷鲸掀海若若，风樯阵马天茫茫。
潇湘猗兰秋雨细，美人春睡胭脂腻。
清庙宫中振玉音，蓬莱阙下歌群帝。
愧我哇淫四十年，逢君惊愕难成字。
吁嗟乎，
明良际遇今如是，锋车锋车西入都。
关山绣绿莺呼雏，索我北窗支病画，
墨花吮渍空模糊。
鹅溪七尺剪秋水，他年愿作调羹图。

南塔柳阴下口占

花事看都尽，柳阴犹可怜。
轻烟蒸白塔，柔浪拍青天。
移后应多悴，攀余未许眠。
灵和旧风日，回首忆当年。

题画赠陈太史省斋

白云高高晴不开，南国溪山犹在哉。
无端一别一万里，今喜风尘归去来。

送王司马台铉之任荆州

此去荆山好，余曾负笈游。
弥漫三澨阔，窈窕五华秋。
米贱官余俸，鱼肥钓满舟。

琴书携八口，可不向民求。

既喜之官去，相看复黯然。
一身留绝塞，万里羡长鞭。
路入雄关断，山当纷署悬。
思君何处切，楚月照辽天。

赠宗藩艾将军

沙惊土裂正严冬，北走关河一万重。
远谪不须悲黑水，庙堂宁久弃贤宗。

送王子回京

今日天涯遇故乡，乡音入耳玉琅琅。
百年姻娅瞻丰度，一路云山括锦囊。
伏枥谩言羁骥足，干霄指日焕龙光。
羡君欲去便归去，不似愁人老雪霜。

耿明府宴集

塞北消愁垒，城南访醉乡。
径余残夜雪，须结晓来霜。
入室惊春邃，依棂喜曙光。
绣帘湘水碧，画卷楚山长。
吮墨抽新意，开函动古香。
金徽文几侧，玉局唾盂旁。

事物皆周致，宾朋尽激昂。
犹龙推柱史①，栩蝶让蒙庄②。
辞爵愚多傲，笼鹅老益狂③。
竹林风不远，白社兴还长。
秋霁钦贤主，春云羡阿郎。
万言垂玉石，片纸戛琳琅。
愧我甘衰钝，看君肆颖芒。
大魁能导路④，后武自登堂。
兽炭添鸡舌，螺尊列雁行。
藉花翻酒政，击筑倒缃囊。
未许邀明烛，先应恨夕阳。
暮林喧鸟雀，寒碛下牛羊。
洗盏风摇帐，寻诗月在墙。
醉中天地阔，空外海云苍。
同是飘零客，何来靡丽场。
诘朝人未老，再会日须商。
莫漫忧冰滑，牵车有木床。

寄赠天津道范某

羡君节钺近燕都，匡济胸开五岳图。
昭代忠贞推姓氏，宦游诗卷满江湖。
身怜小草秋云远，家对荒陲海月孤。

---

① 原注：李。
② 原注：羽士。
③ 原注：王。
④ 原注：谓李根庵。

为问津门天际客，高情还似昔年无？

去春宣府得相亲，今岁瞻韩意少申。
两度缁尘边塞客，十年清梦别离人①。
歌传郢曲风云合②，政出燕山草木春。
远隔慈闱虚定省，感君甘旨破酸辛。

三　清　观

久有东皋约，兹游喜不虚。
推窗瞻广汉，扫碣读遗书。
孤塔千秋在，荒城百战余，
萧萧寒木下，瞻望意踟蹰。

舞　刀　歌

匹夫百战成大功，身膺上将胪王公。
腰悬宝刀三尺水，为我醉舞生阴风。
猿伸隼击逞神异，左右辟易不敢视。
须臾见光不见人，银蛇万道搏空际。
材官执弓群射光，光凝金石声锵锵。
风雨骤至百灵走，空教羽镞纷飞扬。
纵身一击电母白，寒潮上激天龙狂。
雄心舞热发真怒，闭喘裂眦毛发竖。

---

① 原注：在闽别后，十年始晤。
② 原注：范以诗仰邀睿鉴，特授今职。

壁上环观不是仇，余威吹断庭前树。

九月廿一夜震霆大雪，因述长句

去家路五千，闻见颇有异。
四月冰不澌，八月霜满地。
地北寒自多，推天固有意。
胡为冰雪中，忽闻震雷厉。
忆昨拨残灯，拥衾读遗史。
窦窍忽悲鸣，如匣出虎兕。
顾门慎扊扅，拣絮覆两子。
雷声震屋尘，电光烛窗纸。
畏寒我无眠，檐瀑喧未已。
虚枕不成寐，暗室光忽紫。
天又东南倾，地复西北圮。
巨响自何来，副拆邻树圮。
两子梦中惊，抱母啼不止。
一夜如海行，洪涛打船底。
临晨起开门，门被滕六砌。
璀璨成玉京，迷茫失天际。
滑𬇙阻我行，满地琳琅碎。
敝裘典未归，乌金贵难贳。
嗟嗟九月中，景象竟如是。
遥想冬深时，凛冽复何似。
昔闻寒时雷，动蛰蛇俱死。
蛇死不伤人，毒去我所喜。
唯彼秋奇寒，半生未见此。

矫首逐南鸿，哀鸣望乡里。

冬　日

草堂寒若此，焚荻竟无功。
窗满前宵雪，门增此日风。
卖文怀旧主，贳酒乞邻翁。
鸿雁南飞去，梅花信未通。

题布袋和尚

瞻彼异僧，形容古怪。
地老天荒，独携布袋。
袋中何有，非米非菜。
收在袋中，不买不卖。
放出袋来，撑破世界。
吾不能为世人以共言，
唯观我于寂然不动之自在。

题林刺史益长[1] 小像

君耳聋，我目眇，鼎鼎百年相对老。
造物生人原草草，无怪长饥不长饱。[2]

---

① 原注：本裕。
② 原注：下阙。

寄赠陈超千

寥落三山客，同为万里游。
交情穷后见，老泪客中留。
末秩身权隐，边方计早筹。
庙廊今有属，珍重海天秋。

元　夕　雪

帝城元夕物华新，朔气无端布玉茵。
天上不教灯寂寞，梅花忽放塞桓春。

东风半月度辽滨，柳线依依欲近人。
独喜星桥今夜看，雪光寒照玉轮春。

春园夜集

喜游竟日不忘归，苏合高烧继落晖。
银鹿欲随栖鸟散，金尊偏逐晚花飞。

云岩飞瀑

倚天叠巘势难攀，望似奇云不似山。
终古晴雷天上落，一枝藤杖伴鸥闲。

招游春郊即席分赋

公子招游日，羁人放眼时。

园花娇滴露，堤柳嫩眠池。
酣酒忘天地，闻歌感别离。
流莺原有意，春报此乡知。

耕烟草堂诗钞

卷二

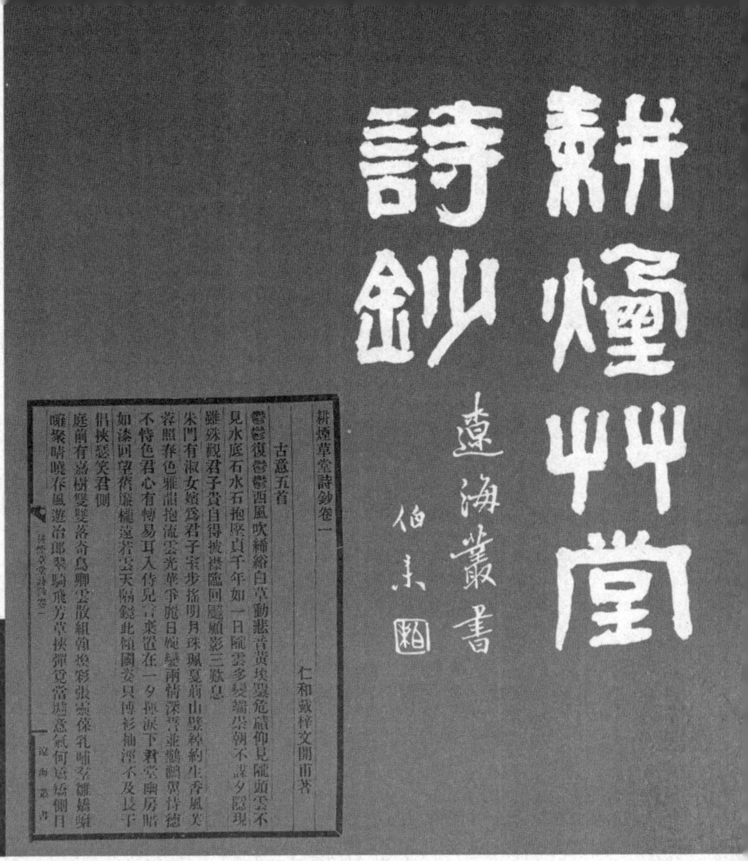

赠江且庵

杳杳日将夕，惊见虬髯客。
吐语逗乡音，西风对长揖。
我缘罪谪居，君何来此役。
咄嗟向我嗔，人生贵自适。
目穷海岳奇，足尽云龙迹。
举意将远如，舟车就行色。
安得老羁栖，牵儿计衣食。
闻言悚晨钟，掩袂三叹息。
明晓复悬帆，朔吹南流急。

吴孝廉招饮和李太史根庵韵

昭融无计问贞休，金像何堪执厕筹。
乞米十年虚穴鼠，买山八口愧耕牛。
呼猿洞冷蘼芜合，放鹤亭空雨雪愁。
叨得孝廉修脯重，海天明月一勾留。

人　日

玉历新颁七日来，金闺镂得百花开。
晋风荆俗相传久，好把春光剪下催。

蓂荚初传七叶开，羹烹杂菜写穷杯。
半轮新月欺霜鬓，愁绝春风向老催。

春日怀陈太史省斋

时太史校书诚邸。

故人迢递忆天涯，御路晨趋金犊车。
太史旧曾传董笔，文章今复重江花。
梁园好客情初洽，闽海归帆日未斜。
圣主只缘隆帝子，人间漫说贾长沙。

坠　驴　行

天放主人矜英豪，挥杯劝客如挥刀。

驾言酒客尽醉死，独余屹立扬眉镳。
我闻此言往格斗，举瓢相向翻洪涛。
攘臂挥拳角胜负，高呼屋瓦惊飞摇。
呼儿荷锸等闲事，何妨就席生蓬蒿。
惜哉古人不见我，伶魂籍鬼应悲号。
敛将沧海作一勺，虬龙入腹成蛴螬。
主人彷徨愁酒罂，司炉侍使先奔逃。
掀髯一笑解驴去，亭乌惊树吟凉飙。
腹中有酒力不胜，酒星夜陨翻鸿毛。
秋霖不断泥淖积，纵身振起如腾蛟。
吁嗟乎，
泥淖恨不一千丈，醴泉未遂将身葬。

题布袋和尚

瞻彼布袋，其高如丘。袋内伊何，无物不收。
时卧而枕，时渡而舟。浩浩弱水，载沉载浮。
蛟龙勿侣，烟云是俦。一笑万古，坦腹何求。

题画罗汉

溪水泠泠，石梁屹屹。电逐云奔，杖履安适。
计口有二，计钵无一。入彼尘寰，何以乞食。
不饮涧泉，不餐岭柏。一味真如，服之无斁。

既无文字，何以书为。既无臭味，何以钵为。
二老苍苍，相顾而崎。有草可藉，有树可依。

皎皎白日，清风自吹。闲云无约，到处相随。

承彼箕趺，岩岩石峙。謦欬当风，猿啼鹤唳。
惊醒蛰龙，云蒸海沸。攫之不能，揉之不易。
雷电翻空，震拔天地。当头一喝，收回钵内。

合掌陈词，问以大道。大道伊何，嚷嚷闹闹。
云过不滋，水流泥淖。道在理中，理为道盗。
罗汉本领，恐不能到。敢问如来，不言而笑。

猛士贾力，视虎如豵。咤叱相向，毛血翻风。
以彼衲子，称曰神通。考之古史，有人豢龙。
龙且可豢，矧彼大虫。寓言引此，云西水东。

偶逢一石，就之欲眠。岩草拥后，松风落前。
西方东土，山限海边。有此乐国，可以永年。
如水出泉，清不费钱。梧桐一叶，临秋翩翩。

茫茫大海，何为彼岸。险哉险哉，波涛浩瀚。
鲸鲲若山，狰狞欲啖。委身从之，夫复何憾。
一有失足，万劫莫办。我欲援之，回首一看。

宝塔七级，其小如锥。掌中游戏，如同小儿。
显此神通，犯彼清规。纵身入塔，发大光辉。
照彻五部，宝网罗之。相索和南，草偃风吹。

杖不自持，反付童子。童子如妖，摇唇弄齿。

柴风欲焚，草霜欲死。纵有灵芝，亦不能起。
嗟哉此躯，如水如纸。纸可千年，水弗能止。

白云蒸蒸，高台层层。梧桐兔落，杨柳鸦惊。
眼中幻境，岂我真形。四海五岳，宁无应声。
忽发狮吼，震荡幽明。梦乎醒乎，是死是生。

题　画

春雨新晴长薜萝，好山增得翠微多。
邻家应有初开酿，苔滑婆娑曳杖过。

闭　门

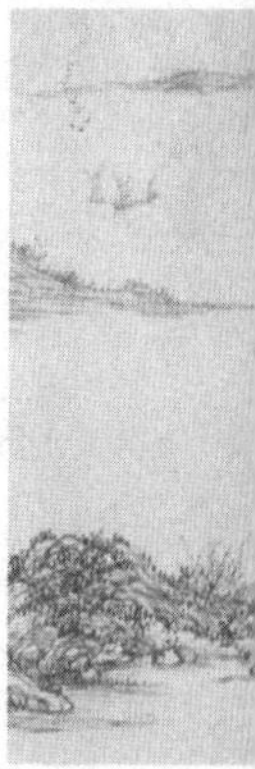

经旬不出户，寂然成山阿。
壶觞唯自酌，小鸟时来歌。
长饥乐至道，造化相婆娑。
默默忽有晤，怡颜步庭柯。

送　僧

萝薜映帘栊，森森透碧空。
青山疏磬外，修竹乱烟中。
卓锡留经月，归帆趁便风。
浮踪人不识，沉水日融融。

祝王明府母寿

明府曳绂黄龙来，几年为政锄蒿莱。

畎亩荒荒不得食，解囊代用编氓力。
静挂蒲鞭不复施，衙清吏散官宁饥。
官饥不敢累北堂，甘旨往往来故乡。
马啼熟谙秦关路①，碛断烟寒昏不住。
黄金用尽不知贫，酒债诗狂等闲度。
我来西塾愧无文，仰君潇洒如青云。
登堂拜母日正暖，弦歌花下吹南熏。
遥指千山介母寿，一岁一峰接灵秀。

赠吴羽士

至人抱奇姿，遁世守穷拙。
长松荫千年，悬崖坐明月。
我见叱为妖，抖身散黄叶。
饮以石中泉，饭以山上蕨。
牵衣恣嬉游，凉飙荡晓白。
笑指尘中人，醉梦何时歇。

大　水　歌

沧桑之变历千年，不料沧桑变眼前。
前日我来行大陆，今日我来行大川。
大川茫茫四无际，风涛奔怒浮青天。
涛欲下，风欲上，风涛相争不相让。
独将刳木两难殉，微躯已过松头浪。

① 编者按："啼"，疑为"蹄"。

此地不习水，忽然逢水灾。
橹棹尚不辨，樯帆何处来。
编门结枥驱龙雷，托寄性命诚难哉。
茅茨倾塌随流转，虫鸟乱飞投人怀。
嗟余见短不见远，五岳安平谁道险。
柳梢系釜有人居，马腹冲波渡清浅。

李太史根庵蟠招饮榴花前即事戏歌

一树安榴高六尺，剑血凝鲜缀琼碧。
畀向庭中四射光，珊瑚晓破扶桑日。
白头青眼来狂夫，一斗倾翻复一石。
胡床高踞背花坐，翠叶红葩头上拂。
主人瞥见忽大笑，何事白头成窈窕。
红白交辉亦可人，惜哉老去非年少。
年少生憎不再逢，对君且作金芙蓉。
朱颜半逐落霞暮，玉蛆莫负玻璃浓。
谑兮谑兮漏沉夜，睡抱香魂把花嫁。
闻道红裙妒石榴，今宵醉死花枝下。

雪后访杨太史玉斧醉中口占

同是冰天谪戍人，敝裘短褐益相亲。
愁中独念孙开士，风雨吴江倍怆神。

南北浮云照眼新，文章今已负儒身。
西风一任吹残笛，且向乾坤作醉人。

寄怀江都熊明府

野火照孤城，思君动旅情。
音书鸿万里，砧杵月三更。
荒碛连云断，哀笳入夜清。
生憎关塞柳，魂梦广陵人。

使君高谊重，垂爱谪臣多。
膏雨含山泽，春风下薜萝。
黄龙天际戍，白眼醉中歌。
倘遂生还愿，当轩涕若何。

赠陈子天阶

谪戍隶银州，瞻君丰度幽。
问乡原旧戚，慰我破新愁。
茶沸青山暮，诗成白雪秋。
使君能爱客，莲幕自勾留。

大堤踏月

西郭高秋迥，遥遥接混茫。
一轮升碧海，万里共清光。
古道人烟静，空天雁影长。
行歌潇洒里，芳草露瀼瀼。

御园春望

郁郁山陵望，青青景物幽。
晴云当槛落，春水傍宫流。
象魏吞千障，龙蟠控九州。
乾坤钟王气，满目瑞烟浮。

失　题

雾鬓烟绡何处来，杜兰香满碧波隈。
冰丝鸳锦天孙怨，玉柱鹍弦帝子哀。
环珮夜趋三峡雨，鼋鼍春起九江雷。
一从缥缈身沉后，水净沙明听不回。

冬夜即事和陈侍御韵

空阶冰雪照星辰，尊酒悲歌纵此身。
骢马绣衣成往劫，黄獐白草共边尘。
十年如梦人何在，万里无家草不春。
潦倒细推浮世事，生涯只合老江滨。

喜　得

点金惭乏术，喜得卖文钱。
贳米呼童急，当餐让子先。

寄怀江都熊明府

秋色满天涯，清尊对月斜。
一生交有道，万里泣无家。
侠岂污能减，诗因老去赊。
高城当市隐，箕踞啸龙沙。

景祐晓钟

漏尽银河淡，香焚玉殿开。
殷殷传万户，隐隐下三台。
御墨留题去，真人入道回。
五云清响断，曙色射蓬莱。

李太史私酿清甘，伪言远致，因为长句戏之

漠漠春塘暖暖天，东风庭院敞芳筵。
一尊竹叶清堪鉴，四座梅花香欲燃。
惠水未通秦塞路，巴陵谁泛汉阳船。
十年梦断长安市，一夕欢游古塞前。
西子心头应有属，文君眼角为谁传。
黄垆夜拥城边月，青幌晴摇洞口烟。
金谷鸟啼人未散，玉缸火冷主将眠。

题　　马

棱棱应自渥洼来，铁骨金羁汗血回。

盛世升平无战斗，圉官闲却老龙媒。

送江且庵入都

空郊杨柳春如织，送客长堤鞭晓日。
君归去兮我独留，伤心泪染黄沙赤。
对君伤我生不辰，关门目断繁云昏。
天涯毛发久霜雪，还扶衰病谋饔飧。
进君酒，为君歌，长安烟月今如何？
丈夫得意贵乡井，花开艳照兰江波。
行行哽哽情不已，西望酸风一千里。
高轩倘肯过柴庐，为报北堂儿不死。

独　游

相订越三秋，今来我独游。
开颜唯自适，得句向谁投。
雨净天低月，山空海接洲。
郁葱人不见，萝薜负归舟。

北镇庙立碑

帝里钟佳气，医闾望郁葱。
祁连青隐接，长白脉遥通。
九邑分支细，三江引派瀜。
秀来峰崱屴，翠倚麓嶐崇。
采玉琅玕异，芰茅芝术芃。

长松凌朔雪，飞瀑截秋虹。
窜逸岩边鼬，孳生草际鸿。
白云群窍湿，青霭四山笼。
封锡昭文献，峥嵘大武功。
祀承千禩上，名振八垓中。
爵以王靡替，尊因镇建雄。
位应侔岳渎，道不让崆峒。
海立朝翻旭，沙惊夜度风。
灵旗烟淡荡，天马电迷蒙。
散雨田膏沃，吹晴物阜融。
保疆环蓟北，守土福辽东。
被泽民知感，酬庸荐合丰。
时当逢圣节，报必首神聪。
凤藻挥彤管，龙章出紫宫。
关河传俎豆，台殿敞玲珑。
额署金璀璨，碑标玉琢砻。
恋宸霄汉近，拜笔古今空。
铸铁坚堪并，镂冰润岂同。
伊余甘委弃，幸老备胥工。
摩迹虚惭术，披诚实抱衷。
乾坤归位育，尧舜大涵洪。
地肺轮居握，天心运在躬。
平成倡力学，熙皞不忘戎。
百辟欢鸣豫，三多祝效嵩。
名山如不朽，万寿自无穷。

霪　雨

霪雨暴何似，高天悬江河。
江河流易竭，霪雨暴何多。
四邻无完壁，洞观连滂沱。
原隰绝行役，城市奔洪波。
美人瘗泥淖，花片辞条柯。
阴风遏霮𩃎，寒入肤生螺。
绨绤薄莫御，毡罽偎难过。
泛泛见鸥鹭，青青无黍禾。
稔歉岁匆卜，须发斑增皤。
高堂与荆布，两地空烟蓑。
双身厄羁旅，浮荡成愁窝。
名山负良约，挥杯起长歌。

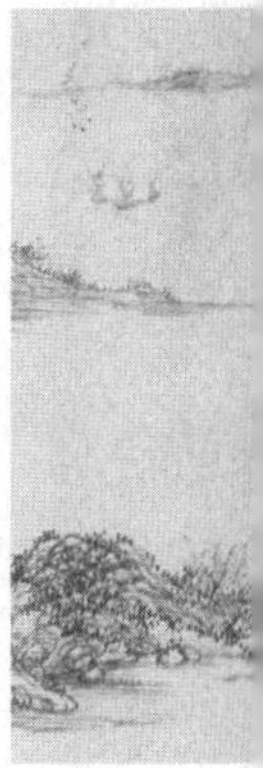

游千山杂咏

瞻山若可登，登山未可即。
驱马入烟云，披衣乱荆棘。
急湍隔危途，弃乘贾足力。
藓滑鲜人踪，芝残多鹿迹。
方讶青霭迴，瞥见红寺出。
寺上落飞泉，匹练几千尺。
建瓴悬青天，奔虬凌白日。
水气散瑶光，含灵变颜色。
悚身不敢前，倚树惊战栗。

山僧致野情，摘果慰喘息。
幽禽时一鸣，清响彻遥碧。

奇山能诱人，既倦复探讨。
嵚崟碍芳踪，崎仄赖萝茑。
浮涛履和风，飘忽泛瑶岛。
慈航白云隈，香客逗窈窕。
苔花绣文裀，践礼致虔祷。
周瞻转邃深，黭黮失昏晓。
砭骨骇沉阴，牵心畏阽倒。
时闻声冬丁，幽泉滴崖小。
此中别有天，长谢雨露杳。
我欲托高栖，尘绁勿复道。
因思桃花源，空说春婆鸾。

群峰峙日脚，似云不似山。
西风吹不变，始知山意闲。
灵异召真喜，如逢故人欢。
骋目代登足，浮云偕往还。
无计促飞马，翻恨山难攀。

别友友有脚，可期友往回。
别山山无羽，唯期余重来。
繄余岁云暮，羁困天之隈。
遐情动芳趾，荆棘生群猜。
老屋压白首，饥寒酿死灰。
含泪向山诉，抚树空徘徊。

酸风结云马，幽壑兴殷雷。
情极不在语，默契答中怀。
寒翠洒空雨，孤云来天街。
世人不我惜，山当为我哀。
何时重来此，坐视山花开。

逢子先上人

乡语隔垣听，惊看若故人。
流离二十载，不敢问姻亲。

赋得“欸乃一声山水绿”

何人蓑笠隐潇湘，兴发歌来水荇香。
清入白云猿欲断，疏传红蓼雁分行。
烟波共老酬江月，姓字无闻指石梁。
别调不须尘世和，乱峰横翠碧流长。

冬至后二日送杨西侯入关步韵

苦口留君留不住，任君归去自生悲。
目穷秦筑寒无泪，肤裂辽天痛有诗。
青海月孤鞭匹马，黄沙风急锁双眉。
歌残别后三千路，回首应思塞上时。

梅花书屋

读书自觉日容与，况有琼瑶护僻居。

清气涨天香漠漠，澹烟笼月影疏疏。
湘麈绝径琴音静，晴雪迷空鹳步虚。
何幸置身还太璞，懒将白发向帘梳。

结　筏　行

良辰动奇情，结筏泛渟潦。
藜杖以代篙，禾锄以代棹。
离岸就清深，浮沉引欢笑。
轻风无乱吹，明月有私照。
宛若在江湖，高城学山抱。
树头栖鸟惊，水面歌声造。

题画赠人

渺渺江帆映远花，花间新筑野人家。
翠屏匝地乱峰出，白练浮天秋水斜。
索句扶筇桥缓步，遣怀携瓮酒频赊。
羡君得遂岩栖乐，变幻闲看早暮霞。

松　山　寺

万顷寒涛泻碧空，宜烟宜月乱云中。
浓阴碍日浑忘夏，黛色摇天不借风。
小殿闻钟金错落，清泉漱石玉玲珑。
相逢为问看山约，藜杖新成欲漫从。

纳　凉

夜来溪雨洗山容，螺髻盘青一万重。
水带剩云鱼泄泄，树留深荫鸟噰噰。
晴牵萝幕亭消暑，高设藤床面对峰。
寄语残阳痴绝者，好磨浓墨点芙蓉。

题《江村积雪图》

雪满龙沙路不前，侧身塞北忆南天。
萧森竹木黄兼绿，突兀云峦断复连。
鱼买湖船寒浦外，酒酤山市翠微边。
何年为葺西溪屋，白眼青裘一醉眠。

芍药花分赋拈得七言长律

春去惊看芍药花，痴情浑入美人家。
华清薄醉风前亸，浣苎多颦月里斜。
艳质岂无疏雨妒，娇香合有上卿加。
缘谁破泣朝承露，意我多愁夜吐葩。
粉黛横陈期梦接，胭脂遥引隔阑奢。
翻阶翠落娟娟影，照槛光流片片霞。
书带易窥金作埒，蒹葭难倚玉为沙。
若教持赠魂应断，无那香肌隐绛纱。

巢大司寇寄斋斋中畅观书画

天风吹襟谒华屋，拍面清悬旧山竹。

四壁氤氲绕画屏，半窗雪隙余残绿。
高楼楼系米家船，船上烟波谁沐浴。
東海编氓性好奇，借观酷似饥求栗。
唯唯呼童宝藏开，蠹粉鲛绡散琼轴。
沧海精魂五岳灵，争向毫端呈面目。
锦水纷披暖照春，荆山铿戛澌流玉。
醉翁扣石石不开，石上苔花生掌肉。
龙皮皵卷皴松鳞，铁干撑空声谡谡。
越溪一卷笔最奇，摄我心魂走乡国①。
天吴负海怒潮来，潮落阴闻子胥哭。
十洲宫笔赝者多，绮丽纤浓微近俗。
朱楼十二压层城，宝镜争开乱朝旭。
何如寒生五月裘，一竿钓破清江曲。
华亭董，包山陆，忽然昏雨忽晴麓。
洞中仙子桃花红，羲驭千年几回熟。
造化洪功笔有权，补天浴日非荒录。
画未已，书来续，古香黯淡毵毛秃。
右军太傅同一时，笔势凌空堕参宿。
看多不觉眸子酸，放眼孤帆逐归鹜。
赏心浮我三大杯，置身蓬岛烟云族。
吁嗟陈子与项子，余愿从游躐双足。

题《山樵叠障图》

每到临池忆旧游，笔端仿佛楚山秋。

① 原注：叶。

汨罗水急人何处，巫峡云深雨未收。
拔地层峦猿叫啸，参天古木鸟钩辀。
十年不到空衰鬓，孤负江干旧酒楼。

秋山闲步

孤亭窈窕倚云开，老健探奇策杖来。
树染晓霜明昼锦，水翻幽壑动殷雷。
蛩分衰草沙中出，鸟带寒烟岭外回。
造物容人舒啸傲，秋空万里一登台。

王北塿

城北辉山远难到，游踪应被辉山笑。
城南王北塿一抔，杖履不倦来丹丘。
盈盈水色绿于草，参差万树烟中老。
天外芙蓉翡翠光，乱蜂争向尊前倒。
却把辉山作画屏，主宾相对烟波渺。
刳木一双联一舟，板铺槛结空中楼。
右完左裂不成载，险将酒泼波同流。
四山云起天忽变，冯夷击荡鞭龙雷。
布帷蔽日不蔽雨，雨从布落成水筛。
惊戛惨澹白昼暝，咫尺崖岸岂蓬莱。
天吴怒息湘灵喜，草黛花脂就新洗。
赤轮云隙露晴晖，扶桑晓挺西山圯。
矫首何处有纤尘，吟向长杨吾醉矣。

哭罗沧来

异地逢君白草中，相思解渴潞河东。
珊瑚笔秃难为腕，翡翠裘残不御风。
漆断千年音歇绝，铜埋百代字消融。
今朝抚玩人何处，一点昏灯四壁空。

古道如君何处寻，断猿哀壑一山深。
为贪嘉树来兹宅，不使浮名役此心。
丁令未归辽海鹤，钟期已失广陵琴①。
送秋荐菊虚佳作，应向孤坟听夜吟。

甲申元夕巢大司寇寄斋②以柏叶露和梅花酒饮松涛阁下，同人分赋得操字

阒阒震华毂，的的啼兰膏。
皎皎被九陌，攘攘弃四郊。
眷此嘉会夜，逸兴相争高。
命俦履杰阁，旷野揽清霄。
停岚冠丹巘，凯风孕荣条。
疏柳荡远媚，驰情如相招。

---

① 原注：沧来有古琴，死后售以充棺殓。
② 原注：可托。

遐瞩白云举，延伫膺摇摇。
惆怅蹴茵席，鼎铛沸寒涛。
觞政互雅谑，裒益争厘毫。
梅花忆缱绻，海岳何迢遥。
有酒居嘉名，瓣萼浮余糟。
鼻饮心已醉，口饮魂欲消。
柏叶储继出，数匕投相交。
非复尘市味，鄙哉曰葡萄。
爱极反帘吸，珍馐空罗肴。
宅心迈碧落，猥贱真奇遭。
但觉主情重，不知浮云浇。
判夜未肯别，谯鼓愁繁敲。
既醉窘缅咏，思昏管倒操。

孟夏望前南郊柳林宴集分韵

南郊苍翠净芳尘，胜日陪追忆去春。
万柳拂空晴自雪，四山含黛远窥人。
云澄水镜冰方解，谷递莺簧语乍新。
我欲不归寻遁迹，芟茅何处结花邻。

赠李秀才振先

大江如练海门霞，夹岸人烟锦绣家。
君为浮名来雪窖，我缘投畀老天涯。
黄埃路合秋山雨，白堕春深草阁花。
行处有书牛角挂，风雷何日起龙蛇。

题《芦岸双蟹图》

霜沉芦絮九秋天，寂寂平沙漠漠田。
浅水有波随岸曲，野花无主为谁妍。
墨痕带雨疑翻壁，笔势回空欲破烟。
老眼展看生色喜，羡君黄甲手中悬。

宴集南郊遇雨

不暇占时候，乘闲就薜萝。
雨随鞭影急，风入树声多。
芳草梳奔湍，巾车泛棹歌。
名亭清兴在，开酒对烟波。

赠王大京兆国安

唐虞开盛世，稷契用名公。
学以经纶展，才缘著述雄。
文章成史册，道德探崆峒。
敬缅徽猷绩，难将竹帛攻。
拥旄箕子国，代语未央宫。
鸭绿波涛静，龙江惠恺充。
九重膺节钺，两浙受帡幪。
豪黠摧如朽，黔黎抚若躬。
一方惊夏日，万户被仁风。
海澨无潜鳄，郊坰有集鸿。

露回南国草，声播北宸枫。
半壁天皆煦，千城地共丰。
口碑镌自永，腹鼓乐无终。
执法公无外，培根秩莅东。
兆民知永赖，万国庆攸同。
莫谓留班久，端邀借寇功。
廿年须未白，一世袖仍空。
愧我微垣厕，钦君泰岱崇。
关河烟雨隔，企慕梦魂通。
忽荷黄麻下，欢依白署中。
三台瞻气宇，九鼎待调融。
始释当时切，因倾此日衷。
岭梅晴雪淡，湖柳晓烟笼。
每值千春节，争来万烛红。
藜鸠哄野老，竹马闹儿童。
遥望云霄拜，深酬惠泽洪。
城阛春浩荡，灯火月玲珑。
携得麟为脯，歌来凤倚桐。
三尊歌一曲，同祝寿无穷。
还有吾人献，千山翠若葱。

赠

华胄南宫捷，雄文东国强。
君时荣上苑，余正厕岩廊。
丰度真英异，家声正炽昌。
簪缨传奕叶，弓冶在文章。

未作龙门客，徒瞻凤羽光。
挺身期远大，立节自辉煌。
博禄居清要，垂绅佐太常。
宸枫悬广宇，锥颖脱虚囊。
执法黄门显，筹时白简张。
熊车抡士出，虎观猎才良。
泰岱公明著，嵩高颂誉彰。
国恩容岱借，臣议谨储藏。
不独偫才虑，端为糜费防。
一言陈庙算，四渎凛朝纲。
晋秩辞天陛，弹冠谒帝乡。
朔风千里月，塞草五更霜。
幸接同舟教，应消扫径望。
拂尘荒署酒，捧袂御炉香。
通谊前交久，言欢后叙长。
土纯才或驳，士朴学疑荒。
作则劳提命，培根赖激扬。
庸庸惭马齿，矫矫羡龙骧。
挂矢门空老，悬弧第自庆。
负生先四日，委德逊千祥。
共喜梅兼雪，偕联洁又芳。
春风吟有意，淑气祝无疆。
玉珮擎鹦鹉，金钟戛凤凰。
医闾云窈窕，渤海蜃迷茫。
并作阶前物，来供席上觞。
问年何所似，杲木拥扶桑。

合营寨

相传唐太宗与盖苏文战地。

中原句丽各天涯，欲骋雄图作一家。
日角气消无虎士，云梯烟尽有龙沙。
田开麦浪迎朝露，山带松涛冷暮笳。
剩有渔樵成小市，弩台西畔夕阳斜。

赠顾大宗伯八代

岱宗何巍巍，攀云尚可即。
沧海何茫茫，乘波尚可适。
卓哉鸿儒姿，高深莫可识。
畴昔瞻其光，春风净云日。
剑履玉阶晨，天香曳瑶碧。
众星拱北辰，三台副烜赫。
九垓播休徵，一代大宗伯。
溯忆搴旗时，晴光乱矛戟。
叱咤风雷兴，运用鬼神役。
甘露靖蛮烟，真为万人敌。
功成报至尊，卷甲归故宅。
大哉不言武，收雄握巨笔。
入理赜易明，阐义该且实。
百氏穷冥搜，两间殚组织。
立言尽奇变，亦如破城邑。
筹深坚必摧，意到疑自克。

铸字十万言，言言虎贲屹。
盲左与腐迁，鼻孔同呼吸。
圣道千年堕，融汇透精一。
熙皞今唐虞，股肱自稷契。
永永宜万年，调和建伟绩。
藐余愧蠡窥，显晦安能测。
鸡鸣掩翠屏，鹤舞抚瑶瑟。
心随白日驰，发听清霜逼。
花陨瓮头分，苔深屐齿湿。
干将锈蜗涎，雨黑龙吟壁。
回瞩后来人，阴森罗玉立。
经为家渊源，材为国储积。
睥睨凌千秋，啸歌畅一室。
未肯老投安，篝灯著周易。
羌彼群竖儒，鳞集裈中虱。
吁嗟辽海氓，沙昏絷伏枥。
听风时一鸣，瘦振嶙峋骨。
仰秣鸾凤光，高天胡可接。
乌饥白杨枯，鬼老荒城僻。
麒麟乖我怜，拊膺长太息。
鹑头暖鹔鹴，脱粟甘玉粒。
雪窦望晴空，袂掩商飙泣。
长谣托归鸿，目断关云白。

戏题施美人

苎萝重见浣溪纱，天水寻来七宝车。

帘下弹棋金钏窄，柳边教舞玉钩斜。
情深桃叶舟难渡，梦入巫山路岂赊。
独喜朱颜微似醉，端能妒杀海棠花。

赠严敬夫

与君相隔大江波，望里金焦屹翠螺。
何事征裘轻故国，却来边塞共悲歌。
一尊叙旧情胶漆，三径言荒愧薜萝。
几度问归归未得，空劳清梦忆烟蓑。

题某翁画

解组归来赋遂初，素心相共是樵渔。
长松伴我千年活，著就乾坤不老书。

送施进士汉仪云翔就诠

贵贱交情异，君今已宦游。
霜啼千里去，雪鬓一身留。
浊酒倾连雨，疏钟听欲秋。
文章思报国，应不负潜修。

忆　梅

雪洒寒林不断风，偏吟哀笛戍楼东。
兰桡春泛无归计，纸帐宵悬有梦通。

芳草多情荀令寂，旧山无主貌孤空。
纵教驿使来天外，铁干香消类转蓬。

轻绡剪尽不成妆，冷艳魂招海路长。
三径落英悲白首，半桥春水隔斜阳。
罗浮梦醒窗前月，垄首悲深碛里霜。
惆怅仲圭遗墨失，不教疏影伴穷荒。

思绝东风岭外开，频劳清梦美人来。
一枝瘦影月初上，万片寒空雪漫猜。
桥断迂途村远近，香消远浦水潆洄。
何年重扫林逋墓，放鹤亭前醉不回。

濡毫无计拟寒芳，西子湖平镜影长。
倩质每同孤鹤瘦，清标宁逐野蜂狂。
焦桐曲里三更月，粉署风前一段香。
飘泊故人无问处，独携枯竹过荒塘。

画楼掩映粉墙西，疏影婷婷女未笄。
瓣落喜随歌扇接，香开暗逐舞裙迷。
鬓边插去人如玉，花底飘来雪作泥。
可奈朔庭春不度，空传青冢草萋萋。

耕烟草堂诗钞

卷三

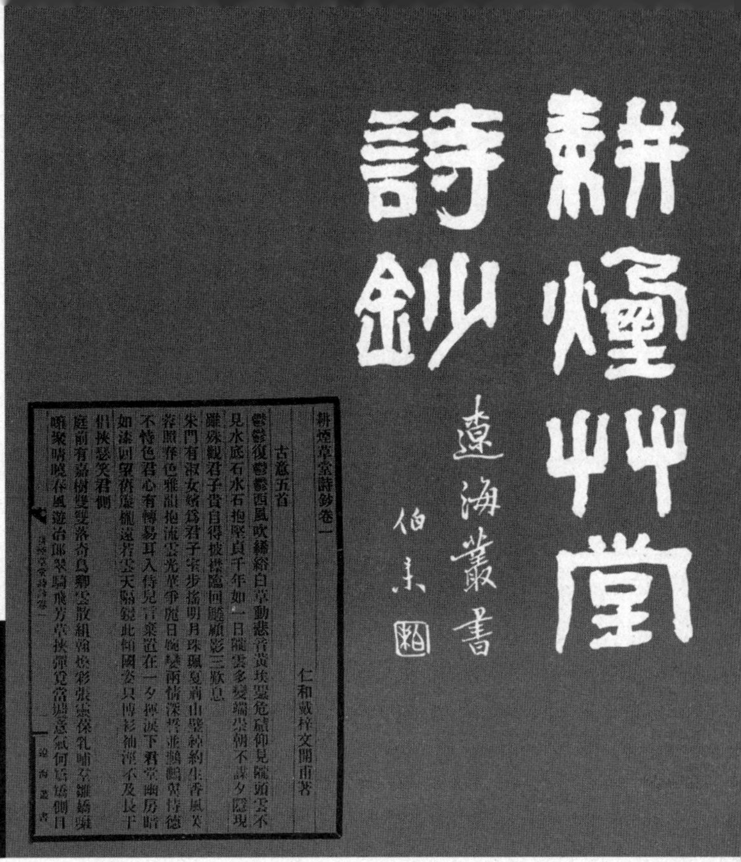

图司寇定斋惠墨

愧我衰迟任石田，感君种植惠藏烟。
一犁蠹老千山雨，十指牛耕八口天。
小啜空肠将日润，狂濡秃顶有谁怜。
拳猴未许研磨尽，珍爱应居粉黛先。

赠江致盈

乡山不可到，今却遇乡人。
语若平生旧，情缘患难真。
雕虫惭我拙，镂月羡君神。
息足如无地，花房可卜邻。

为张建侯进士写照竣赋此赠别

君拂千里尘，我破十年想。
清尊侣兰膏，欢呼振林莽。
老屋闭寒阴，言欢倏温朗。
爰以岩廊姿，驰情烟波党。
湘管招群灵，襟期构幽爽。
置君丘壑中，冥心观万象。
凛然松风来，飞泉答灵响。
眉端紫气开，欣欣有余赏。
燕婉艰久羁，驾言迈西往。
冰碛启朝昏，鞭风振崤嵘。
惓惓别离情，华发应增长。

望北楼泛槎二首

行潦水悠悠，欢来结筏游。
坐天群宿动，应节一槎浮。
城带青山峙，波分素月流。
五湖何处是，眼底即沧洲。

忘分宾朋聚，知音竹肉哀。
蛙喧南浦黑，鸿健北风来。
倒影楼悬水，侵寒露泻杯。
明宵规更满，留兴重徘徊。

雪　菊

窗外飕飗声不歇，晓起开门四山雪。
惊见黄花变玉人，粉香鞞立瑶台月。
只知南国梅争芳，谁见东篱菊同洁。
渴喉不见白衣来，欲伴糟床漉巾葛。
群鸟低飞野树迷，乱峰寒入荒桥折。
阅尽泉明醉里诗，诗中此景诗犹缺。

题画四绝

灵峦如黛草萋萋，未雨先云漾碧溪。
似我旧游曾到处，廿年尘土梦中迷。

青葱相对鬓毛斑，高士幽招日往还。
安得置身图画里，直投茅屋住溪山。

翠微东去路横斜，草浅林深处士家。
岁月不知人不老，闲随流水认桃花。

崖悬古寺白云隈，松听龙吟水听雷。
漫道山深人不到，虎纵才扫客还来。

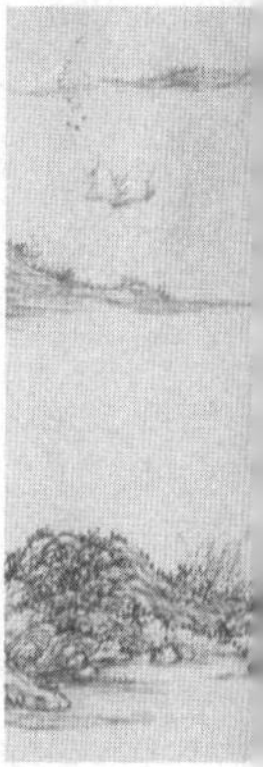

渟潦澄翠

一湾如釜四流归，绮縠风来岸草微。

天影到潭云不渡，沧浪一曲浴鸿飞。

雉堞悬溜

古筑危悬砌草浓，女墙如齿写群峰。
昨宵塞雨连湖急，十里青山走白龙。

茅舍书声

瓜藤墙外接陂陀，薜荔为居面碧波。
一卷正当风里读，蓼花秋浦下渔歌。

西邻茂树

长林翠倚绿波斜，只解栖乌不解花。
列宿满天群籁寂，声来风雨是他家。

万井朝烟

鸡声报彻动殷雷，九市门随华毂开。
山霭欲收人气重，却疑晓蜃结蓬莱。

千甍夕照

暮云凝紫结檐牙，箔听秋风十万家。
还有向西帘独启，目穷归雁落芦花。

送高圣玺归里

羡君归故国，短褐待如何。
修脯存虽少，人情阅已多。
附车轻塞雪，访旧重燕歌。
若为余回首，荒烟隐石萝。

杨地一招饮，雪化水阻不得赴，戏成简寄

门巷卑洼积雪多，东风解冻路成河。
一湾湛印天心月，三径遥连海面波。
问渡未能招鹢舰，望洋直欲理渔蓑。
此身不到香浓处，惆怅斜阳自啸歌。

元夕前三日林子花烛，是日雪

瑶雪垫香车，辉呈树树花。
不教澌作淖，却喜玉为砂。
粉镜临秋月，湘裙褪晚霞。
不须听夜语，灼灼是仙葩。

无　题

柳条袅袅飐晴空，倦倚含情百卉红。
妒杀桃花能自主，时随流水嫁东风。

小苑春游出翠帏，落花如雨拍罗衣。
流苏帐里无穷思，不及双双蛱蝶飞。

幽期无计复相逢，欲化巫山十二峰。
梦里襄王人不见，碧沙春涨水溶溶。

题　画

雨气远来秋，秋山傍碧流。
板桥人不过，唯有白云流。

丹壁耸高天，茅堂冷暮烟。
杖藜归鸟下，丰度是遗贤。

题　画

影落平湖水镜清，长林老屋暮烟横。
人休倦足临溪坐，鸟弄新声隔树鸣。

柳丝织翠锁春山，田带平桥路几湾。
放鸭船归渔艇去，落花无主水潺潺。

题《十美图》

云艳风香解语花，晴空庭苑斗春纱。
坐山夜梦将寻遍，似有双峰隐暮霞。

闹炒斜簪坠马盘，妆成都觉带痕宽。
芳心相妒不相语，寂寞香肩倚画栏。

寄　赠

忆别高斋后，荒荒已十年。
繁霜增白首，细雨梦华筵。
晓树香开玉，秋潮海拍天。
会当寻旧好，重醉辋川烟。

送魏君宜归南昌

黄云沧海隔江天，匹马风尘路几千。
期我明年重出塞，白头青眼望君还。

七夕夜坐，亨儿云丑时立秋，求作一首

一年惊报半年过，老促前期奈尔何。
鹊驾未分鸡已唱，断肠一叶落金梭。

岁暮言怀

节序行将尽，生涯转寂寥。
采薇山雪盛，披褐塞风高。
鼎鼐调公辅，云霞庆圣朝。
逐臣书欲上，冰海阻迢遥。

春　游

沈水澌流尽，春山日就青。
漫携邻舍酒，寻泛野人舲。
好鸟啼芳树，孤云落远汀。
啸歌迟日暮，白眼醉还醒。

秋　海　棠

窈窕一庭幽，嫣然态欲流。
夭夭含四出，寂寂媚三秋。
露冷脂凝泣，风轻翠剪柔。
美人春未识，应抱断肠忧。

游复园观海

晓风吹薄袂，斜日到高堂。
门柳千章翠，篱花一径香。
怒潮归海舶，黑蜃隐扶桑。
天水茫无际，南云是故乡。

图司寇定斋赠墨竹，因为长句

皇英庙前万竿碧，爽飒寒空拂云日。
旧游不复梦中过，断苇衰蓬向人立。
东国西曹来使君，如椽手握风泠泠。

与可仲圭尽辟易，近今此道谁其伦。
醉中往往恣挥洒，墨雨空飞散夭冶。
但觉毫端役鬼神，安知门外罗车马。
蒙君一纸持相赠，绝域如通故乡信。
谡谡声从耳畔流，阴阴翠向眉间映。
七泽云开环佩孤，三湘月落风涛振。
素壁高粘风欲来，眼前俗客乌能近。
安得一纸复百纸，此身坐老幽篁里。

携幼子高赴邻约

邻家具鸡黍，花开蒙见招。
幼子欲随往，向母生痴娇。
携之赴清约，置座高父曹。
盘撮就饱饫，嬉戏随犬猫。
桑麻入酒政，欢言延昏朝。
日入挈儿别，枣栗期再邀。
树影乱归路，海月悬东皋。

除　夕

旬日春归始岁除，江乡芳草百芽舒。
盘开椒柏怀乌鸟，书寄平安托鲤鱼。
疏柳拂烟寒欲尽，晴檐滴雪暖来初。
东皇不似人情异，又见和风到草庐。

元　日

冰霜几日望天涯，万里关河动旅思。
何日生还拂衣去，买山先与白云期。

开原八景

龙冈春望

吹尽东风柳未黄，归鸿唤客上龙冈。
侧身莫向西南望，云白天青万里长。

塔山曙色

寒星明灭戍楼空，地近扶桑得早红。
无那浮屠不系日，催人白发又来东。

石塔晓钟

花宫欲曙露华清，枕上疏钟夜夜声。
谩道五更人尽睡，羁人起听最分明。

松山返照

鸦栖林啸水潺湲，落日回光射塞门。
极目嶂巇浑不见，松风花雨遍黄昏。

平原秋猎

空天映雪海鹰青，云锦追驰犬嗅灵。
羡杀健儿围后渴，虎腔饮血不知腥。

花泊采莲

翠盖擎珠露正圆，六郎不语净娟娟。
无端棹破鸳鸯梦，藕断丝牵唱采莲。

龙湫夜月

一轮边月破秋旻，影落龙湫净塞尘。
碧汉不知乡土异，二分还照广陵人。

药圃吹香

游丝如絮篆群芳，艳逸相倾春未央。
无语有情风细细，招来蛱蝶送斜阳。

纪　事

今日文期许食肉，诸子欣欣就咿喔。
日夕不见突中烟，眼底蝇飞掩文哭。[1]

登闾山绝顶

醒梦浑疑霄汉游，虞封邃古镇幽州。
龙擎破寺金难布，虎饱居僧锡不留[2]。
紫电有光鞭岭足，白云无力冒山头。
猿猱登眺孤筇健，一啸长空万里秋。

---

① 原注：下阙。
② 原注：娘娘庙僧数十，一夜尽饱虎腹。

妆台

古有妆台今却无，千年金粉付啼乌。
银瓶坠井魂疑在，铜像悲风事亦殊。
碧海晓开花影知，丹峰秋耸月轮孤。
那堪天际闾山庙，幻作人间烟雨图。

题画

山若不出云，林峦少生趣。
所以真宰心，常令云来去。
羡彼变化姿，构我离奇句。
溪水亦多情，日漱云根树。

好山久不见，如与故人违。
淡墨留清梦，闲吟送落晖。
石分流水过，树合乱云归。
欲傍前溪隐，亲来筑钓矶。

和栖一和尚韵

龙杖敲门塞雪深，方袍短褐对乡音。
桃花久遂天台隐，流水何缘渤海寻。
诗聚白云昭地肺，禅开明月笑天心。
风雷善向人间说，使我神飞到石林。

题栖一僧《骑鹿采芝小照》

采芝不采薇，开士无长饥。
骑鹿不骑马，飘然尘外者。
若将芝鹿尽消除，撒手空身何事也。
流水千万年，桃花千万树。
娇冶与灵奇，终是著相处。
不如高卧天台巅，一任浮云自来去。

秋　怀

孤城吹角海天秋，白首黄云相对愁。
苏武不归沙漠漠，管宁空老梦悠悠。
一灯说鬼三更雨，八口谋生十指牛。
谩向荒原高处望，弩台东去水西流。

空啼蜀魄怨吴钩，老大无端倚戍楼。
白骨聚鸦寒带雨，荒城宿虎夜横秋。
一绳度地千年镜，万里窥天六月裘①。
汉水自流秦塞断，那堪回首白蘋洲。

送谢霖雨入关

白头送别倍凄然，辽海燕山各一天。

---

① 原注：时西洋人来东北测地形高下。

我近古稀君八十，难期后会是何年。

送某提兵征策旺

征兵飞檄到辽东，名将提师驭铁骢。
断碛有天唯见月，浮沙无地不闻风。
威行万里祁连外，气振三军大漠中。
定远勋封今再建，凯归应笑贰师功。

哭蔡忠怀

患难同栖沈水滨，君能温饱我能贫。
两朝契密思先哲，二姓绸缪继后尘。
蝉脱忽然归碧汉，雁行宁不泣残身。
文章有价金门重，老自磋磨枢下人。

哭色员外林二首

半轮璧月丽中天，影逼今年忆去年。
金粉醉高山烂漫，轩车逐笑路蹁跹。
难将好梦留蝴蝶，空把闲情送杜鹃。
玉体未寒香未散，那堪一火吊寒烟。

火葬由来恨古人，玉棺空贮暂时身。
白云不管慈帏泪，黄土难分翠被春。
十里龙沙山作主，一抔马鬣塔来宾。
长安西市悲风起，身死名全莫漫嗔。

题拥翠亭

窈窕构孤亭，亭外环古木。
晨揽四山云，暮集群鸟宿。
暑气不能侵，秋风长谡谡。
偶有幽人来，相携探幽谷。

赠金怡庵医士

辽海东头长戍客，贫病交攻瘳不得。
黄金已与神仙期，卢扁难逢空叹息。
飘然忽遇怡庵子，长笑向人粲玉齿。
病如草木逢春风，一匕投之身即起。
劳劳辽海住七年，活人比户多莫纪。
得来金帛付黄垆，犹道青帘未足酤。
兴酣斗石图快意，长鲸一吸翻江湖。
座中白头人骨傲，气凌沧海蛟龙枯。
鼓掌欢呼发异籁，云雷绕席摇天枢。
吁嗟乎，人生百年为乐能几何，
何不反哭为笑而长歌？
君今归去勿复道，万里遥望云山阿。
我亦行将觅归棹，糟丘高筑邻烟萝。

送某往山东祝某寿

泰山苍翠接穹窿，五老松声拂太空。

千载不磨秦氏碣，六朝犹说鲁王宫。
雏莺娇啭芝台曲，老鹤长鸣海屋风。
晋爵正当春日好，欢承半子祝乔嵩。

送多户曹绒斋允俄晋秩给谏

司农晋秩转垣中，秣马行看觐圣躬。
簪笔补天开造化，缯囊立殿肃夔龙。
五衣拜赐宫花丽，八舍分曹御气通。
海岳共欣居要地，一时翘首望春风。

禹甸晴开草色新，旌旄西指簇车尘。
露浓驿馆桃迎笑，雪尽关门柳飏春。
佳景入囊收锦绣，摅忠酬国赞丝纶。
宵衣时切苍生念，威德咸周在守秦。

寄　　赠

金鳌遥忆郁嵯峨，高士幽居覆薜萝。
春水泛舟鱼可钓，晓山觅句鸟同歌。
羁人正切南天望，令子重为北地过。
尔我而今皆耄耋，相期偕隐白云窠。

看　　山

携杖扶童践小冈，白云轻霭望茫茫。
老来边塞堪娱目，唯有青山映夕阳。

寿词寄江定某

羲驭南旋日渐长，逢君岳降趁阳光。
初平叱石羊来舞，子晋吹笙凤下翔。
槛外暗香梅吐雪，楼头清影月流霜。
天涯欲驾辽东鹤，飞向钟山晋一觞。

高居遥忆大江头，门对江涛浩浩流。
桃叶笙歌春色满，茅君丹鼎夜光浮。
闲招黄鹤三山外，快驭苍龙八极游。
行到蓬莱游兴倦，一瓢明月卧沧洲。

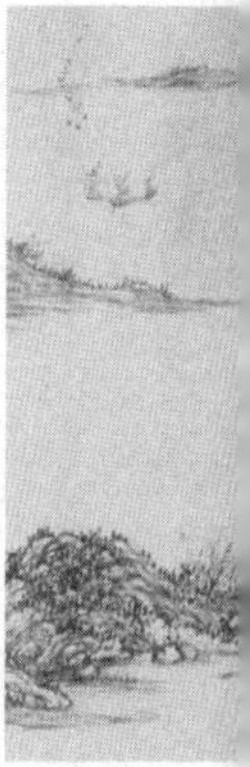

月夜听松涛

晴明风雨惊山阿，欲行不行心奈何。
皎皎一轮转碧汉，萧萧万树翻苍波。
大夫高华愧俯仰，支离老叟空婆娑。
牵萝顾影不归去，虎啸空山发浩歌。

鸟道杖藜

石磴霄悬一杖来，探奇何惜老还衰。
芙蓉翠落千峰出，江海空明万里开。
松柏倒垂龙蜿蜒，云霞俯视鸟低回。
侧身莫上龙冈望，朔漠荒寒旅雁哀。

某人过访

翠骑衡门一径通，扶衰相对夕阳中。
辽滨日度云天雁，塞马寒嘶草木风。
贫贱共期霜雪老，文章谁信古今同。
多君不弃长流客，片语能教四壁融。

和沈天庵韵

乡山又负一年游，穷塞严霜两鬓收。
只有新诗堪窃沈，绝无旧馆可依刘。
白云天老孤城梦，青海沙悬万里愁。
愁绝今宵翻笑舞，引将稚子学俳优。

赠邱鲁瞻入滇

昔提孤剑出雄关，雪满冰天海一湾。
今日短裘投塞入，北风吹雪泪潸潸。
轮蹄滋味邮中酒，岁月文章梦里山。
纵使永昌书欲寄，峰回鸿雁隔荆蛮。

万卷胸开万里游，好山都属锦囊收。
黄龙雪满秦城接，金马祠空汉月流。
书买逐臣杨子宅，灰寻余骨孟王丘。
离情两地遥相忆，朔漠炎方天尽头。

题画用励某生

丹桂香分月殿辉，锦城又折杏花归。
少年得意无过此，且向芸窗急下帏。

介　石

野性寻幽愤，攀跻倦复游。
淡烟萦曲径，乱石漱寒流。
雁影丹林没，山光夕照收。
何人题绝壁，两字已千秋。

大雪断炊

才喜春风暖，旋惊朔雪寒。
萧然烟突静，慰母自言欢。

了如上人

几载昙那寄客踪，妙香熏染得禅宗。
回头发逐红尘断，合掌心将白马从。
山径拾柴炊佛火，霜梯踏月报明钟。
一瓢尚有兰陵味，洗向深潭化毒龙。

送范树山归蓟州

且喜君归去，君归我自留。

断云秦塞路，芳草蓟门洲。
歌哭情无定，莺花酒漫愁。
莫教怜范叔，冰雪有征裘。

望北楼

北风吹断塞门秋，残月荒城此一楼。
白骨不须悲故国，青磷长阅古今愁。

美人

美人当春和，嫣光照芳草。
处士抱坚贞，清霜何娟好。
相思两有心，相逢两无道。
真宰会幽秋，冥爽变常造。
一夕东西风，五更吹不了。
黄金熔清姿，绛玉铸妖袅。
含笑复含颦，娇香摄情窍。
因思彭泽冠，不外桃源棹。

立春

腊尽春回际此辰，帝乡烟景又重新。
山承暖日将舒柳，面拂寒风尚畏人。
凤历羞看新节序，龙钟愧说老精神。
白头不顾梅花笑，写向香笺意自真。

和文学使志鲸《边城早秋》

一夕西风百感生，怀鲈忆橘故乡情。
烟光隔浦沉山色，泥淖当途阻客行。
蝉噪夕阳堤柳暗，鸦翻断碛旅人惊。
关河万里西南望，羡尔归鸿碧汉轻。

赠曹广文德览

谁谓广文官不大，笔锋动处邀龙驾。
列卿宰相作房官，天子亲临定高下。
一等高标者谁氏，辽海东头曹贡士。
国门高挂震金台，纸价忽然腾锦市。
吁嗟曹子真奇英，平昔文章羞自鸣。
一朝身登庙廷上，韩潮苏海流纵横。
亲缮一篇远寄我，开缄朗读清风生。
恩纶颁出欲留贤，贡士辞尊竟不然。
一官飘然古魏国，吟花坐月开青毡。
衙前问字日复日，多士注壑如流泉。
老妻辞世子嗣缺，闻道名姝有倾国。
香车款聘为细君，玉蚌祥光张凤翼。
绡帏春得宁馨儿，秋水为神玉为骨。
我虽不及亲试啼，遥知已是岩廊客。
回顾应笑乃翁官，何事寒毡劳役役。

送鲁广文霞峰之桐乡县任

送别恒伤别意难，送君翻觉有余欢。
平生司铎称寒士，一旦专城得美官。
雪霁秦关新马路，烟浓吴会旧渔竿。
宦游返国情应洽，乡语临民赋易完。
退食谩筹黄菊计，课耕喜近白云峦。
花明翠幰青青草，想到桐乡春未残。

代张孝廉可宗祝文学使六十寿

湖广桃源人。

洞庭西，南岳北，山水钟灵开胜邑。
千树桃花，万片锦石。
精英结构仙人宅，仙人一住几千年，
秦汉相传人不识。
闲征鹿豕应歌喉，偶唤鸾凤翔舞翼。
酿霞为醑，炊琼作食。
后天而老，其乐无极。
卓哉夫子挺群仙而特出，
既负阴以抱阳，复含华而吐实。
胸藏日月夺天明，笔吐云霞成五色。
棘围一战捷南宫，玉堂挥洒掞天日。
大贤秉鉴莅乡闱，鲲鹏直藉扶摇力。
穷边占毕苦有年，幸入笼中成溲勃。
于今旌节戾东都，始获趋承庭下立。

泰山北斗何巍巍，道范芝颜瞻咫尺。
因知君圣是唐虞，自有贤臣为禹稷。
盐梅指日待调和，燮理他时成沕穆。
小子叨居桃李人，鹍鹏还借扶摇力。
篱菊方葩梅始英，岳降良辰今六十。
洞里仙人应忆之，甲子周回不瞬息。
余随鹿豕一赓歌，霜月方恒未全白。
歌曰东海茫茫一酒卮，千山齿齿是今时。
愿将山海同人寿，年历乾坤亿万斯。

喜龚别驾节孙来自锦水

怀君锦水上，宦况若秋山。
五字月争皎，一庭云自闲。
草荒臞鹤舞，案净老胥还。
杯酒今欢聚，春风正度关。

赠蒋孚公尊公寿

图公西塾有蒋子，鹤立高材面如纸。
五十穷经不娶妻，孑身远渡辽河水。
我奇其人与之交，严城对酒风萧萧。
惊沙乍击野花落，海鹤忽鸣山月高。
读子诗歌一万首，何以抱才南北走。
为道高堂八十翁，西泠湖照庞眉叟。
学极富，家极穷，著易灯吹破壁风，
谋养因作三冬烘。

耕山不稳且坐食，老亲枵腹将何充。
丽谯打鼓戍乌急，雪涕进寒玄菟空。
蒋翁有子孝如此，南瞻再拜云峦起。
何必相逢始订交，两峰遥映千山峙。
庭前种柳柳尽枯，独子一本枯重苏。
愿将私意祝翁寿，顽木感动春扶疏，
先生之寿天为符。

咏燕四首

营　巢

何处归来白玉堂，交梭故故弄斜阳。
语陈别绪听偏苦，泥带飞花坠亦香。
情识安危轻绣幕，吟知避趯躆空梁。
托身自结高栖穴，翠隐湘帘春草长。

哺　雏

双影低回月二三，无端增出细呢喃。
梁胪黄口儿难饱，草剪青虫母不甘。
他日羽毛应自健，此时饮啄未全谙。
人间戊已休相妒，社近将携渡海南。

引　飞

喙皮才脱翮还微，小引虚堂渐出帏。
短翼坐花休弱息，低檐教舞试新衣。
看天欲展愁无力，渡水防危惧设机。
斜日烟郊容易暝，画檐将子好来归。

辞　巢

弱羽飘零又一秋，伤心霜落水痕收。
尘侵故垒魂应断，月落空梁梦尚留。
路指乌衣来往处，话深鸿雁别离洲。
相思目极昭阳影，空数昏鸦集成楼。

题　画

四山烟霭覆空堂，琴面生潮砚墨香。
新涨桃花三尺水，来人错认武陵乡。

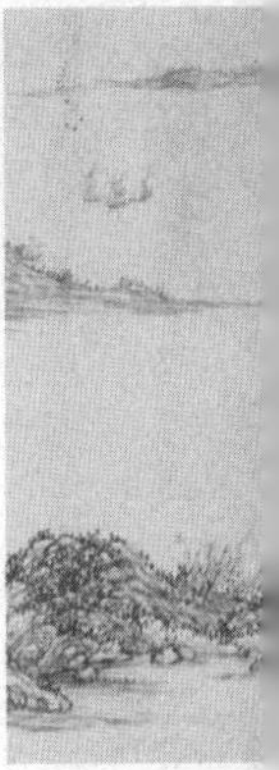

赠杨茂林

十年交契慰离居，破月荒城兴有余。
君抱经纶成猗顿，我惭疏放类相如。
谋生无策头欺雪，卖赋卑栖手倦书。
几欲千山游屐遍，先期下榻剪园蔬。

寄　赠

径深苔藓若林丘，辽海孤踪绝唱酬。
问字柴门劳剥啄，怜才炎夏喜淹留。
秦关春暖烟花醉，汉月霜明塞草秋。
千里神交人不见，空凭清梦夜遨游。

悼　马

司寇先生马可哀，朝骑入署暮归来。

簿书务剧阶长立，边塞霜深猎未回。
苜蓿不甘金勒敝，珊瑚空老玉蹄摧。
精疲力尽何能久，圉者徒劳病漫猜。

赠静大师

杖锡亦何轻，飘然出塞行。
宿林偎饿虎，乞食进荒城。
四大空难悟，双丸迅可惊。
当机时有问，邀客听啼莺。

卜居东郭外，绕郭尽青山。
碧藓暗生榻，白云时叩关。
花迎诗叟发，鹤傍定僧闲。
扫尽轩车迹，烟霞任往还。

题米家山

画中写出米襄阳，云气山光接缈茫。
看去似曾经老眼，春深烟雨过钱塘。

萧萧烟柳隐渔家，浅溆长桥钓艇斜。
洲畔尚余闲隙地，拟将结屋傍芦花。

赠黄岁登

黄子岁登从余游将十年，每逢节序，辄浩叹不胜。

甲申清明，雨雪塞户牖，无可遣，以诗代酒，岁登复叹如故。问之，则曰：“生不得在乡井养父母，徒以翰墨为他人作嫁，是以叹也。”余感其言，赋二律赠之，循声晰义，怀旧悲今，不觉泪涔涔下，不独浩叹为情矣。

嗟尔名门后，垂髫值乱离。
思亲寒食节，吊影落花时。
云海音书渺，冰霜涕泪滋。
长斋依古佛，自忏命多奇。

我亦羁栖客，相怜共一枝。
薄田顽石聚，破壁夜灯吹。
事以饔飧迫，身因冻馁衰。
七闽追往事，功业竟归谁。

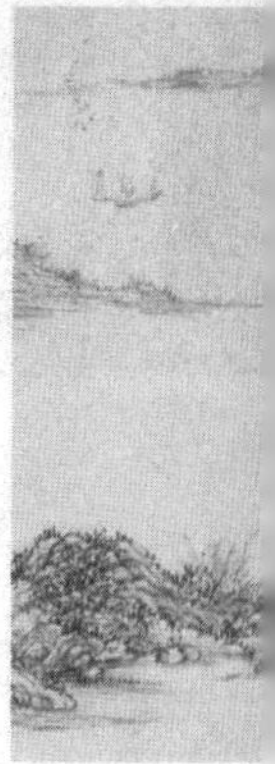

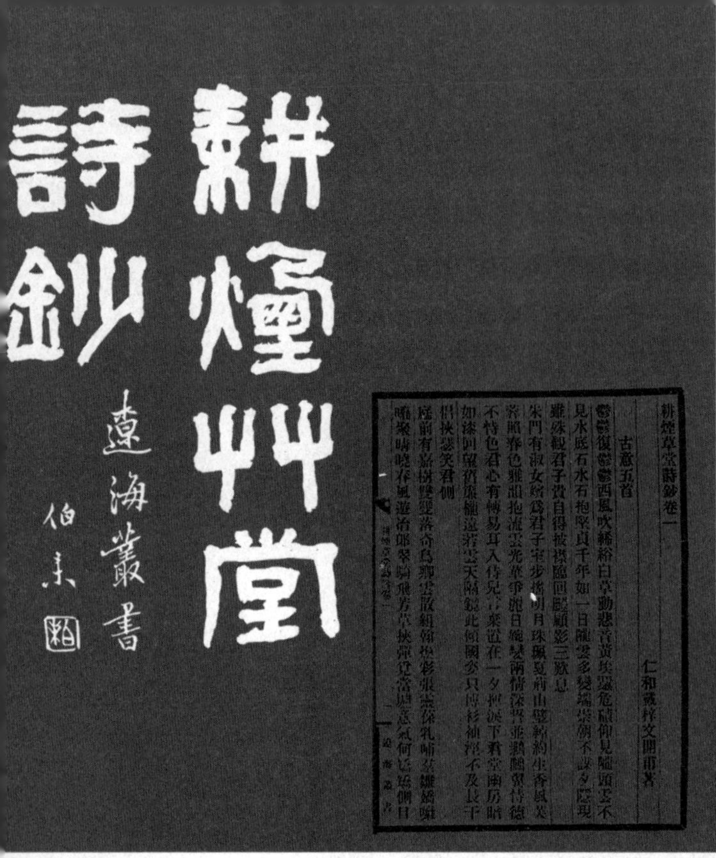

耕烟草堂诗钞

卷四

七十自寿十首

戊戌十月三日。

荏苒行年届古稀，霜髯如戟耐长饥。
三山海外虚成想，八口辽东老未归。
乞米雄藩江汉远，卖文京国信音违。
两乡怅望儿游处，只恐天涯未授衣。

白发苍颜老放民，敝衣羸马冒缁尘。
饥摅楮墨生烟雨，饱听妻孥议贱贫。
雪窖病中怀贳酒，冰天梦里役回轮。
愁肠纵令今宵断，已占人间七十春。

宇宙茫茫一画图，葫芦依样换青蚨。
白头牛马应人贱，黄卷儿孙可自娱。
挟策未能干富贵，谈兵何处友屠沽。
冰霜寂寞天涯客，潦倒乾坤一饿夫。

角声吹断雁声来，怀土羁人听自哀。
南市买花春访妓，西湖泛月夜传杯。
何当羽檄征书室，便尔戎衣立弩台。
一曲凯歌归阆苑，十年珥笔厕蓬莱。

一谪辽东三十年，痛深丘垄隔遥天。
身存却是君恩厚，命舛非关世态偏。
风截阵鸿还挺翮，霜摧丛菊尚舒妍。
老夫此日犹能醉，自听馀生不学仙。

自古神仙不可期，谩劳引导问方师。
悲深青海穷呼酒，泪洒黄龙饿赋诗。
矍铄向人舒啸傲，昂苍入世任妍媸。
闻鸡起傍霜庭望，无尽浮云无尽思。

彩凤珠楼竟日闲，白杨黄鸟忽绵蛮。
沧桑我已悲人事，富贵谁能铸世寰。
盈尺砚田供八口，半函卷帙展衰颜。
菜根滋味延年药，何必吹笙缑岭山。

秦关遗烬旧台烽，路迥辽河势郁重。
江泻松花环紫塞，峰嵷天柱结黄龙。

一身冻老千山雪，三业心灰五夜钟。
迢递母棺归未得，每将血泪洒楸松。

秋色萧条叹菊花，更从何处觅名葩。
杨妃幸蜀胭脂冷，西子归湖粉黛斜。
高树欲栖丁令鹤，荒庭不让管宁家。
诸君尽醉休嫌晚，银汉昭回月吐芽。

野烧荒荒连紫塞，寒风猎猎卷黄尘。
久拼瘦骨捨冰雪，还振雄心敌鬼神。
磨剑半生虚售世，著书千载枉惊人。
桂丛且谩招归隐，春满桃源自问津。

博宗人尔和榷使枉顾

冰雪充盈道路昏，久虚轩盖叩柴门。
他时再枉君车骑，计典残书构一尊。

赵南村见顾

襄平岁暮见儿归，为问饥寒为拂衣。
囊解青蚨消负易，诗惊白雪和音稀。
每思策蹇登君馆，却幸驱车叩我扉。
满眼冰霜情独暖，夕阳残树鸟飞飞。

刘孝子子超索书歌

襄平刘君字子超，文追秦汉诗风骚。

青衿曳曳未易紫，矫然鹤立鸣九皋。
独敦至性能大孝，乃翁寝疾时悲号。
一夕翁乘白鹤去，擗踊肠断魂随飘。
天留孝子不就死，死绝苏回凡几遭。
手扶灵輀北邙去，子却随依坟上住。
一住三年不顾家，此身将化坟前树。
坟旁有鬼时夜来，窥见孝子称奇哉。
吁嗟孝子子如此，我虽为鬼宁无哀。
守土尸位不上达，孝德昭昭名姓埋。
我闻君名欲愧死，因痛亲亡徒已矣。
今日为君书此歌，悲心暗逐春风起。

西征闻捷三首

由来哈蜜属中华，圣主承乾统一家。
何意鲁夸桴衅鼓，却教禁旅动征笳。
王师久驻思文化，帝子深谋必武加。
一击开疆三万里，不教兵甲守龙沙。

羽骑宵飞大漠空，捷书直达紫微宫。
渠魁伫看倾心服，胁从先驰献馘功。
阊阖晓开欢诏发，臣民雷动喜音同。
遥遥西望黄云外，深入还须慎始终。

昨宵驰报到留都，报说乌斯入版图。
沙塞马肥秋苜蓿，火山人饮夜醍醐。
风清瓯脱闻鸣鹿，日射边亭见画乌。

从此恩膏敷绝漠，九天九地一人扶。

辛丑三月望后一日闻亨儿成进士五百字

携儿投辽东，嘤咿甫三月。
汝母泪不干，哭久变成血。
相逢尽路人，有苦向谁说。
囊无金错刀，饭啜糠秕屑。
腹内长苦饥，乳脉久干竭。
俯视怀中儿，不如弃沟辙。
患难身莫保，安能育尔活。
断绝骨肉恩，免使遭磨折。
捧看几周回，骨相诚英物。
头颅圆中规，额比成人阔。
啼声侔钟鸣，双目剪秋月。
尔我遭坎坷，抚弄亦怡悦。
况昨初生时，梦兆卜休吉。
天属系人心，欲舍终难割。
迨至四五龄，居然若老成。
嬉戏不侮虐，不作孩童行。
欣闻邻家子，早暮有书声。
索母为教读，母教无多经。
数教数能诵，喜跃矜其能。
我为饔飧累，日夕勤笔耕。
不能自训迪，诬以他人凭。
横暴遭恶族，惨掠如仇雠。
冀欲陨其命，遂彼阴毒谋。

尔母闻奔救，急痛心若抽。
母子相持抱，涕泣不能收。
性命虽脱免，郁怒瞢双眸。
十载不见物，悔恨无时休。
计年已十五，视物始能睹。
黾勉为延师，劼毖历寒暑。
操觚试为文，颇能驱陈腐。
十七入黉宫，文名声楚楚。
精进正斯时，家贫缺修脯。
勤惰任尔为，避喧栖梵宇。
裹粮既无多，枵腹勇难贾。
几日复归来，饥瘦面尘土。
抚诘心内伤，双泪落如雨。
救死真不赡，岂复望延祜。
已分覆巢余，黄口无振羽。
尔能体我心，愤无激艰阻。
死灰冀复燃，瘁极不言苦。
穷老望儿兴，酸心难备数。
今幸捷南宫，惝恍浑疑梦。
喜极反生悲，往事撄心胸。
忆尔在母腹，惊怖遭陈凶①。
堕地随远配，屡困卒能通。
机兆应不绝，无乃尔是钟。
自待勿菲薄，负荷在尔躬。

---

① 原注：巨憝陈宏勋（编者按：亦作陈弘勋），白昼以数十人持兵入室，劫夺一空，家人鼠窜，亨儿时在母腹，逃避邻舍。

我老复奚望，甘心此地终。
故乡岂不思，此事关苍穹。
努力建名业，昌我北地宗。

题画梅

香信初传岭外春，相看疑喜复疑颦。
游踪尽过溪桥去，处处花枝胜美人。

驴背寻诗过钓矶，满山松籁乱琼飞。
闲情不管溪云笑，折得寒枝插帽归。

题画

好山翻喜隔浮云，云里灵峦自暗分。
栽得秋芳篱畔种，闲邀彭泽对斜曛。

错把飞泉认玉虬，奔崖千尺夹亭流。
闲居不见人来往，唯有浮云与白鸥。

过徐医

积雪依山径，冲寒一访君。
到门瞻石壁，入座拂松云。
貌古知怀道，谈深悚异闻。
稚儿时有疾，何以慰殷勤。

香秋海棠八绝

拈得五歌。

解释无香恨，高楼此一过。
美人春不识，肠断意如何。

渟涝明于镜，涓涓向夕波。
窥窗清影现，鼓瑟写湘娥。

国色应难并，开时鹊渡河。
昨宵人乞巧，为尔堕金梭。

挺艳肢横姹，含情媚拂娥。
一心分四出，幽怨为谁多。

卷叶亚青螺，开花鄙绛荷。
不教春识得，雅韵在秋莎。

只恐来青女，还宜护绛罗。
婀娜娇若醉，不忍近摩娑。

妩极愁翻入，怜深妒转多。
吴宫留不得，只合伴秋荷。

众卉开都尽，嫣香独此多。
寄言春芍药，亭北漫吟哦。

寂寂秋容媚，离离晚色和。
相看情不接，我欲解烟蓑。

青

雨净高天碧汉虚，远山横翠照芳湖。
黛眉拂月朝分柳，鬒发垂云夜倚梧。
万选得钱人尽爱，十年磨剑影空孤。
东皇驭转吹韶律，千里春风草又苏。

黄

色占中央地位尊，河流九曲欲穷源。
春抽露柳垂条嫩，秋老霜林落叶繁。
丛菊向篱邀羽士，腊梅横槛宴金门。
换鹅书就人谁识，一卷荒城月影昏。

赤

戚里门楣邸第家，暖风争放石榴花。
桃开春水朝承露，柿老秋山晚映霞。
鞭拂珊瑚回彩袖，诗传芍药付红牙。
美人薄醉胭脂晕，笑倚朱栏鬓影斜。

白

明霜无际遍秋空，海鹤归来练影同。

艳想梨花笼玉殿，轻疑柳絮散瑶宫。
梦回湘水云初合，诗就梁园雪未融。
一曲阳春人莫和，敢将阮眼傲西风。

黑

独守空斋洗砚池，瓦铛鬖儿总相宜。
云归古洞深潭杳，月落疏林曲径迷。
枕上味甜怜醉后，鬓边影好忆年时。
征衣尽被京尘化，枉向人间泣素丝。

满城风雨近重阳

满城风雨近重阳，门掩空濛薜荔长。
何处扁舟频载菊，谁家新簏待飞觞。
一舟咏雪芦千顷，万里书天雁几行。
泥淖酿途人不出，振衣徒切望危冈。

秋老中原草不芳，满城风雨近重阳。
鸬鹚聚浴洲添水，蛱蝶潜飞径谢香。
已办长吟酬令节，难将短褐受曦光。
啼红殒赭萧萧树，吹送闲云卧草堂。

闲身端不负羲皇，老喜丹枫共醉乡。
迟客琴尊虚社日，满城风雨近重阳。
巢空海燕轻归国，树点寒鸦湿坐墙。
天问读残时一笑，波生荒径亦沧桑。

看去人间总混茫，卑栖无漏报时光。
声沉赛火虚神庙，阴散秋云变女墙。
印屐莓苔盛潦水，满城风雨近重阳。
茱萸欲佩晴难必，望断登临山一方。

蒹葭莽莽水汤汤，老向高秋健激昂。
豺祭云山腥草木，雁宾天路冷潇湘。
三声鼓湿牛羊会，一亩宫飘黍稷场。
未许桓温嘲令客，满城风雨近重阳。

听　莺

看尽春花复听莺，此间声色有谁争。
双柑未绝炎方味，斗酒仍耽昨夜晴。
好韵远酬龙塞曲，娇歌不让凤楼笙。
金丸岂到穷山处，一任阴森坐树鸣。

探　泉

春帆畴昔渡江天，每探金山第一泉。
未识崎岖来此地，可能清洁似当年。
风涛水涌疑龙伏，登陟源深畏虎眠。
回首夕阳心惴惴，忙扶藜杖下寒烟。

菊

袅袅黄花贴夕阳，旧偕彭泽傲清霜。

琼开春圃无娇影，草偃秋山挺异芳。
三径就荒人未老，一湾如锦酒初香。
何须久服希轻举，且对寒英进几觞。

雨后课耕

阡陌离离野色明，鞭驱黄犊趁新晴。
云流不尽山犹湿，水积无多垄渐平。
牧竖学歌随鸟啭，村姬馈食映花行。
庸庸草莽多温暖，何必浮生有令名。

赋得列嶂明霞

矗矗危岑映赤霞，难将景色自矜夸。
洪涛夜火连江夏，大冶天风炼女娲。
细草带烟成野烧，空林落叶尽桃花。
明朝又卜秋光好，拟向丹峰问酒家。

霁　雪

彤云散玉满乾坤，万叠寒峰白照轩。
村径弥漫人寂寞，林峦愁惨月黄昏。
梅花影断无归路，竹叶香浮且闭门。
可惜冰天寒碛里，吟成白雪向谁言。

观　获

终岁动劬幸有年，相邀结袂刈蒿田。

群鸡啄粒驱还聚，山犬随人吠复眠。
白发扶筇衰曝背，青裙汲井晚炊烟。
官粮输却余多少，社鼓逢逢促送钱。

赠芳园主人

芳园主人清且豪，眉间紫气双峰高。
读书石室不知倦，行将上苑鞭春骄。
桃花李花烂兰阁，兰阁妆成斗纷错。
轻扬罗袂倚春风，桃李一时甘委落。
可儿膝下初成语，神彩英英濯春雨。
也解宫花喜欲探，一枝即霸欢传与。
虎头已往繇不逢，人间何处求良工。
欲将此意写尺幅，眼镜不明心徒空。
逸情静虑闲拈颖，渲粉浮脂神莫并。
何能飞胁上高天，手曳双星下参井。
等闲楮墨成灵砂，干春朗秀悬娇影。

听　琵　琶

最是琵琶不忍闻，那堪愁里听分明。
今朝多少关河泪，滴向空阶伴雨声。

恼恨君家十指尖，能将幽怨出鹍弦。
江州司马情无尽，今日天涯复泪涟。

想见明妃出塞时，琵琶马上怨边陲。

歌声一阕千门泪，流到如今无尽期。

题　画

幽人乐山居，处处有茅屋。
耕得垄头云，阴森傍溪木。
但觉渔樵尊，不为簪缨束。
短袂发长谣，西风乱秋竹。

柳色亦何为，临风故窈窕。
偶结离别情，多与烟波好。
湖镜落云容，含灵动空皎。
虑静物不移，孤情恣幽讨。

山色屹遥青，幽栖倚翠屏。
鸟声纷睍睆，水气荡空灵。
人老居诗伯，名高任酒星。
清流容浣濯，何处问沧溟。

正欲寻君去，相逢芦荻旁。
襟期无俯仰，生计有农桑。
柳白烟分翠，沙明草带香。
尘寰曾不到，未敢说羲皇。

送发灵和尚

朔风吹不断，阴云阻前程。

辽河冻复裂，积雪埋高城。
安居不出户，凛凛如履冰。
君于此时去，去去何为情。
方袍敝且薄，安与严寒争。
我苦莫能助，岂能留君行。
搴裳不撒手，暮鸟孤烟横。

寄孟斯美

遥望燕台隔暮烟，每劳清问到穷边。
饥寒警我非今日①，慷慨怀君自昔年。
苏武白头悲朔漠，东山红袖咏林泉。
狂来诗酒无拘束，一任前知有地仙。

寄怀贺有廉御医

沈水东头共啸歌，别来崇替隔天河。
金门花暖春归早，玉漏香浓夜语多。
君是神农昭盛代，臣同岐伯占贤科。
丹鸡久有明言在，车笠无忘旧薜萝。

寄怀陈太史省斋梦雷

与君同是白头人，十四年来不复亲。
天上久经巢瑞羽，泥中犹自困枯鳞。

① 原注：孟精于星学，预言祸福如神。

著书万卷千秋业，得酒三杯一夕春。
列传若搜岩穴士，可能收我作遗民。

医巫闾山

瞻彼闾山，巍巍灵厚。长白荫东，祁连翠右。
势望脉通，挺载干覆。郁郁葱葱，发祥启佑。
奠镇幽方，默相我后。神其赫思，飙旗电骤。
玉宇金镛，照振岩岫。昔肇虞封，今邀圣构。
昭兮极兮，泉膏霭耨。至哉圣皇，两间造就。
川岳效灵，陈华吐秀。永永万年，祝无疆寿。

题画杂咏

襄阳具袍笏，拜石真成癫。
闲来一泼墨，化作云与烟。
历历数百载，望之如飞仙。
我老不自养，力耕片石田。
萧然坐草木，风雨欺穷檐。
阴冥助柔翰，兴至挥数笺。
时人苦不爱，将觅胭脂钱。

送卞庆公任宁州牧

送君游宦指彭湖，枫驿霜晨塞月孤。
彩鹢服官辞北阙，板舆奉母莅南都。
家声世德开金镜，才品名高映玉壶。

清署花明招酒客，春田水足劝耕夫。
调羹欲列盐梅位，握篆先分刺史符。
漫道古稀余老矣，伫看振翮展鸿图。

浑河晚渡

暮山衔落日，野色动高秋。
鸟下空林外，人来古渡头。
微风飘短发，纤月傍轻舟。
十里城南望，钟声咽戍楼。

春日泛舟沈水

沈水流无尽，春山草渐青。
漫携邻舍酒，去泛野人舲。
好鸟啼芳树，孤云落远汀。
啸歌迟日暮，白眼醉还醒。

宝　光　寺

金碧笼岚寺，斜晖映宝光。
势空凌北斗，法秘演西方。
古木流清籁，空阶落妙香。
莫愁归去晚，花雨正飘扬。

黄山秋猎

卷帐日初明，呜呜画角清。

封狐经羽困，苍隼掠云轻。
白草新开障，空台旧列营。
夕阳连野烧，百里照襄平。

开城霁后望雪

小市依残雪，孤城散积烟。
巨流坚渡马，断岸白胶船。
树老寒风劲，山空落日悬。
土人看瑞色，矫首祝丰年。

赠　杨　子

寂寂卑栖过客疏，多君翠骑惠茅庐。
偏当乞米冲寒雨，不获牵裳诉索居。
佳句推敲成玉石，政声传播满坤舆。
子云在望辽河浅，何日亭中醉老渔。

赠朱文宗升任

王程旌节凯风飘，送别春城柳万条。
五岳易平瞻鼎鼐，一枝难附愧鹪鹩。
山中灵药寻苍耳，天上文章丽绛霄。
心逐秦关关内路，云泥悬隔梦清宵。

春郊即目

漠漠平畴断复连，披蓑荷锸静耘田。

水添新绿今朝雨，山锁余青昨夜烟。
食力自甘泥淖地，劳歌不唱别离天。
艰难久入明良鉴，馇粥天涯望有年。

关山月

戍鼓声沉下夕阳，牙旗猎猎九秋霜。
多情唯有关山月，一片清光似故乡。

古意

吹角荒台冷铁衣，沙平草短雁西飞。
男儿不作还乡梦，直取楼兰奏凯归。

送别

玉殿琳宫旧帝乡，高城冰雪映茅堂。
一樽暖破流离痛，两鬓寒生岁月霜。
青鸟信传天杳杳，白云人老地荒荒。
无端又送关山别，目断黄龙泪几行。

夜坐同缪子、唐子分得开字二首

辽水秋寒雪不开，家家捣练自徘徊。
那堪残月关山夜，鸿雁声声天际来。

清宵孤馆拨寒灰，烧烛闻鸡酒数杯。

长笛一声听未了，梅花疑向雪中开。

不寐得归字同缪子

参横碧落夜霜飞，玉漏声沉烛影微。
明月画桥杨柳渡，关山不隔梦魂归。

失　题

女伴罢吴讴，含凄独上楼。
空闺人不见，窗外月如钩。

立　春

腊尽春回际此辰，异乡烟景又重新。
山承暖日将舒柳，面拂寒风尚畏人。
凤历争看新节序，龙钟愧说老精神。
相思南国今宵梦，策杖西溪路不真。

赋得“不知秋思在谁家”

皎皎今宵月，盈盈独系秋。
坐深飞列宿，望远注双眸。
似有怀人怨，将无作客忧。
雁横千里外，酒醒五更头。
丛菊疏砧苑，丹峰送别洲。
金风人徙倚，玉笛听霜楼。

赠山中邱隐居

结茅闻久住深山，门对桃花水一湾。
丁令鹤招云共远，管宁榻倚月初还。
人间甲子空延老，尘外烟霞自驻颜。
独有长吟倾浊酒，西风搔首望雄关。

刘洪扬嫔女歌

赤帝传后裔，卓然抱英姿。
易水一千里，流风争贤之。
杰士不世合，辽海来栖迟。
炊冰苏白草，八十形离奇。
霜雪照髯鬓，与我深相知。
瞥见兰闺彦，娟娟娥双眉。
东邻居鲁叟，朱门称硕耆。
膝下挺凤羽，丱角春游嬉。
藜杖日往复，交好结门楣。
两姓屋不远，薜垣间苔畦。
虽无百辆从，奁媵倾老资。
揭帘动脂粉，香风东西吹。
余窘愧莫赠，摇膝抽秘思。
白雪映彤管，欣得鸳鸯诗。
五色散毛羽，关关欢水湄。
唼喋浮中流，清波荡参差。
窈窕芙蓉浦，比翼冲烟飞。

岸上琼瑶树，生结连理枝。

赠施子从国琠南归称尊公寿

一湾流水万山中，来问梅花小路通。
游子骑归丁令鹤，老人神度藐姑风。
庭栽松子龙千尺，砌绕兰宫蕊半弓。
北犬晨凫堪色养，何须麟脯觅方蓬。

塔湾落雁

白露老蒹葭，西风旅雁斜。
未曾舒远翮，先已下寒沙。
细草梳清渚，丹林带暮霞。
平安今有信，烦尔寄还家。

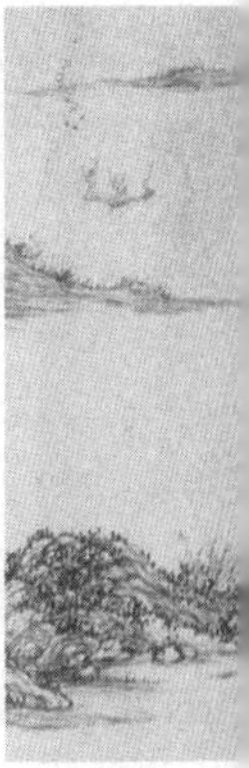

天坛松月

深夜冷溶溶，阛丘露气浓。
月明时绕雀，松老欲成龙。
古殿浮空翠，晴山落远钟。
当年禋祀地，短草乱遗踪。

龙石观莲

菡萏照芳洲，奇云四野浮。
逍遥龙石上，仿佛虎林游。

新柳牵长荇，深蒲隐素鸥。
望中人不见，谁与弄轻舟？

人　日

鸟舌新柔杨柳风，流澌路转草茸茸。
梅花信隔千山外，彩胜香怜七叶中。
楼倚半规春月淡，盘盛杂组酒杯空。
江乡有梦人悬帐，惆怅清宵桦烛红。

某人枉顾

龙首寒森二月余，客星忽照野人居。
情高铁岭千寻雪，喜接兰江万里鱼。
老眼惯从愁里倦，壮心聊向酒边除。
向平已负当年约，五岳诗成好寄余。

赠承德李明府

十年秘省紫薇郎，骖驾龙媒久服箱。
花下啸歌崔少府，石边袍笏米襄阳。
岁逢庚癸需绥抚，地重丰岐简俊良。
琴鹤独随春塞月，和风甘雨自飘扬。

夕阳归牧

柴扉静眺野烟长，路转桥通映夕阳。

远树向曛栖鸟雀，暮山吹笛下牛羊。
负肩弱草穰穰绿，挂角闲花冉冉香。
独我轮蹄归未得，白云青海思微茫。

答袁孝女

苏州翔霄之女，父死不嫁，自鬻书画膳养老母。

鸿雁海茫茫，遥飞到异乡。
音书惊老眼，孤苦动愁肠。
素抱周人志，今无赡己方。
寄声贤母子，端不负相望。

寄陈太史省斋梦雷

幸得生逢重道时，鸿文开馆与心期。
万里不为鹏鸟化，百年甘作蠹鱼痴。

鱼雁音疏又几年，喜君患难得生还。
故乡松柏三山外，何日晨开下水船。

远山樵唱

收回禾黍罢耕耘，更向林丘任斧斤。
锦树槎枒临绝壁，劳歌高下逐流云。
荒山作雨秋将老，野鸟鸣峦路不分。
何处牧童初学笛，一声清切彻高雯。

初冬看近山红叶

天将黼黻付林丘，姹紫嫣红对白头。
空见百花明上苑，宁知五组属高秋。
文章翻喜寒霜力，锦绣难教举世收。
还有深山老松柏，千年苍翠向人浮。

送李青岩入都

拟绣平原欲买丝，偏逢骊唱落花时。
一鞭芳草西湖路，万里羁人故国思。

题朱玉端小像

瞻彼貌兮其貌扬扬，察彼度兮其度汪汪。
若云霄之凤翥，诚希世之麟祥。
聆松风以寄傲，揽山翠而挹芳。
偶临云水之际，时适烟波之乡。
虽性甘于丘壑，而冥心栖乎庙堂。

赠宁远李州牧

漫道边陲春不来，欣欣花柳绕城开。
使君膏雨千村满，秋剪芙蓉入酒杯。

医闾翠色接秦关，百堞衙开水一湾。

为问罗施何处好，江天万里画云山。

北望边庭旧牧羝，黄沙漠漠草萋萋。
宦情亦有伤心处，战壁孤悬乌夜啼。

蹀躞龙媒入帝闉，高怀在在问羁民。
相逢何幸无相弃，寒谷初回第一春。

艾公子明德招饮

泣感佳公子，垂怜老饿夫。
割鸡谋爨妇，赊酒丐奚奴。
惨雪迂回路，悲风砭病躯。
嗟余归不得，携座逐相扶。

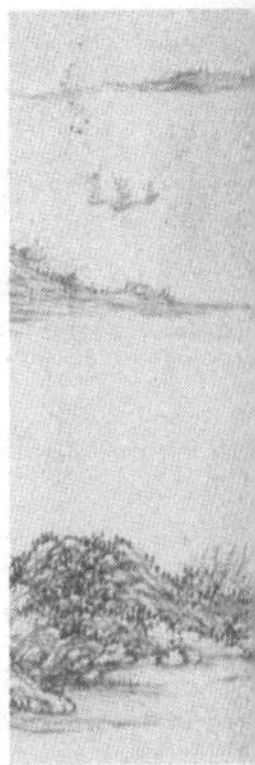

寿李明府

千山纷嵂崒，医闾复嶙峋。
葱翠两相望，烟云互主宾。
中有琅玕室，所居唯仙人。
仙人伊何者，柱史疑前身。
托迹宦斯土，燃犀照民情。
口饮辽河水，胸怀紫塞冰。
计禄给饘粥，不为俗所营。
连山具慧眼，嘉名报枫宸。
知遇无定秩，行将泽垓垠。
荒词似近谀，不为达者称。

欣此菡萏艳，嘉时庆弧辰。
膏雨满阡陌，爽然进瑶樽。
我老附民后，伛偻从众宾。
将酿玉为醑，将劈麟为羹。
长年莫可托，郁郁东海椿。
侈言兼诞想，恐被使君嗔。
聊倾荷盖露，清洁向君陈。

跋　一

先君子具王佐才，立志奇伟，童时随先大父与钱牧斋诸老宿咏淮阴钓台，叉手立就，诸公皆搁笔。顾不喜沾沾弄翰，与时流竞声誉，独肆力于古史传，潜考其兴亡治乱之所由，尤于兵法战守诸器具靡不究习。尝与诸同社作诗，掷笔即弃去弗存。他人每口熟其句，久之亦不省为已作。后应聘从军，益不暇构韵语。然偶有所触，语必惊人，故以参谋武功得觐天子，而独领清要，入侍内廷。同时如高詹事澹人，朱检讨锡鬯辈皆俯首下之。

被谪，迁关东。关东多武人，不读书，能诗者益鲜，耳先君子名，数百里内有诔祝之事，必来索诗，日常十数辈，皆各如其人，应之无倦色。又工山水画，画成必以诗系，故得画者恒得诗。尝谓亨曰：“若谓是皆吾诗乎？吾之诗若自未见耳。若将以诗鸣，吾不欲以诗鸣也。”每闭户居一室，辄作诗，诗成辄狂喜朗诵。诵数过辄痛哭不止，碎裂其草焚之，或塞于墙罅炕隙中，有得之者半漫灭不可识。易箦时，亨远宦，不在侧，及奔赴归所，居室已扫除，于庋格中得字纸一束，刓缺错乱，则先君子诗稿也。藏之箧笥数十年，贫窭困顿，无以为梨枣费，时一展视而已。亨无似，不克裒集散佚，使先君子全稿成完书。兹所存者，千百中之什一耳。今年夏居从子秉瑛昭文官署，始获从事校雠，敬录成帙，授秉瑛召剞劂。昔顾恺跪读父书，每句应诺。不肖亨颓然老矣，即日捧手泽而庄诵之，其能与有几也。

戊寅嘉平月上浣男亨敬跋。

跋　二

道光乙未，得外王父《庆芝堂诗集》，重为校刊。而外曾祖侍讲公，有《耕烟草堂集》传本，遍求之未得也。窃谓公少负奇才，长而从军，立功闽越，入侍禁近，名在国史，生平不独以诗名，在公亦不欲以诗鸣。逮迁辽东，始以诗闻，诗特公之余事。然其光明磊落之怀，郁纡雄特之气，读其诗而可想见其为人。其集终当显于后，以慰闻公者之慨慕而传于无穷也。今岁果得公集旧刻本，不禁狂喜，因重梓以广其传，俾与外王父诗先后并行于世。盖距《庆芝堂》之刻适十年，若神剑忽合，斯亦奇矣。卷后有外王父跋语一首，具述公行谊，并叙元刻缘起，珍重手泽，不匮之思，溢于言表。道复浮沉薄宦，宅相无成，前刻所以继先太宜人之志，兹更得公集而刊之，倘亦外王父之志而即太宜人之志也夫。刊成缀数语于后，以记岁月，编次悉仍其旧。至于公起家始末，居官事迹，备详本传，及外王父元跋中，不复赘述云。

道光甲辰秋七月既望外曾孙荆道复谨识。

耕烟先生传

金兆燕①

耕烟先生者，浙江仁和人，萍居扬州，谪迁辽东，自称耕烟老人，辽人咸呼为耕烟先生。先生状颀皙，美须髯，肮脏自喜，于书无所不读，尤好兵家言。父苍明监军道，与海贼战，断肋破脑，不仆，以勇闻。先生年十二，咏淮阴钓台，曰："有能匡社稷，无计退饥寒。"诸老宿皆赏之。监军独不悦曰："是诗缴也。"康熙十三年，三藩逆命，仁皇帝命康亲王率师驻浙，王闻先生名，礼聘之。为王陈天下大势，如指掌，且曰："三孽不足虑，可计日擒。"王喜，延之上座。大兵剿闽，贼伪将马九玉屯兵九龙山，我师不得进，众方议战守，未决。先生曰："守固不可，战亦非计，诚得说九玉而降之，即用以导，上策也。"王即命先生往，果如所言。时伪总兵刘进忠兵最盛，王假先生监军道职招抚之。先生单骑入贼营，夹道列戟如荠，进忠方持剑，啖人头，饮酒，呼先生入。比至，足未定，即厉声曰："汝畏否?"先生曰："我来救汝，汝当德我，我何畏哉?"进忠遽无以应曰："壮士能饮乎?"命左右持巨瓢至。先生仰首尽，掷其瓢于地，曰："贼众旦夕且尽歼，乃强我饮鬼酒。"进忠惶迫，出位谢。先生曰："挥众退，吾与尔言。"进忠屏左右，延入室，自酌，献。先生与语未淹刻，大呼曰："言尽此。"进忠俯首挥涕曰："诺，诺。"即探怀中札授之曰："勉之，勿忘今日。"进忠遂降。韩大

① 编者按：原文作"全椒后学金兆燕撰"。

任以兵数万来归，王疑其诈，使先生觇之。先生谓大任曰："尔祸至矣。"大任愕然。先生曰："君既投诚，而拥众自卫，能使人无疑乎？十步之间，一夫可缚，虽众何益，只自取死耳。"大任曰："然则，奈何？"先生曰："释尔甲，却尔众，只身归命，王必怜汝，是转祸为福也。"大任曰："吾固欲持两端，因便取事，今知之不可为矣。"遂并马诣军门，其余寇江机、杨一豹、葛如篁皆以次传檄定。大军之讨郑国信也，造战舰，需十三丈桅，不可得。闽督遣先生入山求木，过期，牙门将持军帖至曰："取首缴众。"皆大惊，不知所为。先生乃谓使者曰："我首可为木耶？军令不得不然耳。"于是日夜制机器运木，下见督曰："木至矣，恐废事，故戴首见将军。"督笑曰："军令不得不然耳。"初督与先生有隙，欲以是中先生，及闻木至乃大喜，称其才，厚劳馈之。十五年，以父丧归未免，王趣令赴军。时台湾尚未平，制冲天炮以献。会班师，遂随王入京师。见上，试《春日早朝诗》，授翰林院侍讲，偕高士奇直南书房，旋移直养心殿。

红毛国献蟠肠鸟枪，上谓其使曰："是中国所有也。"命先生仿造之，以十枪赉其使归。上谓先生曰："法琅器，中国所无，汝能思得其理乎？"奉诏，五日成以进。西洋南怀仁谓冲天炮出其国，造之一年不成，上命先生，造八日成，上大悦，率群臣亲试之，即封炮为威远将军，镌治法官名以示不朽。冲天炮子在母腹，母送子去，从天而下，片片碎裂，锐不可当。后征噶尔靼，以三炮坠其营，遂大捷。

在南书房时，与西洋徐日升纂律吕议不合。及炮成，怀仁惭且愤，交谋倾之。侍卫赵某有宠悍恣，廷呼先生名，先生叱之，某诉于内。上曰："尔当师之。"某受诏来谒师，北面顿首而项尽赤，不言而退。

张献忠养子之子陈宏勋，投诚为部郎，性狡骜。一日，召先生饮，出家童百余，持白棓舞庭下，舞止，雁行立，痑翼客前。

宏勋持大碗酒跪曰："吾将有所丐。许我釂此，不许死棓下。"先生曰："尔何事?"宏勋曰："我欲金三千。"先生笑叱之曰："贼!是区区者，安用此狞狰为?"举碗一饮尽。宏勋曰："券之。"先生笑曰："贼!贼!"遂书券去。宏勋来取金，得金而不归券，索无已。先生之子京恚曰："是溪壑安可填。"拔剑击之，误中（儿）〔几〕。宏勋怒，挥健仆数十人入室恣掠。先生讼宏勋以劫，而宏勋诬先生以逋。当是时，噶尔靼方捷，将议封，赵某与西洋人乘间力构之，上不忍置于法，诏徙关东，籍沈阳。先生至沈阳，鬻书画卖文自给。常冬夜拥败絮卧冷炕，凌晨踏坚冰入山拾榛子以疗饥。年七十八卒。

先生性孝友，好施予。年四岁，抚其父所断肋曰："恨儿不生是时以杀贼。"母周淑人严下，尝掌批先生。先生捧母手，急索杖，后遂私置杖遍诸处，母怒即自奉杖受挞，终身不衰。奔父丧，泪洒地尽血，左目遂盲。少与弟行，逢猘犬，以身卫弟，伤左股，归而不言。父命持金有所鬻，道逢卖女者，持其女哭，即以金与之。婚夕，大寒雨雪，谓新妇曰："吾将以若奁拯冻人。"妇曰："诺。"遂括钗珥诸器服，一夕遍施尽。新妇曳布裳椎髻庙见，富商闻之，争相效，活数千人。幼劬书得瘵，有善疗者曰："用艾四十九壮，可愈也。然奇痛，须缚之。"先生曰："丈夫死不受缚。(痛可伤）〔?〕"灸背七处，五脏沸声如瓶笙，烟袅袅自口鼻出，终灸屹立不为动，病遂痊。先生抱经世大略，凡象纬、勾股、战阵、河渠之学，靡不究悉。总河俞成龙得其《治河十策》，至今多用之。诗雄劲，画尽诸家所长，书兼董米。

子四，长京；次亮，武举；次亨，进士，历官齐河知县，敦行能诗，工草书，与李锴、陈景元齐名，号辽东三老；次高，郡诸生，早卒。高子秉瑛，进士，历官内外，皆有声。

初，监军有难，周淑人奉其姑避于梓潼庙，梦神以儿授之，姑妇同所梦，遂生先生，故名先生曰梓，字文开云。

金兆燕曰："三藩之变，东南汹汹，仁皇帝赫然一怒，群寇皆歼，仁义之师岂有敌哉。兆燕贱，不获窥宬籍悉本朝掌故，尝往来浙东西，欲捃拾旧闻，而当年（民献）〔当作文献〕鲜有存矣。兹以所闻于先生之子亨者缉为传，俟作史者采焉。亨纯悫人也，述其先必无訾语。"

戴 梓 传

戴梓，字文开，浙江钱塘人。少有机悟，自制火器，能击百步外。康熙初，耿精忠叛，犯浙江，康亲王杰书南征，梓以布衣从军，献连珠火铳法。下江山有功，授道员札付。师还，圣祖召见，知其能文，试《春日早期诗》，称旨，授翰林院侍讲。偕高士奇入直南书房，寻改直养心殿。梓通天文算法，预纂修《律吕正义》，与南怀仁及诸西洋人论不合，咸忌之。陈弘勋者，张献忠养子，投诚得官，向梓索诈，互殴构讼。忌者中以蜚语，褫职，徙关东。后赦还家，留于铁岭，遂隶籍。

所造连珠铳，形如琵琶，火药铅丸，皆贮于铳脊，以机轮开闭。其机有二，相衔如牝牡，扳一机则火药铅丸自落筒中，第二机随之并动，石激火出而铳发，凡二十八发乃重贮。法与西洋机关枪合，当时未通用，器藏于家，乾隆中犹存。西洋人贡蟠肠鸟枪，梓奉命仿造，以十枪赉其使臣。又奉命造子母炮，母送子出坠而碎裂，如西洋炸炮，圣祖率诸臣亲临视之，锡名为《威远将军》，镌制者职名于炮后。亲征噶尔丹，用以破敌。

《清史稿》卷五百五

戴文开制军用品

戴文开学士梓，仁和人。少有机悟，尝制子母炮，极精巧。一炮中包孕七层，其力可及百步外，每震一声则破一层，敌人遇之无不糜烂。康亲王南征时，戴以布衣从军，献连珠火炮法，下江山县有功，王承制以道员札付。圣祖召见，喜其能文，命以学士衔直尚书房。戴能作铜鹤，高飞云间，按时长鸣。又作木偶人，饰以衣服，客至则捧茶献客。

戴善天文算法，与西洋人南怀仁诘论，怀仁为之屈，忌之，因诬其通日本。上大怒，遣戍黑龙江。后赦还，卒于旅邸。

《清稗类钞》工艺类

科学家戴梓之流徙[①]

在东北流人史上，有一位以科学家兼诗人著称的流人，这就是戴梓。

戴梓（1649—1726），字文开，流放后自号耕烟先生，浙江仁和（今杭州市）人。父戴苍曾任明监军道。戴梓自幼才思敏捷，擅长诗文，工草书及绘画，尤喜读兵家言。及长，对于“兵法战守诸器具，靡不究习”[②]。因此，在火器方面，他推陈出新，创制出一种前所没有的新火器——连珠火炮。该炮“形如琵琶，火药铅丸皆贮于铳脊，以机论开闭。其机有二，相衔如牝牡，板一机

---

① 此文选自李兴盛著《增订东北流人史》，有修订。其中对戴梓生平之论述与《清史稿》、《清稗类钞》所载略有不同，乃据其他史料考证者，此处不赘议，特此说明。

② 《耕烟草堂诗钞》戴亨跋。

则火药铅丸自落筒中，第二机随之并动，石激火出而铳发”，是一种可以连续发射28发的火器，相当于二百年后西洋的机关枪。他还“能作铜鹤，高飞云间，按时长鸣。又作木偶人，饰以衣服，客至则捧茶献客”，有似后代的机器人，可见其“机悟”绝伦。

康熙十三年（1674年），他应聘从军，参加镇压“三藩之乱”的康亲王杰书的大军，曾经助杰书招降耿精忠之部将马九玉、刘进忠及吴三桂部将韩大任。还曾将连珠火炮的制作方法，献于杰书。康熙十八年，清军进攻驻扎于厦门的郑经部队时，戴梓曾奉清廷命备办造船木料。

康熙十九年，随杰书凯旋之军回京师，入值内廷，赐官翰林院侍讲。康熙二十五年，值荷兰国使臣向清廷进献一种蟠肠鸟枪。康熙知戴梓巧于制造火器，就命他仿制此枪。结果戴梓制了10支，由康熙交给来使带回。康熙见珐琅器，精巧绝伦，问他能否解释其道理，不料戴梓五天后就制造成功。当时的钦天监监正、外国传教士南怀仁，声称冲天炮出自其国，中国人不能制造，但当康熙命他制造时，他却一年之久未能造成，不料戴梓在奉命之后，仅八天就制造成功。康熙二十六年二月初五日，康熙还亲自在芦沟桥西王家岭，观看了冲天炮的发射。这件事激起了南怀仁及其他传教士，如徐日升等的嫉妒。

在此期间，戴梓参加《律吕正义》一书的编纂工作时，与徐日升议论不合，徐日升益嫉妒他。于是西方传教士就勾结一个侍卫赵某及部郎陈弘勋，诬陷戴梓逋欠不还，并“诬公通东洋”①。在这种情况下，戴梓负屈下狱，并于康熙三十年（1691年）二月被流放辽东。

戴梓于三月出关，四月至沈阳，不久转徙铁岭，一路艰苦备尝。其《出关行》即咏此事。诗云：

① 昭梿：《啸亭续录》卷九，《戴学士》。

三月出关行，四月到辽住，
住辽不逾时，又向铁岭去……
日暮无依投宿店，店主愁颜向余嘱：
连日狂飙禁作炊，晚餐只有前朝粥。

在戍所，他以“鬻书画，卖文自给”①，以维持全家生计。所谓“盈尺砚田供八口，半函卷帙展衰颜”，“我为饔飧累，日夕勤笔耕”，就是其自我写照。

但是，“笔耕”的收入并不多，因此全家又经常陷入饥寒交迫的窘境，经常是“典裘寒鬻米，结屋夜牵萝”。冬天时他住的草堂更是冷若冰霜：“草堂寒若此，焚荻竟无功。窗满前宵雪，门增此日风。”有时还要“鞭驱黄犊趁新晴”，亲自到农田驱牛耕作。又“常冬夜拥败絮卧冷炕，凌晨踏坚冰入山，拾榛子以疗饥”②。

但是这种逆境与饥寒，并没有使他颓丧。当时在铁岭目睹他的为人的王一元说他“性豪迈不羁，工诗善饮，饮可数斗，议论风生，举座倾倒，家无担石，而意兴逾豪”③。这种身处逆境中的豪兴，反映了他开朗的性格与胸怀。

在戍所，他与许多流人，尤其是“闽南恒把袂，塞北又联裳”的陈梦雷、“谩说成名早，文章亦祸机”的杨瑄过从甚密。三人同是被谪戍的翰林官员，处境相似，因此更加相亲。戴梓对杨瑄说：“同是冰天谪戍人，敝裘短褐益相亲。”共同的命运，把他们联系在一起了。

遣戍后，他的诗作大量增加，“始以诗鸣”。沈德潜评其诗道：

---

① 金兆燕：《耕烟老人传》，《国朝耆献类征初编》卷一百二十。
② 金兆燕：《耕烟老人传》。
③ 王一元：《辽左见闻录》。

"挺劲有力，谪戍后尤佳。"① 近人邓之诚先生也道："诗笔甚健，胸有奇气，不可拘以绳墨。"② 尤其是写景与题画诗，更是历历如绘，如"万山环地落，一海抱天流"、"乱红萦马足，深绿隐渔家"等佳句，俯拾即是。可见其诗的风格与艺术成就。除诗文外，他对绘画、象纬、勾股、河渠之学，均有研究，今仅存诗集《耕烟草堂诗钞》四卷。

雍正四年（1726 年），卒于戍所，享年 78 岁。遣戍的悲惨命运，使他在科技事业上，未能完全施展其所长。

戴梓之子戴亨，字通乾，又字遂堂。康熙三十年（1691 年）其父流放时，刚生两个月，在襁褓中"随亲徙北陲"，此后隶籍沈阳。他在逆境中刻苦学习，"数十年破屋冷铿，力战于风雨雷电之中，而学乃成"③。康熙六十年进士，曾官河北河间县教授、山东齐河县知县。因忤上司，被革职，并于乾隆三年（1738 年）冬被拘禁 9 个月之久。此后再未出仕，居京师以授徒自给，不废吟咏，诗名日高，与李锴、陈景元被誉为辽东三老。卒年不详，乾隆二十三年（1758 年）尚在，有《庆芝堂诗集》18 卷。

---

① 沈德潜：《国朝诗别裁集》卷十三。

② 邓之诚：《清诗纪事初编》，第 797 页。

③ 戴亨：《庆芝堂诗集》陈景元序。